Une chirurgienne aux Fidji

*

Un domaine en héritage

SUE MACKAY

Une chirurgienne aux Fidji

Traduction française de
BARBARA BRISTOL

BLANCHE

HARLEQUIN

Collection : Blanche

Ce roman a déjà été publié en 2021

Titre original :
BREAKING ALL THEIR RULES

HARPERCOLLINS FRANCE
83-85, boulevard Vincent-Auriol, 75646 PARIS CEDEX 13
Service Clients — https://www.harlequin.fr/contenu/contactez-nous
ISBN 978-2-2805-2105-5 — ISSN 0223-5056

Édité par HarperCollins France.
Composition et mise en pages Nord Compo.
Imprimé en juillet 2025 par CPI Black Print (Barcelone)
en utilisant 100% d'électricité renouvelable.
Dépôt légal : août 2025.

MIXTE
Papier
FSC FSC® C159065

Pour limiter l'empreinte environnementale de ses livres, HarperCollins France s'engage à n'utiliser que du papier fabriqué à partir de bois provenant de forêts gérées durablement et de manière responsable.

1

Gênée par la sueur qui perlait sur son visage, Olivia Coates-Clark se redressa et demanda à une infirmière de lui essuyer le front.

— C'est moi qui ai des vapeurs ou le bloc est plus chauffé que d'habitude ? demanda-t-elle.

— Tu es peut-être stressée pour ce soir, Olivia, répondit Kay, l'anesthésiste, sans quitter les moniteurs de contrôle des yeux.

— Stressée ? Moi ?

En réalité, le gala de levée de fonds dont elle était la grande organisatrice lui causait un stress abominable. Mais pour rien au monde elle ne l'aurait avoué.

— Plaçons le second implant, fit-elle comme si de rien n'était, et notre patiente pourra être emmenée en salle de réveil.

— Donc, tout se présente bien pour ce soir ? demanda Kay, insistant.

— Je croise les doigts, répondit Olivia comme pour elle-même.

Ce n'était pas le moment de penser à la myriade de problèmes qui pourraient surgir au dernier moment.

Elle avait rédigé des pense-bêtes, dressé la liste des choses à faire, répété son allocution… Les badges étaient prêts pour chaque participant, avec leur nom et leur profession, — il y en avait même un pour le chien d'aveugle qui accompagnerait l'un des convives, malvoyant… Mais on n'était jamais à l'abri d'une catastrophe.

— Hier, j'ai quasiment percuté Zac, fit Kay d'un air faussement détaché. On dirait qu'il cherche le contact.

— Je suppose que c'est le cas de tout le monde, répondit Olivia, agacée.

Kay avait mis un nom sur la cause des battements de cœur avec lesquels Olivia s'était levée : Zachary Wright. Savoir qu'il serait présent ce soir au gala lui donnait des frémissements dans tout le corps, du sommet du crâne jusqu'à la pointe des orteils.

— Zac..., soupira-t-elle à l'abri de son masque.

Le beau Zac ! L'homme qu'elle ne pouvait chasser de son esprit. Et ce n'était pas faute d'avoir essayé...

— Voulez-vous que je vous essuie encore le front ? demanda l'infirmière.

— Merci, non.

Son visage ne l'embêtait plus. Quant à l'autre sujet d'irritation — Zac ! — c'était une autre affaire. Elle se concentra sur les efforts de l'interne chargé de l'extension de la peau de la cage thoracique d'Anna Seddon, leur patiente. C'était une opération délicate qui permettrait d'insérer l'implant sous le muscle pectoral. Qu'il commette la moindre erreur, et Olivia ne ménagerait pas ses reproches ! Mais il faisait du bon travail, et elle le regardait avec satisfaction.

— Veillez à ce que ce second implant soit parfaitement symétrique au premier, rappela-t-elle pourtant. Aucune femme ne vous pardonnerait de lui avoir fait une poitrine bancale.

— Je sais qu'il s'agit de restaurer l'image de soi et la confiance de nos patientes autant que de prévenir le cancer, répondit le jeune interne sans lever la tête de sa tâche.

— Permettre à quelqu'un de se sentir bien dans sa peau est le cœur de notre métier de chirurgiens plastiques, dit Olivia d'une voix vibrante.

En ce qui la concernait, se présenter sous son meilleur jour était un impératif absolu. Son apparence physique était la carapace qui protégeait du monde extérieur l'adolescente perturbée et sans repères qu'elle avait été. Si elle l'entretenait aujourd'hui avec un soin jaloux, c'était moins pour attirer le regard des hommes que pour cacher la gosse de douze ans qui avait vu son père fuir un soir le foyer familial. Outre ses bagages et sa voiture, il avait emporté le cœur d'enfant d'Olivia, la laissant seule pour affronter les problèmes causés par sa mère…

— Ce n'est pas la première fois que je rencontre une femme en parfaite santé qui demande une mastectomie, dit Kay en contemplant la patiente endormie, mais j'ai du mal à m'y faire. Je ne sais pas si j'aurais le cran de recourir à une telle intervention alors qu'aucun cancer ne s'est déclaré.

Pensant aux nombreux cas qu'elle avait traités, Olivia soupira.

— Si, comme d'autres femmes, tu avais perdu ta grand-mère et une de tes sœurs d'un cancer du sein, et que ta mère en ait un elle-même, tu verrais les choses d'un autre œil.

— Moi, je ferais n'importe quoi pour être sûre de rester en vie et voir grandir mes gosses, dit une infirmière.

— Et vous auriez bien raison, répondit Olivia avec chaleur. C'est ce que je ferais moi-même. Mais c'est une décision très lourde. Pour l'assumer, il faut pouvoir compter sur le soutien de son mari, sur sa présence constante à ses côtés.

— Le mari d'Anna a été fantastique, dit Kay. Il s'est conduit en héros !

Un héros ?

Quelle niaiserie…

Sous son masque, Olivia eut un sourire amer. Les héros se cantonnaient aux romans, il n'y en avait pas dans la vraie vie ! Pas dans la sienne en tout cas.

Mais si, d'aventure, il s'en présentait un…

L'image de Zac lui apparut soudain avec une telle intensité que son bras frémit brièvement.

Elle se sermonna, mécontente.

Zac n'était certainement pas son héros ! D'ailleurs, il n'était rien pour elle. Sinon, pourquoi aurait-elle rompu avec lui dix-huit mois auparavant ?

Leur histoire aurait-elle tourné différemment si elle avait

eu le courage d'en faire autre chose qu'une simple affaire de sexe ? Si elle avait fait l'effort de transformer leur aventure en une véritable relation, où la parole et la présence auraient eu leur place ?

Peut-être alors Zac aurait-il été à l'origine de la rupture... En prenant les devants, elle s'était préservée d'une souffrance. Quand elle avait appris qu'il viendrait au gala, elle avait bien dû l'appeler, pour savoir s'il ferait un don pour les enchères. Depuis, elle n'avait pu le chasser de son esprit.

Mais si elle était honnête, il avait toujours hanté ses pensées. Elle n'avait jamais oublié leurs moments de passion.

— Il y a tout de même des hommes qui sont des types bien, dit Kay.

Dubitative, Olivia fronça les sourcils.

Après tout, peut-être Zac était-il un type bien ? Elle n'était pas restée assez longtemps avec lui pour le savoir. Mettre fin à leur aventure lui était apparu comme la seule solution pour garder le contrôle de la situation et ne pas s'exposer à être quittée. Avoir été abandonnée à l'âge de douze ans lui avait suffi !

Mais, pour l'instant, mieux valait cesser de s'interroger : elle avait une intervention à terminer et un gala à lancer.

Dès sa sortie de la salle d'opération, Olivia consulta son portable. Elle avait reçu de nombreux messages ! C'était le premier signe que tout ne se passait pas pour le mieux dans le somptueux palace où le gala devait avoir lieu.

Autre signe de malchance, alors qu'elle courait vers sa voiture, un véritable déluge s'abattit sur elle, ruinant la coiffure qu'elle avait passé la soirée précédente à élaborer, à grand renfort de reflets dorés et de brushing. Ce soir, tout devait être parfait, et cela n'en prenait pas le chemin.

S'engouffrant dans sa voiture, elle scruta le ciel noir et bas à travers le pare-brise inondé.

Elle devait y aller avant que l'orage ne s'intensifie… Ce serait le bouquet si elle arrivait après le lancement de la soirée.

Impatiente de démarrer, elle voulut mettre le contact.

Alors, le dernier et pire signe annonciateur de désastre se manifesta. Un clic désespérant se fit entendre. La batterie était à plat, il ne fallait plus penser à prendre la route.

Maudissant le sort, elle frappa rageusement le volant du plat de la main, avant de s'arrêter, pétrifiée… La batterie était à plat parce qu'elle avait laissé les phares allumés.

Il n'y avait qu'une coupable : elle.

Heureusement, les taxis existaient, même s'ils se faisaient rares en cas de déluge. Enfin arrivée au palace, Olivia se précipita vers la réceptionniste avec laquelle elle avait encore de nombreux points à régler.

Soudain, tout changea autour d'elle. Elle n'eut pas besoin de se retourner pour savoir que Zac venait d'entrer à sa suite dans le bâtiment. Et ce n'était pas à cause des portes qui s'ouvraient, de l'écho des klaxons et du bruit de la pluie faisant soudain irruption dans le hall somptueux de l'hôtel.

C'était parce que sa peau se hérissait, son cœur s'emballait, et l'air alentour se raréfiait. Quels sujets avait-elle voulu aborder avec la jeune femme souriante et un brin étonnée qui se tenait de l'autre côté du vaste comptoir de chêne ? Elle ne le savait même plus…

Tout était donc comme par le passé. Zac la tenait encore à sa merci, lui donnant des bouffées de chaleur et lui faisant perdre la tête par sa seule présence…

Et lui, que ressentait-il ?

Peut-être n'avait-il même pas reconnu sa silhouette ?…

Sur ce point, elle fut vite détrompée

— Hello, Olivia ! Cela fait longtemps !

Oh, cette voix chaude, virile et sexy… Elle ne pouvait appartenir qu'à un seul homme.

— Longtemps depuis quoi, Zac ? demanda-t-elle en se retournant, luttant furieusement contre une montée d'adrénaline qui menaçait de la conduire droit au désastre.

C'était pour cela qu'elle l'avait quitté. Il lui faisait perdre tous ses moyens. Dès qu'il se tenait à quelques pas d'elle, elle sentait son sang valser dans ses veines et son cœur danser le tango dans sa poitrine.

— Depuis la dernière nuit que nous avons passée ensemble, répondit-il en la fixant de ses yeux d'un noir profond. Je crois même me rappeler que nous avions beaucoup apprécié la compagnie l'un de l'autre.

— Rappel très élégant, fit-elle, cinglante.

— Désolé, Olivia, je ne voulais pas te blesser.

— Rassure-toi, tu ne m'as pas blessée ! La chambre à coucher a toujours été le décor principal de notre relation.

Au cours de leur dernière nuit ensemble, elle avait quitté le lit à 3 heures du matin, déclaré qu'ils avaient assez fait l'amour, que tout était fini entre eux, et était partie sans plus d'explication. Avouer à Zac le traumatisme de son enfance et sa crainte d'être quittée l'aurait mise en position de faiblesse, ce qu'elle fuyait comme la peste.

— Comment va la vie pour toi ? demanda-t-elle d'un ton désinvolte. Toujours très occupé ?

C'était une question convenue et sans danger, alors que tant d'autres lui brûlaient les lèvres...

Avait-il une autre femme dans sa vie ? Lui avait-elle parfois manqué... même un tout petit peu ?

Elle avait l'impression que tout son corps se tendait vers lui, pour qu'il la touche, la caresse, pour qu'il la contraigne à demander davantage. Un doute l'envahit. Avait-elle bien fait de le quitter ? Mais la raison reprit le dessus. Oui, elle avait bien fait ! Règle numéro un : toujours garder le contrôle, et de soi-même, et de la situation. Auprès de Zac, elle le perdait. Beaucoup trop vite.

— Quoi ? fit Zac avec un éclat de rire qui la désorienta. Tu n'as pas cherché à savoir ce que je devenais ?

Il lui adressa un sourire charmeur et décontracté qui fit vibrer ses sens de façon dangereuse. Qu'y avait-il derrière ce sourire ? Que cachait le regard amusé qu'il posait sur elle ? Comment le savoir... Ce diable d'homme était aussi habile qu'elle à cacher ce qu'il ressentait ! Or, à part le sexe et le travail, elle ne connaissait pas grand-chose de lui.

Hochant la tête, elle se renversa légèrement en arrière, les mains négligemment posées sur le comptoir, un genou légèrement plié, une jambe croisée devant l'autre... Zac se rappelait-il lui avoir juré, à l'époque, que ses jambes — qui étaient pour l'heure étroitement moulées dans un jean élégant mais totalement détrempé par la pluie — étaient les plus superbes qu'il ait jamais vues ?...

— Excuse-moi, dit-elle, j'avais mieux à faire que courir après des potins sur ton compte.

— Ennuyeuse comme la pluie, voilà ma vie !

Il poussa un soupir à fendre l'âme, mais ses yeux eurent l'éclair de malice pour lequel elle avait si souvent craqué et qui démentait formellement son ton désolé.

— Je vois, fit-elle d'un ton sceptique.

Comment imaginer Zac sans vie sociale et surtout sans quelque affriolante compagnie féminine ? Soudain, un petit pincement de jalousie l'étreignit.

— Je te jure que c'est la vérité, répondit-il, sur la défensive.

L'observant, elle se sentit envahie d'une onde de satisfaction. Les yeux brillants, il suivait du regard la ligne de ses cuisses qui, moulées par le jean détrempé, dépassaient sous son court manteau trois-quarts. Qu'il cesse de sourire pour se passer nerveusement la langue sur les lèvres fut encore plus satisfaisant, et carrément excitant qu'il batte des paupières non pas une fois mais deux...

— Moi aussi, j'ai vécu plutôt à l'écart, ces temps-ci, dit-elle nonchalamment.

— Voilà qui m'étonne ! répondit-il, souriant de nouveau.

— Qu'est-ce qui t'étonne ? demanda-t-elle. Je n'ai jamais été une mondaine effrénée.

— Il n'y a jamais rien eu en toi de mondain ni de superficiel, Olivia, répondit-il d'un ton soudain plus grave.

Inquiète, elle le regarda.

Se lançait-il dans des travaux d'approche ? Cela n'augurait rien de bon pour la soirée où — cerise sur le gâteau ! — ils seraient assis à la même table. En tant qu'organisatrice elle avait tout fait pour le placer à une table à l'autre bout de la vaste salle, mais cela s'était avéré impossible : tous les autres participants étaient en couple, Zac et elle étaient les seuls à venir non accompagnés.

— En somme, tu ne me considères pas comme une femme légère ? Ouf ! Je suis rassurée...

Attention danger ! Depuis la première nuit qu'ils avaient passée ensemble, ils n'avaient cessé de se taquiner, de se provoquer. Mieux valait tenir Zac à distance et ne pas reprendre ce petit jeu qui réveillait trop de souvenirs en elle.

— Il faut que j'y aille, déclara-t-elle, j'ai encore mille choses à régler. A plus tard. Bonne soirée !

Dans les yeux de Zac passa une ombre de désappointement, suivie d'une expression presque douloureuse... Pourtant, elle ne lui avait rien dit de blessant, elle l'avait simplement aimablement et fermement remis à distance. Cela avait dû l'offenser dans son orgueil de mâle, lui qui avait une solide réputation de séducteur aussi prompt à abandonner qu'à séduire !

Il avait fallu la mort d'un très jeune enfant en salle d'opération pour les jeter pour la première fois dans les bras l'un de l'autre.

Traumatisée par le terrible spectacle des parents fous de douleur, c'était auprès de Zac qu'Olivia avait trouvé du réconfort.

Et aussi du sexe comme jamais auparavant.

Dire qu'ils avaient fait leurs études de médecine ensemble sans rien éprouver de plus l'un pour l'autre qu'une franche camaraderie ! Cela restait un mystère... Ce soir-là, il avait suffi d'un regard et ils s'étaient jetés l'un sur l'autre, s'arrachant leurs vêtements avant de s'étreindre furieusement sur la table, sur le lit, sur le canapé, sur le tapis...

La nuit durant, ils avaient peu parlé mais beaucoup agi !

Ce soir, elle se contenterait de parler...

— Je te laisse confirmer ta présence pour la nuit, dit-elle avant de s'éloigner du comptoir de la réception.

— Mais... je ne dors pas ici, répondit-il, l'air interloqué.

Où avait-elle la tête ? Elle avait pourtant vu la liste des invités qui, pour ne pas faire de route après une soirée tardive, passaient la nuit à l'hôtel.

— Tu habites près d'ici, je suppose ?

— En face, de l'autre côté de la rue.

— Dans ce magnifique immeuble, celui qui ressemble à un bateau de croisière et qui domine le port, les yachts, et les restaurants de luxe de la jetée ?

Waouh ! Il ne se refusait rien ! Certes, il venait d'une famille fortunée, mais, à l'époque, il lui avait dit avoir financé lui-même ses études de médecine.

Elle s'était bien gardée de lui dire que, chez elle aussi, il y avait de l'argent. Sa mère en avait usé, entre autres usages répréhensibles, pour la soudoyer... Jusqu'au jour où Olivia avait compris que cacher les bouteilles d'alcool de sa mère aux yeux de son père n'était pas un jeu...

— En effet, c'est là que j'ai acheté un penthouse, répondit-il. Et toi, tu dors à l'hôtel, ce soir ?

Il avait pris un ton tellement innocent ! N'avait-il pas, par hasard, une idée derrière la tête ?

— Oui, répondit-elle.

La maison qu'elle avait achetée l'été précédent était située à moins de vingt minutes, dans le quartier résidentiel de Parnell, mais elle aurait trop à faire avant et après la soirée pour rentrer chez elle.

— Aller me changer chez moi me ferait perdre trop de temps si des problèmes de dernière minute se présentent, dit-elle avant de se tourner vers la réceptionniste. Pouvez-vous me prévenir quand le Dr Andy Brookes et sa famille prendront leurs chambres ?

— Certainement, docteur Coates-Clark, répondit la jeune femme.

— Je peux te donner un coup de main, dit Zac en haussant les impressionnantes épaules qu'elle avait si souvent caressées et couvertes de baisers.

— Merci, ce ne sera pas nécessaire. En principe, tout est réglé.

Avoir quelqu'un pour l'aider n'aurait pourtant pas été un luxe. A condition que ce ne soit pas Zac ! En cas de problème, sa seule présence aurait accru le désarroi d'Olivia.

Tournant les talons, elle se dirigea vers l'ascenseur pour gagner le troisième étage et la salle où devaient se dérouler les enchères, le dîner et la soirée dansante.

Il n'y avait plus que trois petites heures avant le début de la soirée. Elle voulait tout vérifier, et en particulier que les fleurs prévues pour la décoration avaient été livrées, les arrivages ayant été prétendument retardés à cause du mauvais temps. En tout cas, la météo n'expliquait pas qu'elle ait trouvé les bristols portant le nom des convives à l'accueil : pourquoi n'étaient-ils pas encore à leur place devant les assiettes ?

Au moment où elle allait appuyer sur le bouton de l'ascenseur, une main ferme devança son geste.

— Il est évident que tu as besoin d'aide pour les derniers détails de ce gala. Solidarité de chirurgiens oblige ! A partir de maintenant, je suis ton homme !

Stupéfaite, elle leva les yeux. Zac inclinait vers elle son visage aux traits réguliers, au nez droit, à la bouche bien dessinée et au regard déterminé.

— Inutile de discuter, fit-il.

Ciel ! Cela signifiait passer plusieurs heures en sa compagnie. Les cinq minutes précédentes avaient déjà été de trop.

— Merci, mais c'est non, Zac. J'ai la situation en main.

Mensonge éhonté !

Pour ne plus le voir, elle ferma brièvement les yeux. Derrière ses paupières closes, son visage réapparut... S'il y avait un homme dont elle pourrait tomber vraiment amoureuse, c'était lui. Mais elle avait tout intérêt à ne compter sur personne, excepté sur elle-même, elle l'avait appris brutalement par le passé.

— Ça va, Olivia ? demanda-t-il en lui touchant le bras.

Malgré plusieurs couches de vêtements, elle fut électrisée par ce contact et envahie d'une douce chaleur.

— Be... be..., bien, répondit-elle péniblement, repoussant de toutes ses forces une envie dévorante de le toucher, de laisser courir sa main sur sa joue, de sentir sous ses doigts la rugosité de sa barbe naissante.

La prenant avec autorité par le coude, il la fit entrer dans l'ascenseur.

— Troisième étage ? demanda-t-il.

— Oui, fit-elle d'une voix rauque.

Va au diable... Eloigne de moi ce corps trop sexy, ces yeux trop sombres, jette-les du haut du plus haut building d'Auckland... Je n'ai pas besoin de cette fièvre qui court dans mes veines dès que je sens ta présence... Va-t'en...

— Tu peux faire de moi ce que tu veux, Olivia, je n'ai aucune obligation pour le reste de la journée.

Ciel ! Avait-elle parlé à haute voix ? Avait-il entendu qu'elle lui conseillait de se jeter dans le vide, avec son corps si excitant et ses yeux tellement sombres ?

Un coup d'œil la rassura. Non, il n'avait rien entendu de ses pensées secrètes. Mais elle ne pourrait se détendre vraiment que lorsque, la soirée finie, elle se retrouverait dans son lit.

Aïe ! Son subconscient lui jouait des tours. Penser à son lit quand elle se trouvait à côté de ce parangon de sex-appeal, seule avec lui dans un ascenseur, n'était pas innocent.

Trop d'images se bousculaient dans sa tête.

Des images qu'elle se refusait de voir ou de reconnaître.

C'était des images du passé. Pas du futur.

Et surtout pas du présent.

2

Pourquoi diable étouffait-on dans cet ascenseur ?

Zac jeta un regard circulaire sur la cabine, cherchant la cause du manque d'air qui l'oppressait. Puis il posa les yeux sur Olivia et eut la réponse...

C'était elle la coupable. Olivia Coates-Clark. CC pour ses amis. Mais CC était un diminutif beaucoup trop court pour rendre compte de la personnalité complexe d'Olivia ! Malgré son allure délicate de figurine de verre filé, elle était solide comme un roc ! Sa silhouette fine et menue cachait — il était bien placé pour le savoir ! — des formes délicieusement rebondies. Et, si elle était féroce quand on la cherchait, elle savait se montrer douce comme un agneau quand tout allait à sa guise.

Ce petit bout de femme lui causait depuis toujours une véritable démangeaison de l'esprit et des sens, mais cette fois il ne commettrait pas l'erreur de gratter ! D'autant que c'était elle qui l'avait laissé tomber. Une sacrée gifle ! D'habitude, c'était lui qui rompait. Et quand cela lui chantait !

Mais avec Olivia il avait eu l'imprudence d'outrepasser les trois ou quatre rendez-vous galants au bout desquels il se lassait d'habitude, et à son propre étonnement, il avait commencé à s'intéresser à elle. Quand elle n'y prenait pas garde, une lueur de tristesse passait dans ses yeux qui lui avait donné l'envie de la protéger.

Quoi de plus stupide !

Il aurait été un danger pour elle ! Avec le passé tragique qui était le sien, il ne pourrait jamais protéger personne.

Etait-ce parce qu'elle avait deviné en lui un être nuisible qu'elle avait brutalement mis fin à leur aventure ?...

Respirer dans ce maudit ascenseur devenait carrément impossible. Olivia absorbait tout l'oxygène et emplissait l'espace de son délicieux parfum de fleur et de fruit, lui rappelant trop de moments d'extase.

Du calme, mon vieux... maîtrise-toi...

Facile à dire ! Olivia lui avait toujours fait un effet dévastateur. D'un regard elle lui enflammait les sens, d'une caresse elle le mettait hors d'état de penser, et il suffisait qu'ils respirent le même air pour qu'il sente sa libido atteindre des sommets vertigineux.

Et cela recommençait ! Dix-huit mois après leur rupture, il était de retour à la case départ, fou de désir pour elle, le souffle court... et l'entrejambe malencontreusement tendu.

Comment un adulte comme lui, couronné de succès dans sa carrière de chirurgien orthopédique, supposé intelligent et sain d'esprit, et globalement peu esclave des femmes, pouvait-il perdre tout contrôle face à cette femme-là... Quelques minutes à proximité de CC, coincé dans cette maudite cabine, et il se sentait plus chancelant que s'il avait descendu une bouteille entière de whisky.

La soirée promettait...

Le portable d'Olivia résonna. Au mépris de toute discrétion, il tendit l'oreille.

— Olivia Coates-Clark à l'appareil, j'écoute, dit elle en portant l'appareil à son oreille. Merci... Merci beaucoup... Je vous suis très reconnaissante de vos efforts...

Ayant mis fin à la conversation, elle enfouit le portable dans sa poche et, se tournant vers lui, lui décocha l'un de ses sourires qui le mettaient dans tous ses états.

— Au moins un problème résolu, dit-elle.

— Il y a donc des problèmes ?

— Un événement aussi considérable ne peut aller sans quelques anicroches...

— Qui a eu l'idée d'organiser une levée de fonds pour aider Andy Brookes ? Toi ?

Elle acquiesça modestement de la tête, et le mouvement de ses cheveux blond cuivré autour de ses joues ne fit que le troubler davantage.

— Dès que j'en ai parlé à mes collègues chirurgiens de l'hôpital, l'enthousiasme s'est répandu comme un virus ! Je crois que nous allons toucher le jackpot, ce soir, dit-elle d'un air ravi. Tout le monde veut aider Andy. Les donateurs ont été d'une générosité incroyable. Ils ont offert des objets d'art pour les enchères et des séjours de vacances dans des endroits de luxe, des lots plus merveilleux les uns que les autres.

Elle sourit de nouveau, les lèvres délicatement incurvées. Cela lui donnait le même air doux que lorsqu'elle était allongée sur un lit auprès de lui, détendue après l'amour, bien différente alors de la véritable bête de sexe qu'elle était quelques instants auparavant...

— Merci d'ailleurs pour le don très généreux que tu as fait, Zac, dit-elle.

Il avait en effet offert un week-end pour une famille de quatre personnes sur son voilier de luxe, avec tous les à-côtés et les agréments imaginables, — et lui-même à la barre.

— C'est normal, répondit-il. Andy était le plus chic type de nos années d'internat, toujours là quand il le fallait.

— Tu oublies les tours qu'il nous jouait ! C'était aussi un joyeux luron.

Bon sang, pourquoi souriait-elle à nouveau ! Impossible de ne pas contempler ses lèvres, plus attirantes que jamais sous leur brillant rose vif. Il croyait les sentir encore sur sa peau, quand elle l'embrassait dans le cou, juste derrière l'oreille, avant de les promener langoureusement sur son torse, sur son ventre, sur...

Oh, là, mon vieux... du calme...

Avec un rugissement intérieur, il s'écarta d'elle. Elle était son ex-amante, qu'il se mette bien ça dans la tête, même si son cœur avait fait une terrible embardée quand il l'avait aperçue dans le hall de l'hôtel.

— J'ai en effet des souvenirs impérissables de certains canulars pendables d'Andy, dit-il, l'air aussi badin que possible.

Dans le disque dur de sa mémoire, bien d'autres souvenirs étaient stockés. Des souvenirs d'Olivia... Il aurait dû s'abstenir de venir ce soir, même si c'était pour une cause qui lui tenait à cœur. Il aurait pu raconter qu'il faisait sa lessive, ou qu'il lavait sa voiture, ou inventer n'importe quelle excuse fantaisiste, pourvu que cela lui évite d'être à deux pas de cette diablesse.

Mais voilà, il s'était — oh, très malhonnêtement ! — persuadé que la revoir lui permettrait une bonne fois pour toutes de la chasser de son esprit. A présent, il ne souhaitait plus qu'une chose : que cette fichue soirée soit terminée, qu'il puisse enfin traverser la rue et retrouver la quiétude et la solitude de son vaste appartement, et là, enfin, ne plus penser à Olivia...

— As-tu déjà rencontré la femme d'Andy ? demanda-t-elle.

— Oui. Kitty était avec Andy à la conférence à l'Institut Christchurch l'an passé. Tu devais d'ailleurs intervenir, mais ta participation a été annulée à la dernière minute.

Cela rappelait-il un mauvais souvenir à Olivia ? Une ombre obscurcit ses beaux yeux, dont le bleu pervenche devint en un instant gris cendre.

— J'avais un problème urgent à régler, répondit-elle d'une voix pleine de réticence. A la maison.

— Mais... tu vivais seule !...

Elle n'avait pas d'enfants. Du moins pas qu'il sache !... Bon sang, il ne savait même pas si elle avait des frères et sœurs. A l'époque, hors du lit, ils ne cherchaient vraiment pas à en savoir plus l'un sur l'autre...

— Ma mère n'était pas bien.

Semblant se raidir, elle ajouta, changeant de sujet :

— Andy pouvait se déplacer, à l'époque. C'est terrible de

penser qu'il se bat maintenant contre la leucémie pour rester en vie, et qu'il ne peut pas poursuivre son travail remarquable auprès de paraplégiques.

Dubitatif, Zac la regarda.

Quel pouvait bien être le problème avec sa mère ?

S'il lui posait la question, il était peu probable qu'elle réponde. Et, si elle le faisait, il en serait bien embarrassé. Peut-être se sentirait-il investi d'une responsabilité à son égard ? C'était la dernière chose qu'il voulait susciter.

Mieux valait continuer à parler d'Andy.

— Andy a une chance de s'en sortir si les fonds récoltés ce soir lui permettent de suivre le traitement de choc qu'on lui propose en Californie, dit-il.

— C'est vrai… Pour Kitty aussi tout ça doit être terrible…

Elle semblait soudain accablée de tristesse. Pourquoi ou pour qui ? Pour Andy et sa femme ? Pour sa mère ? Avait-elle elle aussi dû soutenir quelqu'un de gravement malade ?

Il en avait hélas fait l'expérience et savait à quel point certaines situations pouvaient détruire un être humain…

Il avait dix-huit ans quand un accident avait laissé son frère paraplégique. Plus âgé que Mark de deux ans, il était censé être le plus raisonnable des deux. Mais comment garder son sang-froid face à un jeune frère agressif, provocateur et turbulent, qui cherchait par tous les moyens à le faire sortir de ses gonds ?

Vingt ans plus tard, la culpabilité le terrassait toujours. Pourtant Mark avait réussi à construire sa vie, même si ce n'était pas celle dont il rêvait avant l'accident.

Zac, lui, restait prisonnier de sa culpabilité qui l'empêchait d'avancer. C'était lui qui conduisait la voiture qui avait franchi un parapet et piqué du nez dans la mer. Avoir, suite à cela, été rejeté par sa famille était pour lui aussi douloureux que si on l'avait éventré pour lui arracher les entrailles.

Aussi protégeait-il son cœur sous une solide carapace…

Si ses parents ne l'aimaient pas, qui l'aimerait ? Et, puisqu'il était indigne de confiance, quelle femme serait en sécurité avec lui ? Sans parler des enfants, si jamais il en avait ! Son destin était de rester célibataire, et son devoir de fuir toute femme qui pourrait l'en détourner.

— Nous allons lever une fortune ce soir, reprit Olivia d'un ton déterminé alors que l'ascenseur arrivait enfin au troisième étage du palace.

Il la regarda. Dès qu'il avait franchi la porte de l'hôtel, elle l'avait désiré avec la même énergie dévorante qu'il avait eu envie d'elle, il en aurait mis sa main au feu.

Dans le temps, leur complicité érotique avait été sans pareille. Pour dire crûment les choses, ils baisaient comme des fous, et leur relation n'allait pas plus loin... C'était superficiel, sans doute, mais cela leur convenait parfaitement. Le travail remplissait leurs vies, leurs carrières respectives décollaient, le temps leur manquait pour le reste.

La porte de l'ascenseur glissa silencieusement. Il s'effaça pour laisser passer Olivia.

— Après toi, fit-il avec un geste de la main.

Il la suivit, hypnotisé par ses jambes, bien prises dans les étroites bottines qui en soulignaient le galbe jusqu'au genou. Etrangement, autant que du désir, il éprouvait pour elle comme une bouffée de tendresse...

— Eh bien, Zac, tu viens ? demanda-t-elle en se retournant.

— Je te suis, CC.

Il l'avait appelée par son diminutif dans l'espoir de faire redescendre la tension érotique, mais elle répondit par un sourire radieux qui le mit sur des charbons ardents.

— Voilà une éternité qu'on ne m'a pas appelé CC. A la fac, j'adorais ce surnom. Cela me donnait l'impression de faire vraiment partie de la bande.

— Tu en doutais ? demanda-t-il, surpris. Pourtant, Olivia, sans toi, il n'y aurait pas eu toutes ces excursions, ces balades et ces fêtes dont nous raffolions ! Tu consacrais des heures à les organiser. Ensuite, tu bûchais dur pour rattraper le temps passé. Tu as été le ciment du groupe !

— C'est vrai, dit-elle avec un petit rire amer, j'aime prendre les choses en main. Ainsi, je suis sûre de ne pas être laissée de côté.

Il sentit son cœur faire une nouvelle embardée. Cette fois, à cause de la petite fille qu'il devinait dans les yeux pervenche qui fixaient un point invisible, loin derrière lui.

Lui-même, rejeté par sa famille, savait comme il était dur d'être exclu. A la fac, il avait déployé tous ses efforts pour se faire des amis, donnant le change afin que personne ne devine combien, au fond de son cœur, il se sentait perdu et isolé.

Comme Olivia, finalement...

Quelle drôle de fille ! Un peu fofolle, à la limite, mais toujours maîtresse d'elle-même. Comme si elle marchait sur une corde raide, hésitant entre se lâcher complètement et brider impitoyablement ses sentiments.

Il n'y avait qu'un endroit où elle ne balançait plus.

Au lit, avec lui.

Crénom ! Comme il aurait voulu se retrouver dans un lit avec elle ! Mais le regard d'Olivia lui avait soudain fait comprendre qu'elle était plus fragile qu'il ne le pensait.

Un sentiment nouveau naissait en lui.

L'envie de la protéger.

Etonnant !

Furieuse d'avoir laissé deviner sa fragilité, Olivia franchit l'imposante double porte qui donnait sur la salle de réception, agrandie par la suppression d'une cloison amovible.

Elle n'avait jamais permis à personne — et surtout pas à Zac — de deviner qu'elle vivait dans la peur d'être méprisée, rejetée. Elle se fixait des défis de taille, l'organisation de ce gala par exemple, pour mieux se dépasser. Tout ce qu'elle entreprenait devait être parfait.

Ce soir plus que jamais...

S'arrêtant au milieu de la salle, elle jeta un coup d'œil autour d'elle. Le lieu était décoré de rubans bleus et blancs. Le bleu ciel, couleur de l'équipe de rugby d'Auckland chère à Andy, dominait. Les tables rondes étaient parfaitement nappées. Au premier coup d'œil, tout semblait impeccable, mais son œil exercé vit tout ce qui n'était pas prêt.

Les brassées d'iris bleus et blancs, enfin livrées, attendaient dans un coin d'être disposées dans des vases sur chaque table.

Ses craintes se révélaient fondées, les problèmes se multipliaient, la soirée allait tourner au fiasco.

— Tu as l'air contrariée. Dis-moi pourquoi, demanda Zac calmement.

Agacée, elle s'éloigna. Les quelques minutes où, dans l'ascenseur, elle avait inspiré à pleins poumons le parfum épicé de son after-shave, avaient été une torture.

— Les fleurs ont été livrées en retard, les tables ne sont pas totalement dressées, je ne vois pas les verres à vin, l'open bar n'est pas prêt, le groupe chargé de l'animation musicale m'a assuré qu'ils seraient là avant 16 heures pour faire les balances et...

Elle jeta un coup d'œil à sa montre.

— ... il est déjà 15 h 35...

Et tu me fais perdre la tête... je te veux... dans un lit, comme autrefois... Et si tu veux me serrer tout de suite dans tes bras, n'hésite pas... J'en rêve...

— On peut arranger ça, déclara Zac, une lueur d'amusement dans les yeux. Par quoi veux-tu que nous commencions ?

Stupéfaite, elle resta un instant bouche bée. Avait-il lu dans ses pensées ? A quoi répondait-il exactement ? Aux dysfonctionnements de la soirée ou à ses désirs secrets ?

— Commençons par les musiciens, répondit-elle d'un ton de défi en lui tendant son portable. Leur numéro est en mémoire. Ce sont les Eziboys.

— Quoi ? Tu as décroché les Eziboys ? Alors là, chapeau !

Il semblait cloué sur place d'admiration...

— Qu'est-ce que tu as fait pour ça ? Tu leur as promis des opérations de chirurgie plastique gratuites pour le restant de leurs jours ?

— Un des membres du groupe est allé à l'école avec le plus jeune frère d'Andy. Le groupe a eu envie d'apporter son soutien à la famille, c'est tout.

— Ah ! ah ! Ton charme irrésistible n'y est donc pour rien ? fit-il avec le sourire provocant qui mettait à ses pieds n'importe quelle femme, elle comprise.

— Appelle-les, je t'en prie !

Il fit défiler la liste de ses contacts et demanda négligemment :

— Tu n'as pas rentré ton carnet de bal en mémoire ? Je retiens ta première danse. Ainsi que la seconde, la troisième et la quatrième.

Un carnet de bal, et quoi encore ? Il était bien désuet, tout à coup !

— Mais si tu n'as pas envie de danser, dit-il, imperturbable, pas besoin des Eziboys. Quelques petits vieux arrachés pour un soir à leur maison de retraite avec leurs flûtiaux irlandais feront très bien l'affaire.

— J'adore danser ! se récria-t-elle.

Qu'il ne s'imagine pas pour autant qu'elle avait l'intention de danser avec lui...

— Je l'ignorais, Olivia. Je suis impatient de voir ça. Tiens... voilà ta fleuriste qui arrive...

Il indiqua la double porte d'un mouvement de la tête puis, après un sourire, reprit le téléphone.

— Ah, c'est toi, Jake ? Qu'est-ce que tu fabriques, mon vieux ? La charmante personne qui vous a engagés pour la soirée s'impatiente. Grouillez-vous !

Eberluée, elle le regarda. Quoi ? Il connaissait Jake Hamblin, star mondialement célèbre, guitariste et leader des Eziboys ? Et il lui parlait sur ce ton ! Mais... n'avait-il pas aussi évoqué une fleuriste ?... Se tournant vers la porte, elle se trouva face à une femme à l'allure décidée, élégamment vêtue d'un tailleur-pantalon noir et d'un joli pull angora. Rien à voir avec l'air timide et le petit tablier à fleurs de la fleuriste lambda.

— Vous êtes la fleuriste ? demanda-t-elle, étonnée. Bonjour. Je suis Olivia Coates-Clark.

— Je suis aussi décoratrice florale, répondit la nouvelle venue sans la regarder mais adressant un large sourire à Zac.

— Comment ça va, Fleur ? demanda-t-il.

Il connaissait donc tout le monde, y compris les fleuristes ?... Et en plus, celle-ci s'appelait Fleur... Olivia en resta bouche bée.

— Comment va votre hanche ? demanda Zac.

— De mieux en mieux, puisque c'est vous qui m'avez opérée, répondit Fleur d'un air malicieux.

— Excellente réponse ! fit-il en éclatant d'un rire franc et sonore.

Olivia en ressentit l'écho jusqu'au fond de sa poitrine.

Etait-ce à cette femme qu'il s'adressait pour envoyer des fleurs à ses nombreuses conquêtes ? D'ailleurs, il lui en avait fait porter quand elle l'avait quitté... Un magnifique bouquet de pivoines, éclatant de couleurs, plutôt que des roses hérissées d'épines, comme il aurait été en droit de le faire !

— Avons-nous une chance de voir arriver les musiciens ? demanda-t-elle, légèrement dépassée par les événements mais fidèle à son attitude « traitons calmement les problèmes l'un après l'autre ».

— Au moment où je te parle, les Eziboys chargent leur matériel dans l'ascenseur. Quoi d'autre ?... Où souhaites-tu que Fleur dispose les bouquets ?...

Les musiciens arrivaient, les bouquets allaient être composés. Cela faisait deux problèmes résolus. Comme s'il suffisait que Zac soit dans les parages pour que tout s'arrange... Mais tout n'était pas réglé pour autant...

— Il faut installer deux longues tables le long du mur pour exposer les lots et procéder aux enchères. Un employé de l'hôtel est parti les chercher il y a plus d'une heure, et toujours pas de tables, dit-elle, anxieuse.

— Pas de problème, je m'en occupe, répondit Zac d'un air tellement décontracté que cela en devenait agaçant.

L'heure tournait… Aurait-elle le temps d'aller se reposer dans la suite qu'elle avait réservée dans l'hôtel ? Elle aurait eu bien besoin de se détendre dans un bain chaud et moussant, juste avant d'enfiler sa nouvelle robe du soir — peut-être un peu osée pour la circonstance, mais, bah, tant pis ! — et d'affronter le déroulement de la soirée.

— Pas de problème, dit-elle en lui jetant un regard dubitatif, facile à dire !

Riant toujours, il lui prit le bras et l'entraîna vers le coin de la salle où Fleur arrangeait d'exquises compositions avec iris et feuillages.

— Dis-nous où tu veux les bouquets, donne tes instructions, et relaxe-toi. Tout sera prêt à l'heure, je m'y engage.

— Mais je suis très détendue, répondit-elle, se regimbant.

— Aussi détendue qu'une souris face à un matou ! Un gros matou, même ! fit-il en riant.

Et il s'éloigna avant qu'elle ait pu trouver une repartie.

Vexée, elle suivit du regard son pas nonchalant tandis qu'il s'isolait dans un coin de la salle pour parler avec animation dans son téléphone.

Laisser le dernier mot à Zac ne lui faisait pas plaisir. Mais, sous sa veste de cuir, elle devinait la carrure familière, les épaules puissantes sur lesquelles elle avait si souvent posé la tête…

Pas étonnant qu'elle n'ait plus les idées claires.

Les sujets de perturbation ne manquaient pas et ils n'avaient qu'un seul et même nom :

Zachary Wright !

3

Une heure plus tard, les problèmes semblaient en voie d'être résolus. Zac tendit à Olivia une coupe de champagne pétillant de mille bulles.

— Bois ça. Cela t'aidera à te détendre.

— Je ne peux pas boire maintenant, dit-elle, refusant à regret sa boisson favorite. J'ai encore beaucoup à faire avant d'aller me préparer.

— Juste un verre, Olivia, répondit-il, un air de défi dans les yeux.

Ah, le monstre !

Il savait qu'elle était incapable de résister à un défi. Mais le succès de la soirée reposait sur ses épaules, et l'exemple de sa mère lui avait appris à se méfier de l'alcool. Cependant, quand Zac porta sa propre coupe à ses lèvres, elle craqua. Le verre heurta légèrement ses dents, le divin liquide se répandit sur sa langue. Ses épaules se dénouèrent, et les tensions qui l'oppressaient s'envolèrent comme par enchantement.

— Délicieux, murmura-t-elle malgré elle.

— N'est-ce pas ? fit il de son air le plus charmeur. Maintenant, Olivia, emporte ta coupe dans ta chambre, prends un bon bain et fais-toi belle. Je m'occupe de tout.

Saisissant un iris noué d'un léger ruban de gaze bleue, il le lui tendit.

— Tiens, c'est pour toi.

— C'est ma fleur préférée, dit-elle, songeuse.

— Sa couleur va parfaitement avec tes yeux.

— Des wedgwood, dit-elle pensivement, l'esprit tourné vers le passé. C'est le nom de cette variété d'iris.

— Cela te rappelle quelque chose ? demanda-t-il d'une voix douce en lui enserrant le poignet dans sa grande main ferme.

Comme il savait être intuitif quand il le voulait !

— Mon père faisait pousser des iris...

C'était avant que tu ne fuies le foyer familial, papa, incapable que tu étais de faire face à l'alcoolisme de maman... Parce que tu croyais que j'en étais capable, moi ? Je n'avais que douze ans...

Se dégageant de l'étreinte de Zac, elle fit un pas en arrière.

— Pourquoi m'aides-tu, Zac ?

D'habitude, il ne se donnait pas tant de mal pour séduire. Alors, que voulait-il d'elle, si ce n'était pas du sexe ? Quel besoin avait-elle d'aide ou de sympathie ?

— Je t'aide parce que j'ai senti que tu en avais besoin, répondit-il d'un ton chaleureux. Je pensais que cela te ferait plaisir, pas que tu essaierais de te débarrasser de moi.

Il y avait longtemps qu'elle s'était débarrassée de lui... Oubliait-il qu'elle l'avait quitté ?

— Désolée de me montrer ingrate, dit-elle en avalant une gorgée de champagne, honteuse de ses pensées. C'est très chic de ta part de m'aider. Je serais encore en train d'essayer d'imposer mes vues à la fleuriste si tu ne l'avais pas amadouée par magie. Tes dons de persuasion font merveille.

Elle fit un geste en direction du bar.

— La pyramide de coupes de champagne que tu as suggérée au barman est beaucoup plus spectaculaire que ce qu'il voulait faire... Et tu as même persuadé la gouvernante de l'étage de prévoir une corbeille pour le chien d'aveugle, ce qui contrevient aux règles de l'établissement !

— Un non-voyant a le droit d'emmener son chien partout.

— Mais pas forcément de lui faire installer un lit pour la nuit dans une salle de banquet !

Pour toute réponse, il lui sourit de plus belle, la laissant pantelante.

Il était temps qu'elle se sauve, ou elle allait lui suggérer quelque chose de stupide. La masser avant qu'elle n'enfile sa robe de soirée, par exemple.

Les mains de Zac étaient de la dynamite quand elles agissaient sur ses muscles. Il avait suivi une formation en marge de son cursus de chirurgien, et était toujours prêt à faire profiter son entourage de ses talents d'expert en massage. Bien qu'il y ait eu entre eux des massages d'une autre sorte, ce soir un massage en bonne et due forme lui aurait suffi pour se détendre.

Hum... N'était elle pas en train de se mentir ?

Honteuse, elle avala quelques bulles de champagne, sans penser à les savourer. Mais il remplit à nouveau sa coupe.

— Emporte donc ça dans ta chambre !

La saisissant par le bras, il la guida vers les ascenseurs.

— A ce soir, 18 heures, pour le verre d'avant dîner, dit-il en pressant le bouton.

— Je serai là bien avant 18 heures pour un dernier coup d'œil, répondit-elle tandis que les portes de l'ascenseur se refermaient sur elle.

Mais l'odeur épicée et boisée de Zac était entrée avec elle dans l'ascenseur, entraînant son lot de souvenirs. La soirée serait redoutable ! Heureusement, elle avait une heure devant elle pour s'y préparer.

Une fois dans sa chambre, elle commença à se déshabiller, éparpillant ses vêtements sur le chemin de la salle de bains. Un bon bain, brûlant et débordant de mousse, voilà ce qu'il lui fallait.

Ayant ouvert les robinets à fond, elle versa dans la baignoire une dose massive de bain moussant, et se défit de ses derniers vêtements. Pendant qu'elle se démaquillait, le miroir lui renvoya l'image des yeux les plus brillants qu'elle se soit vu depuis longtemps.

Hé... Elle devait se reprendre...

Pourquoi était-elle aussi excitée ? Elle n'avait aucune envie d'avoir de nouveau une aventure avec Zac. Leur relation n'avait eu aucune base solide, à part le sexe, et c'était elle qui l'avait quitté, pourtant, elle avait mis des semaines à s'en remettre. Que serait-ce si c'était lui qui l'abandonnait, qu'il disparaissait dans la nature sans un regard en arrière, comme son père l'avait fait ?

Se laissant glisser dans l'eau chaude, elle sentit avec soulagement son corps se détendre.

Cela l'aiderait à affronter Zac...

Ce soir, elle avait intérêt à être maîtresse d'elle-même. Tous leurs amis présents allaient les épier, guettant le moindre signe d'animosité entre eux ou, pire encore, les indices de possibles retrouvailles.

Renversant la tête, elle ferma les yeux.

Comment résister au film qui se déclencha aussitôt derrière ses paupières closes ?

Zac, tellement beau qu'il lui donnait envie de n'en faire qu'une bouchée... Son corps viril et adroit, d'une souplesse de félin, plein de sauvagerie et cependant de douceur...

Lui avait-elle manqué, même un tout petit peu ? L'admettrait-il, si par miracle c'était vrai ?

Et elle, admettrait-elle qu'il lui avait manqué, s'il le lui demandait ?

Pourtant !...

Pour la dixième fois, Zac consulta sa montre. Il était 18 heures passé de vingt minutes et pas trace d'Olivia. Etre en retard ne lui ressemblait pas. Inquiet, il observa les invités qui commençaient à se presser dans la vaste salle.

Une voix le fit sursauter.

— Bonsoir, Zac. Je suis ravi de vous voir. Comment allez-vous ?

La personne qui se tenait face à lui n'était autre que Paul Entwhistle.

— Paul ! s'exclama Zac, serrant avec effusion la main de son vieux professeur. Je vais bien, merci. Et vous ? Etes-vous content de votre vie de bagne dans le Waikato ?

Deux ans auparavant, Paul Entwhistle avait abandonné sa florissante pratique privée à Auckland pour prendre la direction du département d'orthopédie d'un hôpital universitaire dans la région du Waikato, au nord de la Nouvelle-Zélande.

Il adressa à Zac un sourire chaleureux.

— J'ai pris cette semi-retraite pour passer plus de temps avec ma famille et j'en suis très heureux. Mais vous Zac, quoi de neuf ? J'ai été étonné d'apprendre qu'Olivia et vous étiez séparés depuis plus d'un an. J'aurais juré que vous seriez incapables de tenir longtemps loin l'un de l'autre.

Contrarié, Zac se rembrunit. Combien de fois au cours de la soirée allait-il entendre des commentaires sur sa rupture avec Olivia ?

— Eh bien, cela prouve que nous sommes l'un comme l'autre des personnes imprévisibles, voilà tout, répliqua-t-il d'un ton acerbe.

A peine avait-il fini sa phrase qu'il fut saisi de remords. L'éminent professeur s'était toujours conduit avec lui en ami autant qu'en maître. Il ne méritait pas de faire les frais de sa mauvaise humeur.

— A l'époque, nous avions tellement de travail qu'une rupture était inévitable, reprit-il d'un ton radouci.

— Je savais que vous étiez très occupés, mais je n'aurais jamais cru que vous renonceriez à votre relation. D'ailleurs, où est-elle ? demanda Paul en parcourant la vaste salle du regard.

C'était exactement la question que Zac se posait. Bientôt 18 h 30...

— Aucune idée, répondit-il. Je vais lui passer un coup de fil.

Gagnant un coin plus calme, il sortit son portable et appela Olivia. Même dans les moments où il lui en avait le plus voulu de l'avoir plaqué de façon aussi cavalière, il avait été incapable d'effacer son numéro.

— Oh ! Zac, je me suis endormie, répondit-elle instantanément.

Tiens, tiens... elle avait donc elle aussi gardé son numéro en mémoire... Intéressant...

— Tout se passe bien ? demanda-t-elle d'une voix où l'affolement était perceptible. J'arrive tout de suite...

— Respire profondément et compte jusqu'à dix. Et rassure-toi. Tout se passe selon tes instructions.

— Oui, mais je devrais être là, accueillir les invités... Oh ! mon Dieu...

Il entendit une sorte de claquement en bruit de fond.

— Ah, zut, zut, zut, trois fois zut...

— Olivia, s'écria-t-il, inquiet, que se passe-t-il ?

— Ma coupe de champagne a heurté le rebord de la baignoire. Il y a des débris de verre partout.

— Appelle la femme de chambre.

— Pas le temps ! J'étais censée être là avant l'arrivée des invités, pas après. C'est affreux ! Tout le monde va croire que je me moque de ce qui se passe...

La panique et l'angoisse étaient monté de plusieurs crans dans sa voix.

— Oh ! mon Dieu, comment ai-je pu être assez bête pour m'endormir dans mon bain ?

— Ecoute-moi..., fit-il en fixant désespérément le plafond.

Comment ne pas se représenter Olivia dans son bain, ses joues roses et la pointe de ses seins émergeant d'un nuage de mousse odorante ? Il aurait voulu la rassurer, mais, montée en boucle, elle n'écoutait rien et se lamentait sans qu'il puisse l'interrompre.

— J'ai travaillé des jours et des jours à la réussite de ce gala. Cela m'a épuisée. Je n'avais plus que quelques heures à tenir. Pourquoi n'en ai-je pas été capable, pourquoi, pourquoi... Oh ! je suis lamentable...

— Veux-tu que je vienne t'aider à te préparer ? demanda-t-il dès qu'il put placer un mot, pourtant persuadé qu'il se ferait vertement remettre à sa place.

En effet, au bout du fil, elle explosa...

— Venir dans ma chambre ? Tu n'y penses pas. Je n'ai rien sur moi.

Plus attendri que troublé, il ne put se retenir de sourire.

— Prends ton temps pour te faire belle, je te garantis que ton entrée sera spectaculaire. Il y aura des oh ! et des ah ! d'admiration quand tu monteras sur le podium pour déclarer le gala ouvert.

Il y eut un silence au bout du fil. Olivia semblait avoir cessé de respirer, mais il fut certain d'entendre son cerveau fonctionner à plein régime.

— Pourquoi pas..., dit-elle enfin avant de raccrocher.

Elle avait dit cela d'un drôle de ton... Cessant de s'interroger, il glissa son portable dans la poche de son smoking et se dirigea vers la salle de réception.

Soudain, la porte de l'ascenseur s'ouvrit devant lui, et un homme très pâle en sortit, se mouvant péniblement.

Andy ! Celui pour qui tant d'efforts étaient déployés ce soir...

— Hello, Andy ! s'écria Zac en allant à lui, la main tendue. Heureux de te voir !

Pourrait-il dissimuler son émotion ? La leucémie exerçait ses ravages sur Andy, qui avait une mine à faire peur.

— Quelle soirée extraordinaire ! fit celui-ci avec un sourire ému. Quand Olivia m'a dit que tant de monde s'était mobilisé pour moi, je n'en ai pas cru mes oreilles.

Il s'essuya furtivement les yeux.

— De quoi faire pleurer les pierres !

— Retiens tes larmes, mon vieux ! répliqua Zac, s'efforçant de combattre la boule qui se formait dans sa gorge, ou toutes les femmes de l'assistance vont se transformer en fontaine !

A sa grande surprise, Andy parvint à rire.

— J'imagine l'ambiance, si les Kleenex circulent davantage

que le champagne ! dit-il, semblant retrouver son humour d'antan.

Jetant un coup d'œil derrière Andy, Zac vit qu'il avait été rejoint par sa femme, Kitty, et leurs trois petits garçons.

— Quel plaisir de te voir, Kitty, fit-il en l'étreignant.

— Quel réconfort de vous savoir tous mobilisés, répondit-elle. Je ne remercierai jamais assez CC. Elle a tout organisé, jusqu'à s'assurer que nous étions confortablement logés à l'hôtel.

— Que veux-tu, Kitty, notre CC est comme ça répondit-il avec enthousiasme.

Mais il s'aperçut qu'Andy chancelait sur ses jambes.

— Venez par ici, dit-il aussitôt en poussant la petite famille devant lui, je vais vous conduire à votre table.

Traverser la vaste salle prit un certain temps, chacun voulant saluer Andy et sa famille, et leur adresser des paroles d'encouragement. De nombreux convives, tout en essayant de le cacher, éprouvaient un choc à la vue d'Andy, et celui-ci donnait des signes de fatigue, aussi Zac fit-il de son mieux pour presser le mouvement.

Comme il avançait une chaise pour Kitty, un frémissement parcourut la salle. Il n'eut pas besoin de se retourner pour en connaître la cause.

Olivia venait de faire son entrée...

Elle produisait toujours cet effet, et pas seulement sur lui ! Quand elle arrivait quelque part, elle irradiait un charme irrésistible, et, comme par un coup de baguette magique, mettait chacun à sa merci.

Pourtant, quand il se tourna vers le podium, il en eut le souffle coupé.

Jamais il n'avait vu Olivia ainsi !

Etonnante ? Eblouissante ?

Les mots étaient faibles. Et cette robe ! Un vêtement pareil — si l'on pouvait appeler cela un vêtement ! — aurait dû être illégal, frappé d'interdiction pour atteinte aux bonnes mœurs...

Elle semblait peinte à même la peau, excepté là où l'étoffe

aérienne, presque immatérielle, flottait légèrement à partir du haut des jambes. Le corps entier d'Olivia était comme illuminé par les paillettes d'or qui scintillaient sur ses courbes adorables.

Dire qu'il s'était cru capable de passer la soirée près d'elle sans flancher...

Quel pauvre naïf il faisait !

4

— Chers amis, bienvenue à cette soirée qui s'annonce exceptionnelle !

Sur le podium, micro en main, Olivia s'interrompit une minute, le temps d'évacuer la tension.

Son but était atteint ! Andy et sa famille étaient là, les collègues et amis qui avaient promis de venir aussi, et, d'après le brouhaha chaleureux qui régnait dans la salle, tous étaient heureux de se retrouver. Ils appréciaient la soirée.

Un seul hic : Zac aussi était là.

Debout au milieu de la salle à côté de la table d'Andy, il l'observait, les yeux ronds, la bouche ouverte, l'air ahuri.

Tiens, tiens... C'était intéressant qu'elle lui fasse cet effet... Et si elle tentait une petite provocation... Oh ! juste pour voir...

Avançant vers l'avant du podium, elle se plaça dans la lumière d'un projecteur, faisant négligemment virevolter les pans aériens de sa robe autour de ses jambes, et fixa Zac droit dans les yeux.

Il y avait de quoi se réjouir ! Un bataillon de pom-pom girls entièrement nues aurait pu défiler devant lui sans qu'il s'en aperçoive. Il semblait sous hypnose...

Elle qui jamais auparavant n'avait osé porter ce genre de tenue, elle avait craqué pour cette robe. Elle avait bien fait ! Comme dans les contes, le vêtement devait être doté de vertus magiques. Voilà qu'il ensorcelait Zac et réveillait l'étincelle qui pétillait autrefois entre eux, ardente et vive, toujours prête à s'enflammer...

Le silence étonné qui se faisait autour d'elle la rappela à l'ordre. Elle était censée prononcer des mots de bienvenue, pas fantasmer sur Zac et sur leurs folies passées !

— Pardon de ce moment de distraction, chers amis, fit-elle avec un geste d'excuse. Je me croyais de retour à la fac de médecine, en pleine démo sur la façon de boire une bière en faisant les pieds au mur.

Un éclat de rire général retentit. Rassurée, elle adressa son sourire le plus éblouissant à l'assistance.

— J'espère que vous avez tous sous la main le numéro de téléphone de votre banquier, parce que nous allons nous livrer à des enchères historiques ! Ça va être grisant ! Et pour vous faire perdre tout à fait la tête, des coupes du meilleur champagne vont circuler parmi vous.

Aussitôt, les serveurs s'élancèrent dans la salle, leurs plateaux chargés de coupes où mille bulles pétillaient.

— Les petits-fours vont suivre, gardez patience. Les enchères auront lieu avant le dîner. Je vous conseille de prendre connaissance des lots et des cadeaux exposés sur les tables près de l'entrée.

Avec fierté, elle parcourut l'assistance des yeux. C'était elle qui avait rassemblé tous ces gens dignes d'estime et d'amitié !

— Passez une bonne soirée ! dit-elle. Si quelque chose vous manque, n'hésitez pas à vous adresser à...

A ce moment, son regard croisa celui de Zac.

— ... à Zachary Wright, fit-elle en lui adressant un sourire malicieux. Il s'est porté volontaire pour résoudre tous les problèmes, et prendrait comme une offense personnelle qu'on le laisse passer la soirée assis, les bras croisés !

Des rires fusèrent à nouveau, et elle quitta le podium dans un brouhaha joyeux. Comment allait-elle éviter Zac ? Soudain, Paul Entwhistle se dressa devant elle.

— Olivia, ma chère enfant, vous faites des miracles, dit-il

en l'étreignant. Il y a ici autant de monde qu'à Eden Park pour un match de rugby international. Bravo !

— Vous avez une petite tendance à l'exagération, répondit-elle, touchée des compliments du digne professeur. Allez-vous faire monter les enchères ? Il y a quelques lots extraordinaires.

— J'en ai repéré un, répondit-il avec une curieuse étincelle dans le regard.

— Lequel ? demanda-t-elle, piquée par la curiosité.

Mais Paul, comme s'il n'avait pas entendu, changea de sujet.

— Je vois que vous aimez toujours provoquer Zac, dit-il d'un air amusé. Votre rupture m'a désolé. J'ai toujours pensé que cela durerait entre vous...

Dans une autre vie, peut-être... ne retournez pas le couteau dans la plaie, mon cher Paul...

— Désolée de vous décevoir, Paul, fit-elle d'un ton aussi léger que possible, mais ni Zac ni moi ne sommes du genre à nous installer.

— A mon avis, vous vous trompez, répondit-il.

Il avait toujours dans le regard cette curieuse étincelle qui finissait par la mettre mal à l'aise.

— Excusez-moi, Paul, je dois circuler parmi les invités...

Et surtout m'éloigner avant que Zac ne nous rejoigne...

— ... mais je suis sûre que Zac sera ravi de bavarder avec vous...

— Trop aimable, Olivia, fit une voix à son oreille.

Trop tard pour s'enfuir ! Zac se tenait à côté d'elle. Elle se força à sourire.

— Je pensais que cela te ferait plaisir, de profiter de la compagnie de Paul. Tu es seul, ce soir, Zac, je te le rappelle.

— Touché ! Un point pour toi ! fit Zac en riant.

L'air prodigieusement amusé, Paul n'avait pas perdu une miette de leur passe d'armes, puis était parti se mêler aux autres convives.

— J'ai quelques détails à régler avec le commissaire-priseur, dit-elle à la hâte, gênée de se retrouver seule avec Zac.

— Devrons-nous brandir les lots, comme dans une tombola de jeux télévisés ? demanda-t-il de son air le plus caustique.

— C'est moi qui le ferai, répondit-elle sèchement.

Elle commençait à regretter d'avoir accepté son aide.

La saisissant par le bras, il la força à se retourner. Tout à coup, il avait perdu son air moqueur.

— Cette soirée est ta soirée, Olivia. Mais j'ai vraiment envie d'y contribuer en apportant mon aide. Et je ne suis pas le seul dans ce cas, ici. Andy s'est montré tellement chic pour beaucoup d'entre nous !

— Un point pour toi..., répondit-elle de mauvaise grâce.

Quand elle entreprenait quelque chose, elle voulait l'assumer de A à Z. Cela lui donnait le sentiment d'accomplissement qu'elle n'atteignait jamais quand elle essayait de maintenir sa mère dans le droit chemin.

— Buvons un verre et allons nous occuper de ces enchères, dit-il avec le sourire irrésistible dont il avait le secret.

— D'accord, mais je ne bois plus que de l'eau jusqu'à la fin de la soirée...

Zac avait-il un pouvoir secret sur les gens et les choses ? A peine eut-il levé la main qu'un serveur se matérialisa devant eux, un plateau supportant des flûtes d'eau pétillante à la main.

Zac en prit deux, en tendit une à Olivia, et leva la sienne :

— Aux sommes folles que nous allons lever pour aider notre cher Andy !

Troublée, elle sentit qu'il lui posait sa main chaude et ferme entre les épaules, là où sa robe arachnéenne laissait nu un grand triangle de peau, tandis qu'il la fixait avec amusement de ses yeux sombres, irradiant de gaieté et de bonne humeur.

Dans un passé pas si lointain, un seul regard de ces yeux suffisait à la mettre au bord de l'extase.

Ce soir, curieusement, ils lui inspiraient moins des fantasmes érotiques que l'envie de partager des choses douces avec lui. Bavarder paisiblement sur le canapé de son salon, par exemple, ou grignoter un repas sans façons sur la table de la cuisine, ou encore flâner sur la plage en écoutant le clapotis des vagues...

— Tu n'as jamais pensé à t'établir ? demanda-t-elle étourdiment.

Aussitôt, il se renfrogna.

— Si jamais j'y pensais, je me garderais bien de le faire !

Une onde de déception la parcourut. Pourtant, elle-même n'avait pas l'intention de prendre racine auprès d'un homme...

— Je suis très heureux comme je suis ! fit-il d'un ton sans réplique.

Ah bon ?... alors pourquoi cet éclair de tristesse dans son regard...

— Eh bien, moi, dit-elle d'un ton aussi désinvolte que possible, je me suis en quelque sorte installée. J'ai acheté une jolie petite maison des années 1920 dans le quartier de Parnell. Je l'aime beaucoup, je la refais peu à peu.

En pensant à sa maison, elle ne put réprimer un sourire de fierté.

— J'ai fait moi-même la peinture et la pose du papier peint. Je crois avoir quelques talents de décoratrice...

Une bouffée d'orgueil l'envahit à la pensée de sa cuisine toute neuve et du coin salle à manger, tellement accueillant, mais elle s'interrompit. Gary, le commissaire-priseur, venait à elle la main tendue.

— Hello, Olivia ! Vous avez réussi un exploit en réunissant tant de lots admirables, dit-il avec un sourire admiratif. Les enchères vont exploser, ce soir !

— C'est le but ! répondit-elle en lui rendant sa chaleureuse poignée de main. Pouvons-nous faire quelque chose pour vous ? demanda-t-elle après lui avoir présenté Zac.

— Veillez à ce que nos verres soient pleins, et nous serons comblés, répondit Gary en riant. Je m'occupe de tout avec mon assistant.

De la main, il désigna un jeune homme qui s'activait à

disposer et numéroter les lots sur les grandes tables réservées à cet effet.

— Dans ce cas, viens, allons plutôt nous occuper des invités, dit Zac avec autorité.

Comme si elle avait besoin de lui pour le faire !

Néanmoins, elle le suivit.

Comme s'il était naturel qu'il veille avec elle au bon déroulement de la soirée...

Zac poussa un rugissement intérieur.

Il aurait dû gagner la sortie au pas de course et fuir sans un regard en arrière !

Etre dans le sillage d'Olivia, qui tenait tout le monde sous son charme, le rendait fou. Les effluves de son parfum se dégageaient de façon entêtante dès qu'elle faisait un mouvement, et Dieu savait que la diablesse était toujours en mouvement ! Même quand elle restait immobile, elle semblait bouger ! Son visage expressif, son sourire, l'éclat de son regard, créaient une incroyable impression de vivacité, ses mains voletaient dans l'air avec grâce. Parfois, pire encore, elles reposaient le long de son corps, attirant l'attention sur ses courbes parfaites.

Serrant son verre d'eau gazeuse d'une main, il enfouit rageusement l'autre dans sa poche pour ne pas être tenté de la passer autour de la taille d'Olivia, libre sous l'arachnéenne mousseline de la robe.

Laisser quiconque — et surtout elle ! — deviner ce qu'il éprouvait aurait été une catastrophe.

D'ailleurs, que pensait donc Paul Entwhistle ? L'éminent professeur se tenait à nouveau auprès d'eux, sa haute silhouette distinguée impassible, mais le regard courant de l'un à l'autre avec une lueur malicieuse qui commençait à l'inquiéter.

Comme un serveur passait à proximité avec un plateau, il en profita pour échanger prestement son verre d'eau contre une coupe de champagne. Au diable la sobriété ! Il avait besoin d'un nectar plus costaud que de l'H2O, même si c'était de l'H2O avec bulles !

Plus raisonnable que lui, Olivia reprit un verre d'eau pétillante et, le portant à ses lèvres, jeta un regard anxieux autour d'elle. Perfectionniste comme elle l'était, pas étonnant qu'elle n'arrive pas à se détendre.

— C'est le moment de lancer les enchères, dit-elle nerveusement. Tout le monde est arrivé à présent.

— Bonne idée, répondit Paul qui semblait toujours en proie à un amusement inexplicable. L'ambiance est à l'euphorie, il faut en profiter.

Ayant reposé son verre, Olivia gagna le podium et saisit le micro.

— Mes amis, je vous demande votre attention.

Mais elle eut beau tapoter le micro et répéter son appel, les conversations ne cessèrent pas. Le bruit semblait au contraire s'amplifier. Voyant qu'elle ne parvenait pas à se faire entendre, Zac bondit sur le podium et posa sa main sur la sienne, crispée sur le micro. Une main à la peau douce et tendre qui trahissait la fragilité secrète de l'indomptable CC...

— Silence, je vous prie ! fit-il d'une voix si forte que les conversations cessèrent aussitôt.

Tout le monde se tourna vers lui.

— Nous allons lancer les enchères, dit-il. Prenez un siège et installez-vous de façon à ce que Gary, notre commissaire-priseur, puisse voir chacun de vous. Attention à vos moindres gestes ! Si vous vous grattez le genou, il pourrait croire que vous enchérissez...

Ouf ! Malgré la proximité troublante d'Olivia, il avait réussi à être léger ! Après un éclat de rire général, tous s'installèrent. Le silence religieux qui se fit augmenta d'un cran la nervosité de CC.

— Et si nous récoltons à peine de quoi payer un aller simple vers la Californie pour Andy ? souffla-t-elle à mi-voix.

— Du calme, lui répondit-il à l'oreille. Les enchères vont s'envoler, tu vas voir.

— Comment peux-tu en être si sûr ?

— Parce que je crois en toi, dit-il en lui prenant la main.

— Tu sais dire de gentilles choses quand tu veux, murmura-t-elle en dégageant sa main et en tournant son attention vers la salle à présent silencieuse.

Elle avait dit cela d'un ton narquois, mais il n'en prit pas ombrage. Elle était experte à cacher ses sentiments. Autrefois déjà, quand il s'aventurait à poser des questions personnelles, elle savait le faire taire d'un baiser. Que cela signifiait-il ? Avait-elle quelque chose à cacher ? Qui était vraiment Olivia Coates-Clark ? Qui était la véritable CC ?

Troublé, il saisit l'enveloppe qui allait être mise aux enchères et la brandit. C'était un lot magnifique ! Cinq jours de vacances pour deux personnes dans un endroit de rêve des îles Fidji.

Les enchères démarrèrent au quart de tour et grimpèrent dans une ambiance survoltée. Beaucoup voulaient avoir l'honneur de remporter la première offre. Mais Paul coiffa tout le monde au poteau, mettant au pot une somme assez considérable pour envoyer une bonne douzaine de personnes aux îles Fidji plutôt que deux !

— Quel succès pour toi, fit Zac à mi-voix en se tournant vers Olivia.

Ils avaient donné le micro à Gary, qui s'acquittait de sa tâche avec fougue.

— Ce n'est pas moi qui suis la cause du succès, c'est lui, répondit-elle avec un regard vers Andy.

Malgré sa fatigue, le héros de la fête faisait bonne figure avec son élégance habituelle. Il semblait sous le choc des sommes colossales que ses amis étaient prêts à dépenser pour lui.

— Quelle est la prochaine enchère ? demanda discrètement Zac à Olivia.

— Le week-end sur ton voilier, avec toi à la barre ! Les femmes de l'assistance vont surenchérir ! Elles sont toutes folles de toi...

Sauf toi..., pensa-t-il amèrement.

Il se rembrunit encore davantage quand le financeur de l'une des cliniques où il exerçait remporta l'enchère. C'était un raseur de première ! Passer deux jours en mer avec lui ne serait pas une partie de plaisir. Tant pis ! Il ferait quand même tout pour que sa famille et lui gardent un souvenir impérissable de leur virée en mer...

A présent, la vente battait son plein. Gary menait l'affaire de main de maître, et le montant des enchères crevait le plafond, quels que soient les lots proposés, aquarelle d'amateur ou bibelot de prix, dîner au restaurant multi-étoilé Viaduct Harbour, week-ends dans des endroits de rêve, minicroisières...

Au fur et à mesure que le marteau de Gary retombait sur la table, les yeux d'Olivia devenaient plus brillants.

— Gagné ! s'exclama-t-elle après la dernière adjudication, l'air radieux. Grâce à nous, Andy ira se faire soigner en Californie !

— Tu vois, ce n'était pas la peine de t'en faire, lui dit Zac, amusé.

— Comment voulais-tu que je ne m'en fasse pas ! répondit-elle avec une vivacité qui le désarçonna. Je pouvais tout contrôler, sauf le déroulement des enchères !

Etait-ce pour cela qu'elle l'avait quitté ? Pour ne pas risquer de perdre le contrôle de la situation ?

— Mesdames et messieurs, les enchères sont closes, annonça Gary. Tous les lots ont trouvé acquéreurs !

Les yeux embués, Olivia le rejoignit derrière la table, un papier à la main.

— Vous êtes tous merveilleux, dit-elle d'une voix émue dans le micro. Le résultat des enchères dépasse nos rêves les plus fous.

Quand elle eut proclamé le montant obtenu, une salve d'applaudissements éclata, la contraignant à attendre un bon moment avant de pouvoir continuer.

— Votre générosité est une magnifique leçon d'humilité et de solidarité, dit-elle.

Gagné par l'émotion, Zac porta son regard vers la table d'Andy. Kitty était en larmes et Andy, après s'être essuyé les yeux d'un revers de main, s'extirpa de son siège. Il se créa avec peine un chemin jusqu'à Olivia, qu'il serra longuement dans ses bras avant de saisir le micro.

— Que dire de plus, chers amis ? Olivia a raison, vous êtes tous merveilleux.

Sa voix se brisa, mais il continua.

— Ce soir, vous nous avez rendu l'espoir, à moi, à Kitty et à nos enfants.

Dans un silence religieux, il marqua une pause afin de reprendre son souffle.

— CC, dit-il enfin en se tournant vers Olivia, je ne te remercierai jamais assez. Tous nos amis se sont mobilisés ce soir, mais, sans toi, rien n'aurait eu lieu.

Incapable de maîtriser son enthousiasme, Zac applaudit, et aussitôt tous se levèrent pour une vibrante *standing ovation*.

— Mesdames et messieurs, s'exclama-t-il en saisissant la main d'Olivia et en la brandissant, notre CC…

— Arrête, murmura-t-elle, des larmes ruisselant sur ses joues, tu m'embarrasses…

— Chers amis, clama-t-il de plus belle, CC prétend qu'elle est embarrassée. Qui de vous a déjà vu cette indomptable créature embarrassée ?

Des rires fusèrent, et les applaudissements redoublèrent.

— Tu es insupportable, Zac, murmura-t-elle.

Insupportable, lui ? Non !

Juste enchanté de la taquiner.

Comme ils aimaient le faire autrefois…

5

— Fatiguée, Olivia ? demanda Zac d'un ton plein de sollicitude tandis qu'ils se déhanchaient sur la piste de danse.

Hélas, oui, fatiguée elle l'était, même si la musique endiablée des Eziboy lui donnait un coup de fouet. Pour un peu, elle se serait laissée aller contre ce torse solide et ces hanches souples qui suivaient le rythme face à elle.

— Tu veux faire une pause ? Boire un verre ?

— Bonne idée, répondit-elle avec empressement.

Elle se dirigea aussitôt vers leur table, trop contente de mettre un peu d'espace entre elle et ce corps qu'elle avait si souvent couvert de baisers.

Ah, si elle avait pu se faufiler hors de la salle à l'insu de tous et aller se glisser dans son lit ! En désespoir de cause, elle porta à ses lèvres la coupe de champagne que Zac lui tendait. Le champagne était frais, délicieux, détendant...

— Tu peux continuer à danser, si tu en as envie, je n'ai pas besoin d'un baby-sitter, dit-elle en se laissant aller contre le dossier de sa chaise.

— Danser n'est pas mon passe-temps favori.

— Dommage. Tu as le rythme dans la peau...

— Pourtant, répondit-il, moqueur, tu dormais debout pendant que je m'évertuais à me déhancher !

— Tu n'imagines pas à quel point je suis fatiguée, se défendit-elle. Mes muscles sont tous noués, je vais mettre des heures à m'endormir !

— Tu sais ce qu'il te faut ? Quelques jours de repos dans un endroit où personne ne te parlera boulot ou levée de fonds, et où ta seule préoccupation sera de décider ce que tu vas te faire servir pour le dîner !

La dévisageant, il but lentement une gorgée de champagne.

— Tu te rappelles tes dernières vacances ? demanda-t-il, la voix soudain très sourde.

Elle savait à quoi il faisait allusion...

Peu de temps avant leur rupture, il avait réservé trois nuits dans un complexe de luxe de l'île Waiheke, véritable petit paradis à trente minutes de bateau d'Auckland.

Pour la première fois, ils auraient pu passer du temps ensemble. Mais, le lendemain de leur arrivée, Zac avait été réveillé à l'aube par un coup de fil. Son frère venait d'être hospitalisé avec un collapsus pulmonaire gravissime, il fallait qu'il rentre de toute urgence à Auckland.

Les deux jours suivants, elle avait attendu son retour. Mais il n'était pas revenu... Elle s'était souvent demandé si ce séjour leur aurait permis de se connaître un peu mieux que le huis clos d'une chambre à coucher, où ils se conduisaient comme deux enragés de la libido.

— J'aurais dû rester avec toi à Waiheke, murmura Zac, comme s'il avait lu ses pensées.

— Ta famille avait besoin de toi !

— Besoin de moi ? Ma famille ? fit-il avec un ricanement amer. Penses-tu ! Pas du tout !

— Ils t'ont pourtant téléphoné aux aurores.

— C'est mon grand-père qui m'a appelé au sujet de Mark. Pas mes parents, répondit-il d'un ton tellement agressif que, gênée, elle resta la bouche ouverte.

— Puis-je me joindre à vous ? fit une voix cordiale derrière eux, créant une heureuse diversion.

Sans attendre de réponse, Paul Entwhistle tira une chaise à lui et s'installa à leur table.

— Je ne veux pas vous importuner longtemps, dit-il.

Pourtant, il s'adossa confortablement et, sans un mot, tira lentement de la poche intérieure de son smoking une longue enveloppe qu'il posa sur la table en la tapotant négligemment du bout des doigts.

Prise d'une appréhension soudaine, Olivia reconnut la première enveloppe mise aux enchères. Celle qui avait été disputée avec acharnement et que Paul avait arrachée grâce à une enchère mirobolante. Celle qui contenait une invitation pour des vacances de rêve...

— C'est pour vous deux, annonça enfin Paul. Cinq nuits au club de vacances de l'île de Tokoriki, dans l'archipel des Fidji.

Oh Paul, vous ne pouvez pas me faire ça... pas question que j'aille où que ce soit avec Zac... surtout dans un endroit propice à l'intimité comme un complexe de rêve aux îles Fidji...

— C'est très aimable à vous, Paul, dit-elle fermement, mais ma réponse est non.

— Et vous, Zac, qu'en pensez-vous ? demanda Paul qui semblait rire sous cape.

Qu'importait ce qu'en pensait Zac ! Elle n'irait pas, un point c'est tout !

Pourtant, quelques jours loin de tout... Des plages de sable blanc, une mer transparente et chaude, des palmiers se balançant dans la brise tropicale... et... et Zac...

La voix de Zac résonna, et les plages des Fidji se fondirent dans un brouillard.

— Ma réponse est également non, fit-il d'un ton sans réplique. Néanmoins, merci, Paul.

— Réfléchissez tous les deux avant de rejeter mon offre, répondit Paul.

Sans se départir d'un petit sourire en coin, il les dévisagea.

— Regardez vos mines de papier mâché ! Vous ne prenez jamais de vacances, vous êtes aussi épuisés l'un que l'autre. Une semaine sur une île paradisiaque vous fera le plus grand bien, dans un hôtel de luxe, avec des huttes sur la plage dotées de tout le confort, la mer à vos pieds et un spa et un personnel stylé à disposition… Le calme est garanti, il n'y a que peu de huttes, et elles sont faites pour accueillir uniquement des couples, pas de familles avec enfants…

— Vous brossez là un tableau enchanteur, dit vivement Olivia, redoutant de se laisser séduire. Mais comment pouvez-vous imaginer que Zac et moi partagions une hutte sur une plage ?

— Vous avez le choix entre la première ou la seconde semaine de juillet, répondit Paul sans se laisser démonter. Il est donc nécessaire que vous vous concertiez pour choisir la période qui vous convient à tous les deux.

— Juillet, c'est dans quinze jours, Paul ! Comme si je pouvais boucler mes bagages et laisser tomber mes patients ! dit-elle.

— De même pour moi, dit Zac en grommelant, faisant chorus.

— Je vous remplacerai, Zac, répondit Paul, imperturbable. Quant à vous, CC, pour cinq jours seulement, je suis sûr que vous trouverez quelqu'un pour prendre le relais.

Soudain songeur, Zac but une longue gorgée de champagne.

— Tout cela ne nous dit pas pourquoi vous faites cela, Paul, dit-il enfin. Nous avons besoin de vacances, d'accord, mais cela ne justifie pas une telle générosité !

— Qu'importe ! dit Olivia, pressée de couper court à toute spéculation. Paul, votre offre est très généreuse, et je vous remercie du fond du cœur, mais je la refuse.

Pourtant, d'aussi fabuleuses vacances tombaient à pic. Organiser la soirée et la levée de fonds en faveur d'Andy sans rien abandonner du suivi de ses patients avait eu raison de sa légendaire résistance. Elle était à bout.

Se faire dorloter dans un endroit de luxe était tentant. En outre, cela lui permettrait d'échapper à la prochaine crise de sa mère, qui n'allait pas tarder ! Un regard furtif vers le visage bien dessiné et les épaules athlétiques de Zac lui confirma qu'une escapade en sa compagnie ne manquerait pas de charme…

Une toux discrète se fit entendre de l'autre côté de la table.

— Je peux te remplacer si tu t'absentes, Olivia. Cela fait un moment que tu as visiblement besoin de repos.

Une jeune consœur de l'hôpital chirurgical d'Auckland la regardait en souriant. Olivia la dévisagea. Sa volonté commençait à vaciller dangereusement. Un coup d'œil à Zac lui apprit que lui aussi semblait en proie à un débat cornélien.

— Qu'en penses-tu, CC ? demanda-t-il d'une voix mal assurée. Cela serait peut-être agréable...

Consternée, elle constata que chacun, autour de la table, semblait guetter sa réponse avec autant de curiosité que s'il s'était agi d'un défi à relever.

S'était-elle jamais dérobée face à un défi ?...

Mais elle n'en avait jamais affronté de ce type ! Pouvait-on décemment partir en vacances, sur une île quasi déserte, avec l'homme que l'on avait quitté avec pertes et fracas quelques mois auparavant ? Surtout s'il vous faisait tourner la tête comme c'était le cas depuis le début de l'après-midi. Comment tiendrait-elle cinq jours et cinq nuits seule avec Zac dans une hutte, aussi luxueuse soit-elle, où elle n'aurait aucun espace pour elle ?

Pas d'espace... mais peut-être du sexe comme jamais...

Mais pourquoi penser au sexe ? Après tout, partir ensemble en vacances ne signifie pas être ensemble !

Petite malhonnête... Elle devait cesser de se mentir sur ce qu'elle voulait...

Au comble du désarroi, elle regarda Paul et, comme si une voix étrangère sortait de sa bouche, elle s'entendit répondre :

— La première semaine de juillet me convient davantage.

Etait-ce elle qui avait dit cela ?

Ou bien cette réponse lui avait-elle été soufflée par le lutin facétieux qui avait mis sa batterie à plat, l'avait poussée à s'endormir dans son bain, et, d'une façon générale, s'ingéniait aujourd'hui à lui compliquer l'existence ?

Zac, qui marchait avec Olivia sur le port, le long du viaduc, enfonça profondément ses mains dans ses poches. En juin, à

Auckland, l'hiver austral, froid et humide, battait son plein. A 1 h 30 du matin, ils étaient les deux seuls fous à se promener ainsi, mais il aurait été incapable de trouver le sommeil.

Pourquoi avait-il fini par accepter cette fichue invitation pour les îles Fidji ? Passer la soirée à proximité d'Olivia avait dû lui brouiller sérieusement les idées. Se retrouver en tête à tête avec elle dans un endroit paradisiaque était exactement le contraire de ce qu'il voulait.

Que se passerait-il si, à la fin du séjour, il était plus entiché d'elle que jamais ? Sa beauté, son charme, sa drôlerie étaient irrésistibles. Et voilà qu'il allait se trouver seul avec elle, pris au piège d'un endroit fait pour la romance et les lunes de miel !

Olivia aussi devait regretter d'avoir accepté l'offre de Paul. Mais maintenant qu'elle avait donné son accord devant témoins, elle ne ferait pas machine arrière. Trop orgueilleuse pour cela !

Il soupira.

Paul les avait bien eus, tous les deux !

Une rafale de vent annonciatrice de pluie les frappa de plein fouet. Olivia resserra son manteau et croisa frileusement ses bras sur sa poitrine. La prenant par le coude, il lui fit faire demi-tour. Elle grelottait.

— Viens. Montons chez moi. La pluie ne va pas tarder, nous allons être trempés.

— Je préfère retourner à l'hôtel, fit-elle d'un ton boudeur.

— Bien sûr, tout à l'heure... Mais il faut que nous parlions de la situation dans laquelle nous sommes embarqués... J'ai du vin au frais. Ou du thé, si tu préfères.

Il avait aussi un grand lit, mais ce n'était pas la peine de le mentionner.

— Pourquoi n'as-tu pas dit non à Paul ? demanda-t-elle quand ils furent dans l'ascenseur.

— Peut-être parce que j'avais envie de dire oui...

— Oh ! s'exclama-t-elle, l'air interloqué. Vraiment ?

L'ascenseur s'arrêta, les portes glissèrent silencieusement. Il lui reprit le coude.

— La perspective de ce séjour aux îles Fidji me sourit d'ailleurs de plus en plus, dit-il.

Il avait une raison secrète à cela. Mais pourquoi la révéler à Olivia ? Ses parents allaient fêter leur quarantième anniversaire de mariage lors de la première semaine de juillet. Il aurait de tout son cœur souhaité être associé à cette célébration, qui réunirait la famille et les amis proches, mais il n'avait pas été invité. Mieux valait se trouver loin...

— Quitter Auckland ne sera pas un mal pour moi, fit-il.

Ignorant l'air de surprise d'Olivia, il s'effaça pour la laisser sortir de l'ascenseur, puis la guida jusqu'à son appartement.

— Après toi..., dit-il en ouvrant la porte.

Passant devant lui, elle traversa le vaste salon et se dirigea, comme sous l'effet d'un charme, vers la paroi vitrée du sol au plafond qui réservait une vue époustouflante sur le port d'Auckland, le pont, les yachts et, tout près, la multitude de voiliers et de petits bateaux à moteur qui se balançaient à leur appontement.

— Je ne suis jamais allée dans les îles juste en face, dit-elle, songeuse. D'ailleurs je ne suis jamais allée nulle part, sauf une fois en Australie, avec mes parents, quand j'avais dix ans.

Comme pour s'excuser, elle ajouta :

— Ma mère a peur en avion.

— Tu as hérité de cette peur ? demanda-t-il, surpris.

— Au contraire, fit-elle en secouant la tête, le regard perdu au loin. Mon rêve serait d'apprendre à piloter.

— Qu'est-ce qui t'en empêche ?

— Entre le travail à l'hôpital et la maison à aménager, je n'ai pas de temps à y consacrer.

Elle lui tournait le dos, mais il voyait son reflet dans la vitre. Elle se mordait la lèvre, signe de désarroi chez elle.

— Tu n'as jamais essayé de te ménager quelques heures pour faire les choses qui te plaisent ?

— J'ai passé tellement de temps à étudier et à travailler pour réussir ! répondit-elle avec un soupir en se retournant enfin vers lui. J'en ai oublié que le monde existe, que l'on peut voyager ou faire des choses aussi excitantes qu'apprendre à piloter.

— Je vois ce que tu veux dire..., répondit-il, songeur.

A part les rares week-ends où il s'adonnait à la voile, que faisait-il lui-même de sa vie, sinon travailler ?

— Tu me dis que tu adores rénover ta maison, t'occuper de la déco. Moi, j'ai acheté cet appartement ultramoderne parce que peindre, décorer, toutes ces choses qui font d'un lieu anonyme un chez-soi, me semblent insurmontables. Ce n'est pas quelque chose que l'on fait en un week-end, j'imagine ?

Ah, non ! C'est un projet de longue haleine ! Il faut s'organiser. Ainsi, le mois prochain sera le mois de la salle de bains. Le mois dernier était celui de ma chambre.

Sa voix baissa, comme en proie à un profond ravissement.

— Elle est blanc crème et rose vif. Ce sont les couleurs que j'aurais voulues pour ma chambre quand j'étais petite. Mais on ne m'a pas demandé mon avis, alors je me rattrape.

Tiens, cela faisait deux fois qu'elle évoquait son enfance... Des souvenirs peu heureux, semblait-il...

— Je ne t'ai jamais vue en rose, dit-il.

— Que penseraient mes patients si leur chirurgien était en rose des pieds à la tête ! Du rose vif, ma couleur préférée, dit-elle avec un sourire aussi timide que si elle proférait quelque chose d'incroyablement audacieux.

— Je pense qu'ils adoreraient.

Ah, ce sourire... Il était urgent de revenir à son rôle de maître de maison.

— Thé ou champagne ? demanda-t-il.

— Tu as de la camomille ? demanda-t-elle, reprenant un air de gamine effrontée.

— Tu croyais me coincer, mais j'en ai ! répondit-il en éclatant de rire. C'est ce que boit ma mère quand elle vient.

C'est-à-dire, lors des très rares fois où elle était venue...

— Je ne sais pas pourquoi, j'avais l'impression que vous

n'étiez pas très proches, ta mère et toi, dit-elle en le suivant à la cuisine.

Elle se percha sur un tabouret, les jambes croisées si haut que l'arachnéenne étoffe dorée censée lui servir de robe ne cachait plus rien de ses jambes ni de ses cuisses. Par prudence, il détourna le regard.

— Nous ne sommes pas très proches, en effet, ma mère et moi, répondit-il,

Pourtant, sa mère le considérait encore comme son fils, tandis que son père… Bah, autant penser à autre chose…

— Tu m'as parlé d'un frère ?

— Oui. Mark. Il est marié, avec deux enfants. Je ne le vois guère qu'à Noël et aux anniversaires, et encore…

— Mais c'est affreusement triste ! dit-elle.

— Oui, dit-il comme pour lui-même.

Il s'affaira pour sortir des mugs et des sachets de tisane d'un placard, à la fois contrarié d'avoir dû évoquer sa famille et amusé à l'idée de siroter une tisane en compagnie de cette sirène d'Olivia.

Mais, à son grand désarroi, quand il se retourna pour placer les mugs sur le comptoir, elle avait abandonné son air enjoué et semblait de nouveau terriblement maîtresse d'elle-même.

— Je n'ai plus envie de tisane. Ni d'autre chose. Je vais rentrer à l'hôtel. Bonne nuit, Zac, fit-elle en se laissant glisser du tabouret et en se dirigeant vers la porte.

Avant d'avoir compris ce qu'il faisait, il l'avait rattrapée, lui avait saisi le poignet et l'avait attirée à lui. D'un geste impérieux, il lui releva le menton et plongea son regard dans le sien.

Les yeux d'Olivia s'agrandirent, sa tête se renversa en arrière, ses lèvres s'entrouvrirent…

Il se sentait perdu, sans défense. Inutile de se raisonner, d'invoquer la logique, la bienséance… N'éprouvant plus qu'un désir fou, il posa ses lèvres sur les siennes, goûtant avec avidité leur saveur sucrée. Le besoin d'elle qu'il avait refoulé toute la soirée explosait soudain en lui, comme un vibrant arc-en-ciel de couleurs et de sensations.

Comment lutter...

Tout cela était tellement incroyable ! Olivia était dans ses bras, leurs langues dansaient l'une contre l'autre, elle nouait ses bras autour de son cou, l'attirant contre son corps tiède et parfumé. Les seins ronds et fermes qui l'avaient fait fantasmer toute la soirée se pressaient contre son torse.

Dressée sur la pointe des pieds, elle se serrait plus étroitement contre lui. Bientôt, elle ne pourrait plus ignorer l'intensité du désir qu'il éprouvait. La saisissant par la taille, il la souleva et la déposa sur le tabouret, la laissant avec délices enrouler ses deux longues jambes autour de lui.

Entre eux, c'était du feu, de la lave en fusion... Ah, comme ce feu lui avait manqué...

Des souvenirs érotiques envahissaient son cœur et son esprit, des images prenaient corps avec fureur...

Couvrant de baisers le visage qu'elle tendait vers lui, il laissa lentement ses lèvres glisser sur son cou puis sur le creux profond entre ses seins. Elle haletait doucement, et, se renversant en arrière, elle tendit la poitrine vers lui pour mieux s'offrir à ses baisers. Sous la robe mordorée qui semblait moulée à même sa peau, elle ne portait rien. La pointe durcie de ses seins se tendait vers lui, appelant ses caresses, ses baisers. Brûlant d'impatience, il s'en empara, les emprisonnant de sa main, les goûtant avidement. Le long gémissement de plaisir qu'elle poussa le fit tressaillir jusqu'au plus profond. Levant les yeux, il la contempla, cabrée en arrière, ses cheveux blonds répandus derrière elle comme une cascade ensoleillée, belle comme jamais.

Il y a si longtemps, dit-elle d'une voix rauque qui trahissait son excitation.

D'une main qui tremblait de hâte, elle cherchait les boutons de sa chemise, les défaisait avec une telle précipitation qu'elle manqua en arracher un. Alors, enfin, il retrouva la sensation enivrante de ses mains sur son torse, et des caresses qu'elle seule savait lui prodiguer...

Les souvenirs auxquels il s'était désespérément raccroché durant des mois redevenaient réalité, la tornade de sensations et de désir qui les avait toujours emportés était bien là, intacte, enivrante...

Elle lui avait arraché sa ceinture, avait fait glisser le zip de son pantalon et... *oh ! ciel... oh ! ciel... attends un peu, Olivia...* d'une main aussi experte que douce, elle s'était emparée de son membre durci, et... *oh ! oui !...* encore et encore, elle faisait aller et venir sa caresse...

Olivia !

Comme elle le connaissait bien ! Comme elle savait lui donner du plaisir ! Faire l'amour avec elle était incomparable, même si, avec la fougue qu'elle déployait, le sexe entre eux menaçait d'être rapide. La prenant dans ses bras, il traversa rapidement l'appartement et l'emporta jusqu'à sa chambre. Le lit géant qui y trônait allait enfin être dignement utilisé.

Se débarrassant de ses chaussures d'un coup de pied, il la déposa sur le lit et l'y rejoignit.

— A mon tour de te mettre dans tous tes états, dit-il.

— C'est déjà fait, répondit-elle d'une voix étranglée.

— Mais... je ne t'ai pas encore touchée...

— N'en fais rien, si tu veux que cela dure davantage que les trois prochaines secondes !

Ah, ah, elle le mettait au défi... Décidément, il la retrouvait toute ! Relevant la mousseline aérienne sur ses cuisses, il se laissa glisser le long de son corps jusqu'à pouvoir l'atteindre de sa langue au plus intime d'elle-même. A peine l'eut-il effleuré qu'elle se raidit dans un spasme violent, lui agrippant la tête comme si elle avait peur qu'il cesse sa caresse.

— Zac ! Oh ! Zachary ! cria-t-elle à pleine voix.

Cambrée, les hanches soulevées, les doigts convulsivement agrippés à ses cheveux, elle criait son nom encore et encore, le corps convulsé sous lui.

Parvenant à atteindre le tiroir de la table de nuit, il saisit un préservatif. Au moment où il en déchirait l'enveloppe de ses dents, elle le lui arracha des mains.

— Laisse-moi faire...

Sans comprendre comment, il se retrouva sur le dos, tandis que, à califourchon sur lui, elle faisait glisser le préservatif avec une lenteur qui était un délicieux supplice.

N'y tenant plus, il la saisit par la taille, la souleva brièvement et l'abaissa sur lui...

— Zac ! cria-t-elle.

Comment aurait-il pu oublier que, pendant l'amour, elle était capable de crier son nom à gorge déployée ? Un frisson le parcourut tandis que, tout à leur hâte, ils ne faisaient rien pour retarder le plaisir. Criant encore son nom, Olivia se laissa retomber sur sa poitrine, haletante et tremblante.

Lui caressant doucement le dos, il laissa son regard errer sur le plafond faiblement éclairé par les lumières venues du port et ne put retenir un sourire de béatitude.

Le monde tournait rond à nouveau. Olivia était dans son lit. Ils avaient partagé un de ces moments de sexe hallucinant qu'elle était seule à lui procurer.

Tout était parfait... La sensation d'inconfort qui avait accablé son esprit et son corps s'estompait et aurait bientôt complètement disparu.

C'est-à-dire, dès qu'ils auraient réédité ce qu'ils venaient de faire...

Le temps de reprendre haleine, et ce serait chose faite.

6

Sans avoir idée de l'heure, Zac étendit le bras en travers du lit, cherchant Olivia, et ne rencontra que le vide.

— Olivia ? fit-il, alarmé.

— Je suis ici, répondit sa voix en provenance de la salle de bains.

Un silence tellement long s'ensuivit qu'il s'assit sur le lit, pour le coup bien réveillé.

— Tout va bien, Olivia ? Qu'est-ce que tu fabriques ?

— J'essaie de me rendre présentable avant de rentrer à l'hôtel. Je n'ai pas envie de passer pour une gourgandine aux yeux de la réceptionniste.

— Mais le jour n'est même pas levé ! Finis la nuit ici, répondit-il en sortant carrément du lit. Nous n'avons pas l'habitude de nous contenter de si peu, non ?

— Cela suffit, Zac, dit-elle d'un ton sec en sortant de la salle de bains. Arrêtons-nous avant d'aller trop loin.

— Mais enfin, pourquoi ? Nous sommes adultes, bon sang, pas des gamins qui ont peur de se faire attraper par papa maman s'ils rentrent à l'aube !

— Je suis désolée, Zac, dit-elle, des larmes perlant à ses yeux. Je n'aurais pas dû céder à mon élan.

— Nous avons été deux à le faire, dit-il en se passant nerveusement la main dans les cheveux.

Il avait cru apaiser l'envie qu'il avait d'elle, et voilà que, au contraire, la démangeaison qu'il croyait disparue devenait une plaie béante.

— C'est bien parce que ni toi ni moi ne savons nous maîtriser que je ne peux pas aller aux îles Fidji avec toi, dit-elle d'un ton ferme.

Pourtant, son menton tremblait.

— Dois-je comprendre que tu renonces à ce séjour ?

Anxieux, il guettait sa réponse. Mais, sans rien dire, elle traversa la chambre jusqu'à la porte. Au moment de la franchir, elle sembla hésiter et se retourna.

— Oui, Zac. Partir en vacances ensemble ne ferait que brouiller les cartes. Je ne veux pas d'une nouvelle liaison avec toi. Si ce n'était qu'une aventure, cela me ferait souffrir, et pourtant je ne peux pas donner davantage.

Quelle force de caractère !

Debout, nu au milieu de la chambre, il se sentait ridicule mais il était incapable de bouger, comme s'il avait pris racine dans le sol.

La porte d'entrée s'ouvrit et se referma.

Cette nuit, il avait cru que ses rêves se réalisaient. Il s'était senti proche d'Olivia comme il ne l'avait jamais été d'aucun être humain. Certes, ils s'étaient jetés l'un sur l'autre et avaient fait sauvagement l'amour, sans préliminaires, comme ils l'avaient toujours fait. Pourtant, pour la première fois, il avait senti un courant plus profond passer entre eux.

Cette nuit, c'était littéralement à la femme de ses rêves qu'il avait fait l'amour...

La vibration du téléphone sur la table de nuit le fit sursauter. Retrouvant sa vivacité, il bondit vers l'appareil.

Olivia, peut-être...

— Allô ? dit-il, plein d'espoir.

— Ici le service des urgences du North Shore Unit, docteur Wright, fit une voix inconnue. Il y a eu un accident.

— Je vous écoute, répondit-il, déçu mais attentif.

— Un car qui ramenait des rameurs à Whangarei a fait une

embardée et est sorti de la route. Il y a de nombreux blessés, et nous essayons de trouver des chirurgiens orthopédistes immédiatement disponibles. Pouvez-vous venir ?

— J'arrive...

Il tombait de fatigue. Heureusement, une sirène aux yeux pervenche occupait sans relâche son esprit. Cela l'aiderait à tenir le coup et l'empêcherait de sombrer dans le sommeil...

« Kelly Devlin, dix-neuf ans, rameuse, fracture du tibia », lut Zac dans le registre des urgences.

Pleinement concentré malgré l'ambiance fiévreuse qui régnait dans le service, il étudia la radiographie sur la boîte lumineuse. La pose d'une plaque métallique s'avérait inévitable. Hochant la tête, il se rendit auprès de la jeune patiente qui l'attendait.

— Je suis championne d'aviron au niveau national, docteur, s'écria Kelly en le fixant d'un air suppliant. Je ne peux pas avoir une jambe cassée !

La détresse de la malheureuse lui allait droit au cœur. Mais il ne pouvait lui cacher la vérité.

— C'est pourtant le cas, Kelly, je suis désolé...

— Alors, c'est la fin de ma carrière ?

— Laissez-moi d'abord vous expliquer comment je peux vous aider, répondit-il en s'asseyant au bord du lit. Votre tibia gauche est fracturé en deux endroits. Pour permettre à l'os de tenir, je vais le consolider en posant une plaque de titanium.

— Pourrai-je à nouveau faire de la compétition ?

— Pourquoi pas... Mais cela vous demandera beaucoup d'efforts.

Voyant le désespoir pointer dans les yeux de la jeune fille, il ajouta :

— Vous êtes une championne de haut niveau, Kelly, vous savez qu'il faut se surpasser pour atteindre son but. Ce ne sera pas facile, vos muscles vont s'affaiblir, et votre os aura besoin de temps pour se ressouder mais, avec de la volonté, vous pourrez sans doute y arriver...

Décourager Kelly aurait été déplorable, mais pas autant que lui mentir, aussi poursuivit-il.

— Il est impossible de dire combien de temps cela prendra. En attendant, il faudra trouver le moyen de compenser la déficience de votre tibia.

Des larmes roulèrent sur les joues de la jeune championne.

— Merci de votre franchise, docteur, mais c'est dur à entendre. Je suppose que je vais souffrir un bon moment ?

Hélas oui, elle allait souffrir. Quand les os étaient atteints, c'était toujours douloureux. Mais il fallait l'encourager.

— Vous prendrez des analgésiques, et un kiné vous aidera.

— Quand allez-vous m'opérer ?

— Maintenant, dit-il en se levant. Une infirmière va venir vous préparer, je vous reverrai au bloc. Votre famille a-t-elle été prévenue ?

— Oui. Papa et maman vont arriver de Whangarei.

Elle bougea sur son lit et des larmes de douleur perlèrent à ses yeux.

— Essayez de bouger le moins possible. On va vous administrer un pré-anesthésique qui va vous engourdir et atténuer la douleur.

Cette jeune sportive était confrontée à une dure épreuve... Avant de quitter la chambre, il lui pressa l'épaule en signe d'encouragement, et, dès qu'il fut dans le couloir, il se massa la nuque en soupirant.

Quelle nuit !

— Bonjour tout le monde, désolée d'arriver si tard. J'ai oublié de mettre mon réveil...

Confuse, Olivia se glissa sur la chaise libre à la table de la salle du petit déjeuner, au rez-de-chaussée du palace. Andy et sa famille, ainsi que Maxine et Brent Sutherland, un couple de médecins amis intimes d'Andy, et Zac étaient déjà réunis autour d'un brunch plus que copieux.

— Tu t'es couchée tard ? demanda Zac, l'air innocent.

— Quelque chose comme ça, répondit-elle en lui jetant un regard noir.

— Moi, j'ai opéré, dit-il.

— Déjà ? demanda-t-elle, surprise. Tu étais de garde ?

— Non, mais un car s'est renversé près de Waivera. L'hôpital a rameuté en urgence tous les chirurgiens orthopédiques disponibles.

— Bizarre qu'un car ait circulé par là en pleine nuit, dit-elle, suspicieuse.

— Il ramenait une équipe de rameurs chez eux après un championnat d'aviron.

Que croire ? Elle scrutait Zac quand une serveuse s'approcha d'elle, le menu du brunch à la main.

— Thé ou café, madame ? lui demanda-t-elle.

— Une grande théière, s'il vous plaît, avec des pancakes au bacon et à la banane et des litres de sirop d'érable !

— Tiens, tiens, tu as besoin de reprendre des forces ? demanda Zac avec un petit sourire entendu qu'elle trouva particulièrement agaçant. Moi qui pensais que tu étais du genre un demi-pamplemousse et un bol de müesli...

C'était en effet son habitude. Mais ce matin elle avait une faim de loup. Son appétit de bonnes choses était aussi fort que celui qu'elle avait eu de Zac au cours de la nuit.

— Vous vous êtes bien amusés hier soir ? demanda-t-elle pour détourner la conversation, en faisant le tour de la tablée du regard.

— Les Eziboys étaient fantastiques, dit Maxine avec un sourire radieux, j'aurais pu danser jusqu'à l'aube !

— Et le dîner était succulent, dit Bent, son mari.

— Et vous, les enfants, vous avez aimé la soirée ? demanda-t-elle en s'adressant aux trois fils d'Andy.

— Oh oui, fit l'aîné, mais maman nous a envoyés nous coucher beaucoup trop tôt. J'aurais adoré danser…

— Votre mère est d'une férocité incroyable, mes pauvres enfants, déclara Andy.

Il restait fidèle à son sens de l'humour, mais son sourire las disait clairement que, la fête finie, il lui restait peu d'énergie.

— La férocité est en effet un attribut maternel de base, dit Zac.

Au grand étonnement d'Olivia, personne à part elle ne semblait frappé par cette réflexion désabusée.

— C'est magnifique de la part de Paul de vous offrir ce séjour aux îles Fidji ! reprit Maxine. Vous devez être fous de joie.

Olivia sursauta.

— Je n'ai pas l'intention d'y aller, dit-elle sèchement, mais la conversation était tellement animée autour de la table que personne, Zac excepté, ne sembla l'avoir entendue.

Malgré elle, l'image d'une plage de sable blond, d'une mer d'un bleu étincelant et de palmiers ondulant sous la brise s'imposa à son esprit. Et si Zac y allait quand même, mais avec une autre ? Une onde de jalousie la parcourut… Zac était à elle, à elle seule !

Elle devait se ressaisir, mettre fin à cette valse hésitation. Décidément, elle ne savait pas ce qu'elle voulait avec Zac…

Oh si, elle savait ce qu'elle voulait !

Elle voulait Zac dans sa vie…

Mais combien de temps cela durerait-il ? Supporterait-il de la voir se consacrer à sa mère quand celle-ci était en crise ? Accepterait-il qu'elle vive pratiquement à l'hôpital quand les patients avaient besoin d'elle ? Lui reprocherait-il de le négliger et, pire que tout, en profiterait-il pour prendre un beau jour ses cliques et ses claques, franchir la porte et ne jamais revenir ?

Son thé arriva, offrant une diversion bienvenue. Mais Zac se pencha pour n'être entendu que d'elle.

— C'est à cause de ce qui s'est passé chez moi cette nuit que tu refuses l'offre de Paul ? demanda-t-il, presque à son oreille.

— Nous ne pourrons jamais partager cette hutte sans avoir envie de nous toucher, répondit-elle dans un souffle.

— Tu es bien consciente que ce sont des vacances de rêve qui s'offrent à nous ? Quand Paul l'a souligné, je me suis rendu compte à quel point j'avais besoin de repos.

— Alors, vas-y, toi.

— Seul, ce ne serait pas amusant, dit-il avec une moue.

Sans répondre, elle attaqua le petit déjeuner délicieux qu'on venait de lui servir. Mais, dans un coin de sa tête, flottait avec insistance l'image de la mer et des cocotiers, Zac campé au milieu...

Il ne faudrait pas qu'elle flanche !

Au moment où tous se séparaient, son téléphone vibra dans sa poche.

— Olivia ? Ici Hugo, dit un de ses collègues de l'hôpital. Désolé de te déranger pendant le week-end alors que je m'étais engagé à te remplacer, mais je me fais du souci au sujet de ta patiente, Anna Seddon.

Hugo n'était pas du genre à s'affoler facilement, le problème devait être sérieux.

— Que se passe-t-il ? demanda-t-elle.

— Médicalement, tout va bien. Mais Anna est en pleine déprime. A présent, elle a des doutes sur le bien-fondé de l'opération. J'ai essayé de lui parler. Mais que veux-tu, je ne suis qu'un mec. Je n'ai aucune idée de ce que ressent une femme qui s'est fait enlever les seins.

— J'ai effectué des mastectomies sur de nombreuses patientes. Anna est la dernière dont j'attendais qu'elle craque. Son mari est-il auprès d'elle ?

— Oui. Mais le malheureux semble dépassé par les événements. Elle est très agressive avec lui, elle le chasse de sa chambre, lui intime de la laisser seule. Lui non plus ne sait pas quoi faire pour l'aider.

— J'arrive tout de suite, Hugo, tu as bien fait de m'appeler.

Rangeant le portable dans son sac, elle se tourna vers le petit groupe.

— Ne m'en veuillez pas, mes amis, je dois vous quitter.

— J'ai hâte d'entendre le récit de ton séjour aux îles Fidji, dit Maxine en l'embrassant chaleureusement.

— Il n'y aura ni récit ni séjour, je n'y vais pas !

— Tu as tort ! s'écria Maxine, l'air sidéré. Cela te ferait le plus grand bien.

De nouveau, le doute l'envahit... Incapable de résister, elle chercha Zac du regard. Comme s'il l'avait senti, il se tourna vers elle et lui adressa un clin d'œil. Pour une fois, ce n'était pas une œillade empreinte de sous-entendus sensuels ou de complicité érotique. Non. C'était... comment dire... un signe plein de gentillesse et d'affection... de tendresse, peut-être ?...

Se tournant vers Maxine, elle l'embrassa une dernière fois.

— Il faut vraiment que je me sauve, une patiente m'attend.

Tandis qu'elle courait vers les ascenseurs, un pas retentit derrière elle.

— Tu es pressée ? Une urgence ? demanda Zac en la rejoignant.

— Oui. J'ai effectué hier matin une double mastectomie avec pose d'implants, et apparemment la patiente craque.

— C'est une sacrée épreuve pour une femme !

— Oui, mais cette patiente a été d'un tel courage depuis le début que je ne m'y attendais pas.

— Tu veux que je sorte ta voiture du parking pendant que tu prends tes affaires dans ta chambre ? demanda-t-il en pressant le bouton pour appeler l'ascenseur.

— Oh ! mon Dieu, j'avais oublié ! dit-elle en se frappant le front. Ma voiture est sur le parking de l'hôpital avec la batterie à plat. Il faut que j'appelle un taxi.

— Inutile. Je t'accompagne.

Ah non... Pas question qu'elle s'asseye à côté de lui dans sa voiture, pour respirer son odeur, sentir sa chaleur... regretter de ne pas partir aux îles Fidji avec lui.

— Un taxi fera l'affaire, répondit-elle, mais elle parlait aux portes de l'ascenseur qui se fermaient sous son nez tandis que Zac avait déjà traversé la moitié du hall.

S'adossant à la paroi de la cabine, elle ne put s'empêcher de sourire.

Elle allait devoir trouver d'autres mots pour définir l'attitude de Zac. Impatient, fougueux, moqueur, c'est ainsi qu'elle avait l'habitude de le qualifier. Et voilà qu'il se révélait prévenant, attentif, gentil... et même doux, ce qui semblait à première vue à l'opposé de son caractère !

Ce Zac-là l'intéressait...

7

— Je suis désolée...

En reniflant, Anna Seddon attrapa une poignée de Kleenex.

— J'ai gâché votre week-end de congé. Hugo n'aurait pas dû vous appeler.

Assise sur le bord du lit, Olivia secoua la tête.

— J'aurais été contrariée qu'il ne le fasse pas, Anna. Dites-moi plutôt ce qui ne va pas.

— Ce matin, je n'ai pas pu m'empêcher de regarder sous ma chemise. C'est horrible à voir...

Consciente qu'il fallait la laisser parler, Olivia attendit qu'elle eût séché ses larmes.

— Rien ne semble normal, dit Anna d'une voix tremblante. Ma poitrine est de travers, les cicatrices sont écarlates et boursouflées. Oh ! je n'aurais jamais dû faire ça ! J'aurais dû courir le risque d'avoir un cancer, j'avais autant de chances d'y échapper que d'en développer un...

De nouveau, les larmes ruisselèrent sur ses joues. Quand elles se furent un peu taries, Olivia lui prit la main.

— Vous êtes sous le choc de la découverte de votre nouveau corps. Aucune explication au monde n'aurait pu vous y préparer.

C'était la raison pour laquelle elle conseillait à ses patientes d'attendre qu'elle soit là pour regarder le résultat...

— Rappelez-vous, Anna, je vous ai dit que vos implants vous sembleraient étranges au début. C'est normal, ce ne sont pas vos véritables seins, nous devons maintenant leur donner leur forme et leur taille. Mais, auparavant, votre peau doit se détendre et s'habituer à leur présence.

— Je sais, mais quand j'ai vu ma poitrine, j'ai paniqué. Oh mon Dieu, vous devez me prendre pour une folle...

— Pas du tout, Anna. Au contraire, vous avez devancé le risque de cancer avec beaucoup de sagesse et de sang-froid.

— Je croyais que la pensée d'avoir fait cela pour mes enfants et pour Duncan me rendrait plus forte, mais je me trompais, s'écria Anna, saisie d'une nouvelle crise de larmes.

— Vous êtes une femme, Anna ! Pour chacune de nous, notre poitrine fait partie de notre identité.

S'interrompant, elle adressa un sourire d'encouragement à Anna.

— Vous avez fait quelque chose de très courageux, Anna, et n'allez pas croire que votre féminité y perdra. Vous êtes ravissante, vous avez un cœur d'or et une famille qui vous adore, avec une mention spéciale pour votre mari.

Derrière les larmes, le visage d'Anna s'éclaira enfin.

— Duncan est extraordinaire, n'est-ce pas ? dit-elle avec fierté.

— Un véritable héros ! s'exclama Olivia.

Qu'est-ce qui lui prenait... Comme si elle croyait aux héros... A moins que son inconscient n'en espère un... un héros... pour elle toute seule...

— Ah, vous trouvez, vous aussi ? dit Anna avec un timide sourire.

— Absolument, répondit Olivia en se levant. D'ailleurs, votre héros se languit dans la salle d'attente. Je vais lui dire que vous êtes impatiente de le recevoir !

— Mais que va-t-il dire quand il verra mes faux seins ?

— Je vous parie tout ce que vous voudrez qu'il vous dira simplement : « Je t'aime »...

Et à elle, qui les lui dirait jamais, ces précieux petits mots ? Rencontrerait-elle un jour, comme Anna, un amour durable et inconditionnel ?

En soupirant, elle gagna la salle d'attente.

A sa grande surprise, Zac y discutait rugby avec le mari d'Anna Seddon comme si c'était son plus vieil ami. Etonnant ! Zac le tombeur, toujours moqueur, se mettant en frais pour distraire un parfait inconnu parce que celui-ci se sentait perdu face au drame que vivait sa femme... Avait-elle par hasard devant les yeux le héros qu'elle attendait ?

Elle devait se sortir ces sottises de ta tête. Où allait-elle chercher des idées pareilles...

Zac, un héros ?

Qu'avait-il fait pour mériter ce titre ?

Quand elle l'avait quitté, il lui avait envoyé un magnifique bouquet de fleurs... Ce matin, il l'avait accompagnée à l'hôpital et pris les clés de sa voiture pour s'occuper de la batterie à plat... La veille, il l'avait aidée quand l'organisation de la soirée tournait au fiasco...

Cela suffisait-il à faire de lui un héros ?

Les héros terrassent des dragons et chassent les démons, non ? Certes, elle avait ses démons, mais elle les gardait bien enfouis au fond d'elle-même. Comment aurait-il pu l'aider à les chasser puisqu'il ne savait rien d'elle ?

— Es-tu dans les nuages, CC ? demanda-t-il en souriant.

— Pas du tout, se défendit-elle.

Duncan, qui la regardait d'un air anxieux, demanda :

— Comment va Anna ?

— Elle est très impatiente de voir son mari ! Mais elle redoute votre réaction, Duncan. Votre attitude sera décisive. Elle a peur que vous ne supportiez pas son nouvel aspect.

— Je me moque bien qu'elle ait un nouvel aspect, répondit-il en s'essuyant furtivement le coin de l'œil. J'aime ma femme ! Elle a un courage extraordinaire.

— Elle a aussi beaucoup de chance d'avoir un mari comme vous, répondit Olivia, refoulant la boule qui lui nouait la gorge. Allez vite la voir !

— Elle ne va pas me jeter sa bouteille d'eau à la figure ou m'envoyer au diable ? demanda-t-il craintivement.

— Je ne crois pas, sauf si vous tardez encore ! Allez, Duncan, sauvez-vous vite ! fit-elle en riant.

Dès qu'il fut parti, la fatigue l'emporta. Les paupières lourdes, elle se laissa tomber dans un fauteuil, oubliant Zac.

— Viens, dit-il, un café te fera du bien.

— Le jus de chaussettes de l'hôpital après le brunch somptueux de ce matin ? Pouah ! Quelle déchéance !

— Que veux-tu, c'est le retour aux dures réalités de l'existence, dit-il en riant, l'obligeant d'un bras ferme à s'extirper du fauteuil.

Incapable de résister, elle se laissa entraîner jusqu'à la cafétéria où, d'autorité, il plaça deux cafés longs sur un plateau et se dirigea vers la table la plus isolée.

— J'ai parlé au responsable du planning de l'hôpital, dit-il en s'asseyant face à elle. Aucun problème pour les rotations durant notre séjour aux îles Fidji. Quant à ma clientèle privée, Paul assurera l'intérim

Agacée, elle soupira.

— Je t'ai déjà dit que je refusais ce séjour. Pour moi, c'est non, non et non, martela-t-elle.

Se penchant par-dessus de la table, il la fixa de ses yeux plus noirs que le café qui fumait dans leurs tasses.

— Est-ce à moi que tu dis non, Olivia ? Ou bien à toi-même ?

— Nous finirions par nous haïr, dans cette fichue hutte ! répondit-elle, bottant en touche.

— Comment savoir si nous n'essayons pas ? répondit-il, une lueur d'amusement dans son regard sombre,

Etait-ce au sexe qu'il pensait ? Avait-il envisagé ce séjour dans une île paradisiaque comme une formidable partie de jambes en l'air ? Elle lui jeta un regard perplexe, mais, se renversant contre le dossier de sa chaise, il changea soudain d'expression.

— Au cours des dernières vingt-quatre heures, Olivia, dit-il d'un ton grave, j'en ai appris davantage sur toi que pendant les longs mois de notre liaison.

— Il n'y a rien à découvrir sur moi, répondit-elle, sur la défensive.

— Tu te sous-estimes, Olivia.

Quelle mouche l'avait piquée d'accepter ce café, qui de surcroît était infect ? Furieuse contre elle-même, elle repoussa sa chaise et se leva.

— Et pour les Fidji, n'imagine pas que je me laisserai influencer. Je n'irai pas...

Et pourtant, s'il avait su comme elle en avait envie ...

— Réfléchis bien, Olivia, s'écria Zac en la rattrapant par la manche. Là-bas, nous n'aurons pas besoin d'être en permanence aux basques l'un de l'autre. Mais ce serait merveilleux de simplement bronzer ensemble au soleil ou de partager de temps en temps un dîner sous les étoiles.

Bien sûr ! Mais s'ils s'adonnaient au bain de soleil sur la plage, elle en bikini, lui en short de bain minimaliste, comment cela finirait-il, sinon par du sexe ? Et, hélas, cette perspective ne manquait pas d'attrait...

Le portable de Zac sonna, lui évitant de répondre.

— Le mécanicien que j'ai appelé pour réparer ta batterie arrive dans vingt minutes, dit-il après avoir lu le message.

— Parfait. Merci de t'en être occupé, murmura-t-elle.

En proie à un malaise grandissant, elle se sentait indécise. Partir avec lui sur cette île de rêve était tentant. Mais résister était impératif. Elle devait se protéger, comme elle l'avait toujours fait. Ce n'est certes pas sa mère, égoïste et capricieuse, qui s'en était chargée !

Mais alors, était-elle semblable à cette dernière, qui se coupait des autres pour ne penser qu'à elle ? Frissonnant d'effroi, elle sentit sa plus terrible crainte renaître : lui ressembler un jour.

Papa a quitté maman parce qu'elle avait détruit l'amour qu'il avait pour elle... Je ne veux pas courir le risque de tomber amoureuse d'un homme, d'être incapable de conserver son amour et d'être abandonnée...

Perdue dans ses pensées, elle ne s'était pas rendu compte que la main ferme de Zac la guidait vers l'ascenseur qui descendait au parking, au rez-de-chaussée de l'hôpital.

Décidément, depuis la veille, il ne cessait de l'entraîner dans des ascenseurs qui montaient, descendaient, les obligeant à d'éprouvants tête-à-tête ! Etait-ce le symbole de leur relation, pleine de hauts et de bas, de oui et de non ? Tous ces ascenseurs ne devaient pas lui réussir, car à peine la porte de la cabine fut-elle refermée sur eux qu'elle se surprit à penser :

Cinq jours au soleil... pourquoi pas, finalement...

Coup de chance, elle n'avait pas pensé à haute voix !

Au moment où Zac et Olivia sortaient de l'ascenseur, un violent crissement de pneus déchira le parking, accompagné de l'odeur de brûlé caractéristique de pneus surchauffés.

— Attention ! dit Zac, tandis qu'une voiture passait à grande vitesse devant eux, les frôlant.

Poursuivant son bruyant rodéo à l'intérieur du parking, le véhicule fit une brutale embardée, échappant visiblement au contrôle du conducteur, qui redressa in extremis sa trajectoire au moment où il allait percuter les voitures parquées dans les box.

— Le conducteur a l'air d'un gosse, dit Zac. Comment a-t-il pu entrer ?

C'était étrange, car le parking du rez-de-chaussée comme celui à l'extérieur étaient réservés au personnel de l'hôpital, et accessibles uniquement avec une carte magnétique personnalisée.

De nouveau, la voiture les frôla à une vitesse folle et, sortant en zigzaguant, gagna le parking extérieur. Le bruit d'un choc mou puis d'un fracas métallique retentit aussitôt, suivi d'un silence de mauvais augure.

— Il a heurté quelqu'un et percuté une voiture ! cria Olivia en s'élançant dans la direction de la collision.

Sans perdre une minute, Zac la rattrapa.

Un gamin, qui ne paraissait pas âgé de plus de quinze ans, s'extirpa en titubant du siège du conducteur.

— D'où est-elle sortie ? Je ne l'ai pas vue venir, fit-il en se prenant la tête à deux mains.

Une jeune femme en blouse bleue d'infirmière gisait sur le sol de béton, inanimée, une flaque de sang autour de la tête.

— Crénom, tu vois ce que tu as fait ? hurla Zac au gamin.

— Calme-toi, dit Olivia d'un ton ferme. Nous devons nous occuper de cette femme.

— Tu as raison, répondit-il entre ses dents en s'agenouillant auprès de la malheureuse. Et toi, le gosse, ajouta-t il à l'adresse du gamin qui le regardait d'un air hébété, au lieu de rester planté là, appelle de l'aide avec le téléphone du parking.

Laissant détaler le gosse, il prit le pouls de la blessée, tandis qu'Olivia, avec précaution, essayait d'évaluer la blessure crânienne.

— Vous m'entendez, Amelia ? demanda-t-elle.

Un vague grognement fut la seule réponse de l'accidentée.

— Vous avez eu un accident, Amelia, reprit Olivia. Mais deux médecins s'occupent de vous.

— Tu la connais ? demanda Zac.

— Non, mais je sais lire, répondit-elle en indiquant le badge accroché à la blouse de la jeune femme.

Qu'importait. Il devait se concentrer sur l'examen de la jambe qui présentait une distorsion inquiétante, et sur la recherche de symptômes pouvant indiquer une hémorragie interne.

— A première vue, pas de vaisseau sanguin éclaté, dit-il, rassuré. Par contre, un fémur fracturé et un genou mal en point. La rotule semble broyée.

A nouveau, la blessée émit un grognement et souleva légèrement un bras.

— Ne bougez pas, Amelia, dit-il en immobilisant le bras de la blessée, qui entrouvrit brièvement un œil.

— Au moins, elle est réactive, dit Olivia en continuant ses investigations. Je constate un léger traumatisme crânien, dû au choc contre le béton de la chaussée. Quant à l'oreille droite, elle est déchiquetée.

— Apparemment, rien à la cage thoracique, dit Zac qui faisait courir avec précaution ses doigts sur les côtes d'Amelia. La voiture a heurté la partie inférieure du corps...

Une exclamation retentit au-dessus de leurs têtes. Un homme contemplait la scène avec effarement.

— Diantre, que s'est-il passé ?

— Cette jeune femme a été heurtée par une voiture hors de contrôle, répondit Zac d'une voix brève.

— Je travaille à l'administration de l'hôpital, dit le nouveau venu, puis-je vous aider ?

— Vous tombez à pic. Faites-nous apporter le matériel de première urgence et un brancard. J'ai envoyé le conducteur appeler les secours, mais vous serez plus efficace.

Le gamin inconscient avait sans doute filé, prenant ses jambes à son cou par crainte des représailles...

Zac bouillait d'indignation. Bon sang, qu'est-ce que ce gosse avait dans la tête pour faire un pareil rodéo ? Un môme, même pas en âge d'avoir le permis !

Comment osait-il se poser des questions pareilles ? Il avait dix-huit ans quand il avait commis l'irréparable...

— C'est la voiture qui a perdu le contrôle ?

De nouveau, leur auxiliaire imprévu poussait une exclamation stupéfaite.

— Bon sang, mais c'est la voiture de Maxine Sutherland ! fit-il avant de partir au pas de course chercher les secours demandés.

— Maxine a dû oublier de verrouiller la portière de sa voiture, dit Zac en hochant la tête, et un petit voyou en aura profité...

Il s'interrompit, parcouru par une véritable onde de choc.

Et si le conducteur était le fils de Maxine et de Brent...

Quelle horreur pour les parents !

N'était-ce pas ce que lui-même avait infligé aux siens ?

En un éclair, leur rejet, sa culpabilité, tout lui sauta au

visage, le laissant plus étourdi que s'il revivait le drame qui avait bouleversé sa vie.

— Zac ? Ça va, Zac ?

De la main, Olivia lui touchait la joue, l'air inquiet.

— Oui, oui, ça va...

Non, ça n'allait pas...

— Penses-tu que ce gosse puisse être le fils de Maxine et Brent ? demanda-t-il comme malgré lui.

— Oh non ! s'écria-t-elle d'un air horrifié. Quel drame pour Maxine et Brent si c'était le cas... Pourtant, c'est possible, puisqu'on ne peut accéder au parking qu'avec une carte magnétique personnalisée...

Le bruit d'un chariot résonna sur le bitume. Des infirmiers urgentistes se frayaient à toute allure un passage entre les voitures avec le matériel nécessaire. Etait-ce le gosse qui les avait appelés ? Ou bien avait-il fallu l'intervention du membre de l'administration ? Zac sentit sa colère contre le gamin inconscient renaître avec une force qui le submergeait.

— Ce gosse a gâché la vie de cette malheureuse, dit-il, bouillant de rage et d'indignation. Et sa propre vie avec ! D'ailleurs, où est-il passé ?

— Cela ne sert à rien de t'énerver, Zac. Occupons-nous de la blessée et laissons le reste à d'autres.

Pensait-elle vraiment pouvoir le calmer ainsi ? Heureusement, il avait une excuse pour s'éloigner, maintenant que la blessée était prise en charge.

— Je vais à l'entrée du parking faire entrer le type qui vient recharger ta batterie, dit-il.

Il était urgent qu'il mette de la distance entre lui et ce qui venait de se passer, ou il allait s'énerver davantage.

Fuyant le regard de réprobation d'Olivia, il s'éloigna à grandes enjambées. Oui, il avait ses secrets, comme il la soupçonnait d'avoir les siens. Des secrets qu'ils n'avaient jamais su partager et qui expliquaient peut-être bien des choses.

Par exemple, leur difficulté à construire une véritable relation entre eux.

Une évidence le frappa soudain...

Ils devaient accepter le séjour aux îles Fidji !

Passer du temps ensemble, apprendre à se connaître, voilà qui était urgent !

Même si cela menaçait de ne pas être simple.

8

Olivia versa l'eau bouillante sur les feuilles de thé.

De l'earl grey blue star, son préféré, un thé raffiné qui la réconforterait peut-être.

Etait-il possible d'être aussi fatiguée ? Une longue douche brûlante n'avait pas suffi à lui rendre son légendaire tonus et, à 19 heures, un samedi, elle ne rêvait que d'une chose : s'enfouir sous la couette et dormir. Une loque humaine, voilà ce qu'elle était devenue ! En outre, son estomac criait famine.

Depuis le brunch du matin, elle n'avait rien avalé. Le terrible accident sur le parking de l'hôpital et l'enquête de la police qui avait suivi avaient pris une bonne partie de la journée. Heureusement, dans une heure, la pizza qu'elle avait commandée serait livrée. En savourant son thé à petites gorgées, elle s'en pourléchait d'avance les babines.

Le salon de sa nouvelle maison était vraiment confortable. C'était un délice de se laisser aller, affublée d'un vieux pyjama et d'un sweat-shirt informe, devant la cheminée où un bon feu crépitait gaiement. Si quiconque la surprenait dans une tenue aussi peu seyante, elle en mourrait de honte, mais, heureusement, seul le livreur de pizza serait gratifié de ce spectacle consternant.

Elle soupira. Cela aurait été le moment ou jamais de prendre enfin des vacances reposantes.

Elle se traita de tous les noms. On lui en offrait précisément de somptueuses…

Olivia soupira. Avait-elle eu tort d'opposer un refus catégorique à cette offre inespérée ?

Elle ne devait plus y penser, c'était dangereux…

Attrapant la télécommande, elle zappa entre plusieurs programmes mais rien ne retint son attention, pas même le beau gosse qui expliquait avec moult contorsions avantageuses la façon de manier un club de golf. Le sport demandait des efforts, et le seul effort qu'elle se sentait capable de fournir était d'aller s'allonger sur une plage ensoleillée.

Aux îles Fidji, par exemple…

Avec Zac, éventuellement…

Dire qu'il lui aurait suffi pour cela de tendre la main pour saisir le billet qu'on lui offrait et de boucler son sac !

La sonnette de l'entrée résonna dans le calme de la maison. La pizza était en avance ! Parfait ! Impatiente d'accueillir son dîner, elle s'extirpa du canapé pour aller ouvrir en grand au livreur.

— Bonsoir, Olivia. Je ne te dérange pas ?

Ciel ! Ce n'était pas le livreur de pizza !

— Zac…, dit-elle en plein désarroi.

Le pire était-il son estomac qui gargouillait trop fort, son cœur qui battait trop vite, ou la honte d'être aussi mal fagotée ?

— Cela veut-il dire : « Bienvenue Zac ! », ou : « Va au diable Zac ! » ? demanda-t-il, l'air perplexe.

— A toi de choisir, répondit-elle, trop troublée pour réfléchir.

Proposition imprudente, car il entra aussitôt.

— Par ici, dit-elle, de plus en plus désemparée, en le guidant au salon.

Il n'avait pas l'air dans son assiette. Se laissant tomber sur le canapé, il fixa le feu d'un œil vague, puis, avisant le thé posé sur la table basse, il demanda :

— Tu n'as rien de plus fort ? Du scotch, par exemple ?

Elle en avait. C'était le seul alcool qui se trouvait chez elle. Elle le réservait à son charmant voisin octogénaire qui passait parfois chez elle le soir, las d'une longue journée de solitude, et aimait bien boire un verre à l'occasion.

Ayant posé la bouteille de scotch, un verre et des glaçons sur la table basse qu'elle avait passé des heures à décaper, elle reprit sa tasse de thé et alla s'installer à l'autre bout du canapé. Les jambes repliées sous elle, elle observa son visiteur avec inquiétude.

Qu'arrivait-il à Zac ?...

Tout l'après-midi, son comportement avait été plus qu'étrange.

Il y avait eu son explosion de fureur à l'égard du gamin qui avait renversé Amelia, si peu en adéquation avec son sang-froid de médecin. Ensuite, quand ils avaient pensé que ce gosse pouvait être le fils de leurs amis, il était devenu pâle comme la mort et avait filé sous le premier prétexte. Puis elle l'avait aperçu, les mains sur les hanches, le regard perdu vers les nuages gonflés de pluie, indifférent à tout ce qui se passait autour de lui.

C'était seulement quand ils avaient témoigné devant la police qu'il avait semblé reprendre ses esprits, mais il s'était ensuite esquivé comme s'il la fuyait. Et à présent il était là, effondré sur son canapé, l'air d'un enfant perdu qui a besoin d'un gros câlin.

Le réconforter, d'accord... mais un câlin, pas question...

Perplexe, elle le regarda saisir la bouteille, se servir une bonne rasade de scotch, puis se laisser aller en arrière sur les coussins du canapé, les yeux clos.

Après tout, un câlin, si c'était pour la bonne cause...

Se penchant vers lui, elle l'entoura de ses bras. Pour toute réaction, il se blottit étroitement contre elle, la tête sur sa poitrine. Autant chercher tout de suite à savoir ce qui le mettait dans cet état...

— La pauvre Amelia va être dans le pétrin pour un bon bout de temps, dit-elle pour amorcer la conversation.

— Et le gosse y sera pour le reste de ses jours, dit-il en grommelant.

— Non ! Cela lui prendra du temps mais il s'en sortira. Et ses parents seront là pour l'aider et le conseiller.

Se dégageant brutalement de son étreinte, il se pencha en avant, les coudes sur les genoux, faisant tourner nerveusement son verre entre ses mains.

— Tu ne sais pas de quoi tu parles, dit-il d'un ton agressif. Moi, si.

— Alors parle-m'en, dit-elle doucement en venant s'asseoir tout contre lui.

— Je suis dans le même pétrin que ce gosse, répondit-il d'une voix sourde. Aujourd'hui, mon frère est en fauteuil roulant. Par ma faute.

— Oh ! Zac, murmura-t-elle, dévastée par la tristesse et le désespoir qu'elle voyait sur son visage. Je suis désolée...

Soudain, elle comprenait tout. Zac était un homme rongé par la culpabilité. Les événements de la journée avaient dû réveiller de terribles souvenirs en lui.

— Je t'en prie, CC, pas de platitudes, dit-il, l'air excédé. Je ne les supporte plus, j'en ai trop entendu.

Il s'abîma dans la contemplation de son verre où se reflétaient les flammes de la cheminée. Elle aurait tellement voulu l'aider ! Mais Zac était-il du genre à accepter qu'on l'aide ?

La sonnette de l'entrée retentit, faisant diversion. Enfin, la pizza arrivait ! Elle alla aussitôt la chercher, mais quand elle revint dans le salon, Zac était debout, prêt à partir.

— J'y vais, Olivia, je t'ai assez dérangée.

— Tu ne veux pas partager cette appétissante pizza avec moi ? Elle est énorme. Je n'en mange jamais que la moitié.

Ce soir, elle était assez affamée pour la dévorer sans en laisser une miette, mais il semblait tellement désemparé qu'elle était prête à tout pour le retenir, même à tomber d'inanition.

— Assieds-toi, dit-elle fermement, j'installe des serviettes et des couverts.

L'air soudain plus détendu, il se rassit sur le canapé.

— Boiras-tu quelque chose de plus costaud que du thé ? demanda-t-il. Je te trouve bien prudente avec la boisson. Tu as peur de te ridiculiser si tu es un peu paf ?

— Tu sais, répondit-elle avec un soupir en s'installant à côté de lui, j'ai grandi dans une ambiance difficile. J'ai dû apprendre très tôt à me méfier de beaucoup de choses. Mais je suis parfois excessive dans le self-control, je le reconnais.

— Pas quand il s'agit de sexe, en tout cas, dit-il en lui prenant la main et en la regardant au fond des yeux. Mais je ne m'en plains pas...

— Le sexe est peut-être mon seul exutoire, répondit-elle avec vivacité.

Inutile de révéler qu'elle n'avait pas connu la même frénésie avec les quelques autres hommes dont elle avait partagé le lit...

Pendant un moment, il resta étrangement silencieux, les yeux baissés. Elle commençait à s'en inquiéter quand il releva brusquement la tête.

— Olivia, acceptes-tu de venir aux îles Fidji avec moi si nous nous engageons à n'avoir aucune relation sexuelle pendant la durée du séjour ?

Quoi ?...

C'était le stratagème qu'il avait trouvé, sachant qu'elle ne voulait pas de ce voyage mais qu'elle ne savait pas se refuser un défi ?

Il était vraiment très fort...

Zac se mordit la lèvre. Il avait parlé sur un coup de tête ! L'envie de partir avec Olivia pour ces îles enchanteresses avait été la plus forte. Pourvu qu'elle dise oui, même au prix de ce marché stupide ! Comme dans un film au ralenti, elle resta un instant muette d'étonnement, puis prononça enfin les mots qu'il n'espérait plus :

— Oui, Zac, je viendrai avec toi aux îles Fidji, je suis désolée d'avoir joué les girouettes comme je l'ai fait...

— Vraiment ? s'écria-t-il, pris d'une excitation soudaine. Tu sais quoi, Olivia ? Ce sera grandiose ! Juste toi et moi, au soleil...

Elle lui adressa un sourire d'une telle douceur qu'il sentit s'effondrer les dernières défenses qui l'avaient empêché de se confier totalement à elle.

— Olivia, le jour de l'accident de Mark, c'était moi qui conduisais la voiture de mon père. Il était tard. Nous avions passé la journée au rugby...

L'estomac noué à l'évocation du drame, il dut s'interrompre un instant.

— Mark était insupportable, à l'époque. Un adolescent en plein âge ingrat ! Il adorait me faire sortir de mes gonds et il s'y prenait avec une adresse diabolique. Sur le chemin du retour, j'ai perdu mon sang-froid et j'ai écrasé mon pied sur l'accélérateur. La voiture a fait une terrible embardée, défoncé le parapet du front de mer et chuté dans les vagues. Et Mark a eu la colonne vertébrale brisée...

Inquiet, il observa Olivia. Allait-elle le regarder avec horreur ? Le condamner impitoyablement ?

— Cela dû être terrible pour ta famille et surtout pour toi, lui dit-elle d'un ton qui dégageait au contraire une sincère compassion. Je devine que, depuis, tu te sens coupable ?

— Evidemment. C'était ma faute. Je me suis emporté.

— Et ton frère ? T'en veut-il encore ?

Incapable de parler, il ne put qu'acquiescer de la tête.

— Par contre, ce ne doit plus être le cas de tes parents.

Elle se faisait des idées ! Mieux valait la détromper.

— Mes parents m'ont confié très tôt la responsabilité de mon frère. Ils étaient tous les deux très occupés par leurs brillantes carrières dans les affaires. Enfants, on nous exhibait lors de réceptions ou sur des photos flatteuses, c'est tout. Ils ne voulaient pas de problèmes. Manque de chance, j'ai créé des problèmes, fit-il avec un ricanement de dérision. Alors, ils ne m'ont pas pardonné ! A leurs yeux, c'est moi qui étais responsable de Mark ce soir-là. Pas eux.

Cette fois, il avait tout dit à Olivia...

Maintenant, elle comprendrait pourquoi il n'était pas digne d'aimer une femme et pourquoi il voulait rester seul.

A l'exception toutefois d'un court séjour aux îles Fidji...

Olivia était sur le point d'éclater en sanglots. Comment des parents pouvaient-ils se conduire ainsi ? Cela lui rappelait douloureusement l'attitude de son propre père.

— Comment t'entends-tu avec ton frère ?

— Je le vois peu. Il est devenu architecte, un architecte de renom.

— Cela prouve qu'il a surmonté son handicap.

Mais lui, Zac, n'avait pas surmonté le handicap de la culpabilité... Si seulement elle avait pu l'aider...

— Mes parents m'ont pratiquement renié après l'accident, dit-il. A la maison, ils me traitaient en étranger. Alors, à la fin de l'année scolaire, je suis parti. J'ai pris un petit boulot dans un supermarché et je suis allé m'installer chez mon grand-père. Mon père m'a quand même fait parvenir de généreux subsides, mais je les lui ai renvoyés. J'ai tenu à payer moi-même mes études de médecine.

Il eut le petit rire amer qu'elle trouvait déchirant.

— Je ne suis jamais retourné à la maison.

Quelle tristesse sur son visage ! Elle seule avait le pouvoir de l'en libérer. Elle avait une recette infaillible pour cela... et ils n'étaient pas encore aux îles Fidji...

— Viens, dit-elle.

Leurs doigts s'enlacèrent, et il ne dit rien lorsqu'elle l'entraîna jusqu'à sa chambre, ni quand elle commença à lui déboutonner sa chemise.

Lentement, elle laissa courir ses mains sur son torse dénudé. Lorsqu'il se pencha vers elle, elle renversa la tête, heureuse de s'abandonner à son baiser. Un long et doux baiser à travers lequel ils semblaient chacun vouloir aller à la rencontre de l'autre. Rien à voir avec les baisers fiévreux qu'ils avaient l'habitude d'échanger en hâte avant de s'arracher leurs vêtements et de s'abandonner à l'urgence de leur désir...

— Olivia..., gémit Zac tout contre sa bouche.

Sans interrompre leur baiser, elle le débarrassa de sa chemise et chercha le zip de son jean, qu'elle fit lentement glisser. Quand il n'eut plus rien sur lui, il voulut à son tour lui enlever son sweat-shirt. Mais, avec un sourire, elle repoussa les mains qu'il posait sur elle et le conduisit jusqu'au lit, où elle le fit étendre.

Reculant d'un pas et sans le quitter des yeux, elle fit passer son sweat-shirt puis son top par-dessus sa tête. Glissant ses mains sous la taille de son informe pantalon de pyjama, elle le fit lentement — oh, très lentement ! — glisser le long de ses hanches... de ses cuisses... de ses genoux...

D'accord, elle n'était pas une strip-teaseuse chevronnée, et sa tenue d'intérieur n'avait rien de glamour ! Mais elle pouvait quand même essayer de se dévêtir avec art et de façon inventive ! La façon dont Zac, les mains derrière la nuque, suivait du regard le moindre de ses mouvements, lui sembla tellement encourageante qu'elle posa hardiment un pied sur le lit.

A présent, elle ne portait plus que ses légers sous-vêtements de dentelle, heureusement plus flatteurs ! Dégrafant son soutien-gorge, elle le fit tournoyer entre ses doigts puis le lança à travers la chambre.

Le regard de Zac devint fixe...

Enhardie, elle commença à abaisser son panty sur ses hanches, guettant Zac, dont la poitrine se soulevait de plus en plus vite... et dont le désir prenait une forme de plus en plus évidente...

N'y tenant plus, elle se débarrassa du panty et se jeta dans ses bras. Oh ! ces mains fermes et douces qui savaient si bien la caresser… Ces pouces habiles qui savaient comment taquiner la pointe de ses seins pour qu'ils durcissent et se dressent…

Une douce chaleur s'empara de son corps, irradiant tous ses membres d'un violent désir. Haletant d'impatience, elle se pressa contre Zac.

— Pas encore, murmura-t-il d'une voix très basse.

Bouleversée, elle comprit que, cette nuit, ils n'allaient pas seulement se repaître de sexe.

Pour la première fois, ils allaient faire l'amour.

Olivia n'avait jamais eu un réveil aussi agréable. Le bras de Zac reposait autour de sa taille. Elle sentait son corps contre le sien, son souffle tiède sur sa nuque.

— Bonjour, ma beauté, murmura-t-il à son oreille.

Quelle merveilleuse sensation, de se réveiller dans ses bras !

— C'est la première fois que je dors avec un homme, dit-elle avec un soupir de béatitude en enlaçant ses doigts aux siens.

— Ravi d'être l'heureux élu, répondit-il en lui déposant un baiser sur l'épaule. Pour moi aussi, c'est une première…

Elle sourit, avec l'impression que son corps entier souriait. Après l'amour, ils s'étaient endormis dans les bras l'un de l'autre avec autant de naturel que s'ils le faisaient chaque soir. Dire qu'elle avait toujours trouvé d'une sentimentalité ridicule de dormir dans les bras de son partenaire ! C'était la chose la plus douce du monde…

Mais une sourde inquiétude vint troubler son bien-être.

Si leur relation n'était plus seulement une joyeuse fête des sens, mais évoluait vers un lien plus stable, fondé sur la tendresse et la confiance, une rupture serait encore plus douloureuse. Et si c'était lui qui la quittait, elle n'y survivrait pas.

Soudain angoissée, elle tenta de se dégager de l'étreinte de Zac.

— Je vais prendre une douche.

— Reste blottie encore un peu, protesta-t-il d'une voix pleine de sommeil en la serrant plus étroitement contre lui.

Capitulant, elle ferma les yeux. Au diable les pensées négatives, se laisser aller à la douceur de l'instant était trop bon.

Quoi qu'il advienne par la suite, ce serait un merveilleux souvenir...

— Plus que deux semaines, et nous lézarderons à l'ombre des palmiers ! dit Olivia à Zac un soir, au téléphone, deux jours après avoir passé la nuit avec lui. Des vacances ! Quelle merveille !

Consciente d'être excitée comme une gamine, elle ne pouvait retenir son enthousiasme.

Le rire de Zac résonna au bout du fil.

— C'est la femme qui était assez folle pour refuser de partir qui me dit ça ! Je n'y crois pas ! répondit-il.

— J'ai retrouvé le sens commun, dit-elle, riant aussi. Et j'ai vraiment besoin de vacances. Comment as-tu organisé les chirurgies prévues pendant ton absence ?

— Bien, grâce à Paul. Il se chargera des interventions pour ma clientèle privée. Les patients auxquels j'en ai parlé se sont montrés très compréhensifs.

— Les miens beaucoup moins ! Il y a eu des pleurs et des grincements de dents. Je vais devoir travailler quasiment jour et nuit d'ici notre départ.

— Du coup, tu dormiras pendant tout notre séjour pour récupérer. Charmant !

— Jamais de la vie ! Je veux profiter des Fidji !

En fait, elle serait sans doute incapable de trouver le sommeil, avec Zac dans la même pièce et de surcroît intouchable. Pourquoi lui avait-il lancé ce défi stupide de rester chastes et sages comme des images ? Pas de sexe du tout ? Plutôt tristounet, pour des vacances...

— Ce week-end, je m'achète une collection de bikinis, dit-elle.

— Je t'accompagne ? demanda-t-il d'un ton empressé.

— Certainement pas !

A la perspective des achats qu'elle allait faire, elle sentit son excitation redoubler.

— Voilà des années que je n'ai pas porté de bikinis ! Et que je ne suis pas partie en vacances !

— Il est temps que tu commences à vivre, CC. Toujours travailler et ne jamais se distraire est mauvais pour la santé.

— Tu peux parler ! Que fais-tu toi-même, à part travailler ?

— Mais nous allons nous rattraper dans les îles ! Je meurs d'impatience maintenant que la date se rapproche, Olivia ! Nous allons vraiment nous éclater !

A présent, il semblait encore plus excité qu'elle. Un vrai gamin !

— J'en suis sûre, répondit-elle, radieuse.

Mais une présence particulièrement agaçante vint troubler son ravissement.

— Olivia, ma chérie, demanda sa mère d'une voix implorante en se plantant à côté d'elle, où as-tu fourré la bouteille de tonic ? J'en ai besoin pour préparer mon gin-tonic, tu sais bien.

— Zac, je dois te quitter fit-elle précipitamment en essayant d'isoler le récepteur de sa main. Je te rappelle plus tard.

— Un problème ? A cause de ta mère ? Elle est avec toi ?

Zut, il avait tout entendu !

Agacée, elle soupira. Quand sa mère avait envie de quelque chose, surtout si c'était en relation avec son vice, la boisson, elle harcelait impitoyablement le monde entier tant qu'elle n'était pas arrivée à ses fins.

— Oui, ma mère est chez moi, répondit-elle brièvement. Il faut que j'y aille, Zac.

— N'oublie pas que je suis là en cas de besoin, Olivia.

Dans la voix de Zac, l'excitation avait fait place à l'inquiétude.

— Ne t'en fais pas, Zac, tout va bien.

Etait-elle parvenue à donner le change ? Sa mère se tenait devant elle, les yeux injectés de sang et le rouge à lèvres débordant de sa lèvre supérieure.

— Tu en es sûre, CC ?

— Oui, oui, Zac, à plus tard, dit-elle avant d'interrompre en hâte la communication.

Consternée, elle regarda sa mère et sentit sa patience s'envoler.

— Il n'y a pas de tonic dans cette maison, maman, tu m'ennuies.

Il n'y avait pas de gin non plus, jusqu'à ce que sa mère débarque, une heure plus tôt, une bouteille dans son sac.

— Ma chérie, ce n'est pas une façon de traiter ta mère, fit celle-ci d'une voix geignarde.

— Fournir ma mère en gin et en tonic serait une façon pire encore de la traiter, répondit-elle, au comble du ressentiment.

Essayant de retrouver son calme, elle se passa la main sur le front.

— Bien, maman... Tu m'as dit que tu étais venue me parler de quelque chose. De quoi s'agit-il ?

— Je veux vendre ma maison. J'ai envie de bouger. Mais, bien sûr, tu vas dire non à tout ce que je suggère.

Olivia soupira. Etre la gestionnaire des biens et des comptes bancaires de sa mère n'était pas le moindre de ses soucis. Mais la seule chose à faire était de se montrer patiente.

— Quel est ton projet si tu vends ta maison, maman ? Une autre maison ? Un appartement ?

— Je pourrais emménager ici avec toi. Tu as de la place à ne savoir qu'en faire.

Alors, ça, jamais...

Autant se jeter dans le vide depuis le pont qui surplombait le port.

9

— L'île de Tokoriki, annonça le pilote de l'hélicoptère en pointant un îlot du doigt.

— Oh ! elle est minuscule ! dit Olivia, étonnée.

— Tant mieux ! Tu ne pourras pas échapper à ma vigilance, fit Zac en riant.

— Si tu continues sur ce ton, tu iras dormir dans un hamac, seul avec les moustiques, répondit-elle, riant aussi.

— Il y a des hamacs à deux places…

Mais comment plaisanter avec l'admiration qui leur coupait le souffle ? Eblouis, ils se turent, contemplant le paysage.

— Superbe, dit Zac quand le pilote mit l'appareil à l'aplomb de l'aire d'atterrissage aménagée sur la pelouse du complexe.

— On dirait une carte postale, murmura Olivia en se penchant contre lui dans l'étroit habitacle pour mieux voir.

Geste fatal. La chaleur de Zac, son odeur, l'envahirent aussitôt, faisant courir une excitation irrépressible dans ses veines.

Comment tiendrait-elle le coup dans leur hutte ? D'après les photos sur internet, il y avait de quoi redouter le pire ! Une unique pièce, dont l'élément central, à l'exception d'un coin lounge coquettement aménagé, était un lit de taille gigantesque. A l'évidence, les couples ne venaient pas ici pour faire lit à part ! Zac et elle étaient les seuls fous furieux à se risquer dans ce paradis avec des idées d'abstinence.

Avec un léger choc, l'hélicoptère se posa au sol. Elle défit aussitôt sa ceinture de sécurité. Un Fidjien à la carrure impressionnante, en costume local, ouvrit la porte et lui tendit la main pour l'aider à descendre. Deux jeunes filles souriantes s'avancèrent.

— *Bula,* dirent-elles à l'unisson en lui passant, comme à Zac, une guirlande de fleurs d'hibiscus roses et jaunes au cou.

— *Bula...*, répondirent-ils avant d'emboîter le pas aux deux ravissantes créatures.

Elles les conduisirent à travers des allées de palmiers et de cocotiers jusqu'à une hutte donnant sur une plage de sable blond.

— Bienvenue au paradis, CC, dit Zac à Olivia en lui prenant la main sur le seuil.

La hutte était superbe, faite de bois sombre, couverte de chaume. Il y régnait une fraîcheur exquise, grâce aux larges ouvertures laissant entrer la brise marine et à un grand ventilateur tournant sans bruit au plafond. Le lieu idéal pour un couple désireux de jouir de la présence l'un de l'autre...

Inquiète, elle ne put s'empêcher de jeter un coup d'œil au grand lit, mais Zac la prit par la main.

— Allons regarder la mer, dit-il en l'entraînant.

Les pieds dans le sable, éblouis, ils contemplèrent un long moment les couleurs changeantes du couchant.

— La nuit va bientôt tomber, dit-elle enfin.

— Viens, CC. Rentrons dans notre hutte. Elle est trop belle ! Et j'ai très envie de déboucher la bouteille de champagne qui nous attend dans un seau à glace.

— Tu as l'air aussi excité qu'un gamin qui part en vacances pour la première fois de sa vie !

— C'est vrai ! On dirait des premières vacances, mais en mille fois mieux ! répondit-il d'une voix enthousiaste.

— Qu'en sais-tu ? Nous arrivons à peine ! fit-elle, attendrie.

Se hissant sur la pointe des pieds, elle lui posa un baiser léger sur la bouche. Mais lorsqu'il lui entoura la taille de ses mains pour l'attirer à lui, elle le repoussa résolument.

— Désolée, Zac, je n'aurais pas dû faire ça.

— Pourquoi ? fit-il avec son sourire irrésistible. Notre pacte interdit-il les baisers ?

— Tu as oublié de le préciser...

Personnellement, elle aurait exclu les baisers du pacte. Sait-on à quoi un baiser peut conduire... Cherchant un sujet de diversion, elle aperçut devant la hutte deux hamacs qui se balançaient dans la brise du soir.

— Tiens, fit-elle, mutine, voilà où tu vas dormir ce soir. Regarde, tu as même le choix entre deux hamacs...

— Trop aimable. Je n'ai pas l'intention de passer la nuit à batailler avec les moustiques, répondit-il en lui enlaçant les doigts et en portant sa main à ses lèvres.

Elle devait rester sur ses gardes, et ne pas attiser un feu impossible à éteindre... Elle avait un défi à relever.

— Où est-il, ce champagne ? demanda-t-elle, retirant sa main.

Sans insister, Zac pénétra dans la hutte et ouvrit l'enveloppe qui accompagnait le seau à champagne.

— C'est de la part d'Andy et Kitty ! Ils remercient pour le gala et nous souhaitent de bonnes vacances. Comme c'est gentil !

— Cela prouve que la soirée leur a vraiment fait plaisir, dit-elle, aux anges.

Sa boisson favorite ne lui en parut que meilleure. Assis sur la terrasse dans de confortables rocking-chairs, ils contemplaient le ciel qui se parait au couchant de couleurs rouges et jaunes.

— Ce matin, nous étions dans la bruine et la grisaille de l'hiver austral, ce soir dans la lumière des tropiques, dit-elle. Je n'arrive pas à y croire.

— Quelles sont tes saisons favorites ? demanda Zac.

— D'abord l'été, et ensuite l'été ! Je déteste le froid.

— Pourtant, tu as acheté une vieille demeure où on doit geler en hiver. Encore que, comme tu l'as remarqué, je n'y ai pas souffert du froid...

— J'ai renforcé l'isolation du toit et des murs, répondit-elle sans relever sa remarque, et j'ai remis en état les cheminées dans toutes les pièces, pour faire des flambées.

— Tu t'es installée dans de l'ancien et moi dans de l'ultra-moderne, dit-il en riant. Tout l'opposé !

— J'adore les vieilles demeures. Elles ont quelque chose de magique. Quand on les aime, elles vous le rendent bien, et on peut y faire son nid comme nulle part ailleurs.

S'interrompant, elle savoura une gorgée de champagne.

— Au printemps, je planterai des salades et des légumes dans le jardin.

— Si je peux me permettre, tu as des progrès à faire pour le soin des plantes. Celles qui sont en pot dans ton salon m'ont semblé mourir de soif.

— Bien vu ! J'oublie toujours de les arroser !

— Où as-tu passé ton enfance ? A Auckland ?

— A Remuera.

La banlieue huppée d'Auckland ! N'y vivaient que des gens fortunés et des familles respectables, du moins en apparence. Les hauts murs des belles demeures cachaient parfois d'inavouables secrets, et cela, elle ne pouvait en souffler mot...

— J'allais à une école privée pour filles. J'ai aussi appris à jouer du violoncelle.

En somme, son enfance aurait pu être heureuse, si sa mère ne la lui avait pas gâchée. Le plus terrible était la façon dont elle l'accoutrait, l'empêchant de choisir elle-même ses vêtements et s'ingéniant ensuite à s'habiller comme elle, obsédée de jeunisme qu'elle était. Les camarades de classe d'Olivia ne lui avaient pas épargné les moqueries et les quolibets, et elle s'était sentie affreusement à part...

— La maison de ton enfance était-elle aussi une vieille demeure ?

— Oui, répondit-elle de mauvaise grâce. Une demeure imposante, avec six chambres, quelques hectares de jardin, un court de tennis et une piscine.

Et maintenant, assez ! C'était très gentil à lui de s'intéresser à ses goûts et à son passé, mais remuer ces souvenirs allaient lui gâcher ses vacances.

— Oublions le tennis et les piscines, Zac. Je préférerais plonger dans cette mer bleue et nager au milieu des poissons.

— Si cela te fait plaisir, faisons un de ces jours une excursion en bateau jusqu'à Treasure Island et sa réserve marine, dit-il aussitôt. Il y a là, paraît-il, les poissons les plus rares et les plus étonnants.

Il s'était manifestement documenté avant de quitter Auckland !

Pas elle...

Elle préférait voir sur place quelles surprises les Fidji allaient lui réserver.

Des surprises de tout ordre, si possible...

Allongeant les jambes dans son rocking-chair, Zac essaya de se détendre. Ce cadre enchanteur avait un effet dévastateur sur sa libido. Son corps tout entier se consumait de désir pour Olivia, et elle lui était aussi interdite qu'une nonne cloîtrée dans un couvent.

Quelle mouche l'avait piqué de lancer un défi aussi stupide ?...

— Si nous allions dîner ? dit-il, en posant sa coupe de champagne.

— Si tu veux, répondit-elle distraitement.

L'esprit manifestement ailleurs, elle se leva d'un pas vacillant.

— Tu es sûre que tu vas bien, CC ? demanda-t-il, inquiet.

— Oui, je suis en pleine forme, répondit-elle.

Il la regarda. Elle lui semblait tout sauf en forme. La fatigue ? Le regret d'avoir accepté de relever le défi ?

— J'ai peur, murmura-t-elle si bas qu'il crut avoir mal entendu.

— Toi, peur de quelque chose ? demanda-t-il, incrédule. Explique-toi...

— Non. Allons plutôt dîner, dit-elle d'une voix ferme, semblant avoir surmonté ce moment de faiblesse.

Il détestait la voir se fermer ainsi comme une huître. Cela lui donnait envie de la secouer, et de lui faire cracher une bonne fois les événements de son passé qui la bloquaient pour avancer dans la vie.

Mais comment faire ? Olivia avait fait du contrôle une science et un art...

Aussi avait-ce été une découverte de la surprendre chez elle en tenue d'intérieur décontractée, presque négligée. Enfin, il la voyait autrement que sanglée dans un tailleur impeccable ! Les fichus tailleurs que, du temps de leur liaison, elle s'empressait d'enfiler pour se sauver dès leurs fantaisies érotiques terminées.

Ce soir-là, elle avait été différente. Douce, tendre... Se réveiller le matin auprès d'elle, dans son lit, le bras autour de sa taille, avait été une véritable révélation. Il était prêt à lui faire de chastes câlins toute la nuit pour connaître à nouveau un réveil aussi merveilleux.

Mais il ne devait pas se leurrer, le réveil serait dur... Et dur était le mot juste...

En soupirant, il lui emboîta le pas sur l'allée illuminée de lanternes qui les conduisait vers le lieu d'un dîner substantiel.

Avait-il tort de s'entêter à vivre en solitaire ? De se priver d'un avenir riant auprès d'une femme belle et aimante, et, éventuellement, de quelques beaux enfants ?

Il fallait croire que non.

Sinon, pourquoi avait-il une telle appréhension à l'idée d'une vraie relation avec Olivia ?...

Réconfortés par un délicieux dîner sous les étoiles, Zac et Olivia regagnèrent leur hutte.

Le plus difficile était à venir ! S'installer pour la nuit, sans enfreindre leur pacte, dans un lit de lune de miel, n'allait pas de soi. En proie à un fou rire inextinguible, Zac observa Olivia qui, plus pudibonde qu'une pensionnaire de couvent, se glissa prestement dans le lit et remonta les draps jusqu'à son menton.

— Je ne vois pas ce qu'il y a de si drôle, dit-elle de son ton le plus digne.

Mais elle ne put retenir la crise de fou rire qui s'empara d'elle, lui mettant les larmes aux yeux.

— Ce qu'il y a de drôle, c'est que tu fais ta mijaurée, et que je pense à ce que nous avons l'habitude de faire dans un lit.

Elle sentit son hilarité se calmer.

— Tu veux changer les règles de notre pacte ? demanda-t-elle, d'une voix pleine d'espoir.

— Je mentirais si je disais le contraire. Mais j'aime aussi être simplement en ta compagnie, répondit-il d'un ton devenu grave

Ne riant plus, il vint s'asseoir au bord du lit.

— Je veux tout savoir de toi, Olivia. Tes craintes, tes espoirs, tes secrets. Jusqu'à la soirée de gala, tu étais restée une étrangère pour moi, malgré notre intimité passée.

— Nous avons pourtant partagé de nombreuses choses pendant nos études de médecine, répondit-elle, esquivant lâchement la question. La façon de se conduire avec les patients par exemple.

Elle eut un petit rire.

— J'ai vite compris que tu étais hyper-doué, mais aussi que tu avais à tes heures un caractère de cochon.

— Trop aimable. Et maintenant, une question au hasard, si tu permets. Joues-tu encore du violoncelle ? demanda-t-il en s'adossant à la tête de lit et en étendant ses jambes devant lui.

— J'ai vendu mon violoncelle quand j'étais encore lycéenne, pour m'acheter une magnifique paire de bottes en cuir qui a fait bisquer toutes les filles de la classe !

— Dommage, je suis sûr que tu étais douée pour la musique.

— Je crois surtout que mon professeur me gardait parce qu'il avait besoin d'un violoncelle dans l'orchestre de l'école, et qu'aucune fille ne voulait se charger d'un instrument aussi encombrant !

— Pourquoi te rabaisses-tu toujours, Olivia ? Tu es brillante, pourtant tu sembles parfois n'avoir aucune confiance en toi.

— Je suis bourrée de défauts. Tu vois bien, j'oublie même d'arroser mes plantes.

En riant, il lui prit la main et la serra entre les siennes.

A ce contact chaud et ferme, elle sentit des étincelles lui

courir dans le corps, et la frustration l'envahit. Il aurait été si facile de poser sa tête sur le torse de Zac, comme un vrai couple. Un couple avec son histoire, ses projets et un avenir qui dépasserait quelques exploits au lit. Un couple qui se réveillerait chaque matin dans les bras l'un de l'autre.

Libérant sa main, elle se glissa à l'autre bout du lit.

— Il est temps de dormir, dit-elle, édifiant une barrière d'oreillers et de coussins au milieu du lit. Le jour se lève tôt ici.

Il fallait espérer que la protection d'oreillers serait efficace, et, surtout, que la barrière mentale serait forte.

— Bonne nuit, Olivia, dit-il sans protester en lui posant sur le front le plus doux des baisers. Je vais rester un moment sur la terrasse.

— Zac, dit-elle au moment où il franchissait le seuil, merci...

— Merci de quoi ? fit-il en se retournant, le sourcil froncé.

— De tout comprendre aussi bien...

Tout comprendre, lui ?

Le regard perdu dans les étoiles, Zac poussa un grognement.

Il y avait une chose qu'il ne comprenait pas... Ce qui se passait entre eux était un mystère pour lui. C'était comme s'il cheminait tantôt sur un chemin radieux tantôt dans une ornière...

Se laissant choir dans le hamac, il lui imprima un balancement et s'étendit, les mains derrière la nuque.

Il était manifestement condamné à passer la nuit ici. Par chance, le hamac était confortable. Le ciel scintillait comme si un magicien y faisait crépiter des milliers d'étincelles. Restait à espérer que les moustiques se tiennent tranquilles.

Il s'y serait presque senti bien, si son cœur n'était resté dans la hutte, auprès d'Olivia... Pourquoi une expression de désespoir traversait-elle parfois le beau regard bleu qui le faisait penser à des fleurs ? L'envie de la protéger devenait de plus en plus forte en lui.

Etrange pour un type que répugnait l'idée de s'établir !...

Autour de lui, tout était calme, les lumières s'éteignaient doucement. Les autres hôtes du complexe, invisibles sauf au restaurant, avaient dû se retirer dans leurs huttes pour goûter sans contrainte aux délices de leurs grands lits...

De nouveau, il donna une impulsion au hamac.

Au bout de la pelouse s'étendait la plage de sable blond, doucement éclairée par les rayons de la lune. Les vagues faisaient entendre leur doux ressac. Le hamac se balançait de plus en plus lentement... Il se sentit bercé... Peu à peu, ses paupières se fermaient...

— Zac, réveille-toi, chuchota une voix tandis qu'on lui secouait doucement le bras. Viens dans la hutte, il fait humide, tu vas prendre froid.

— Olivia, c'est toi ? demanda-t-il, entrouvrant péniblement les yeux.

— Qui veux-tu que ce soit, murmura-t-elle d'une voix étonnamment tendre.

Elle était penchée sur lui, ses longs cheveux lui balayaient le visage.

— Quelle heure est-il ? demanda-t-il en faisant passer avec effort ses jambes hors du hamac.

— Une heure du matin...

Le prenant par la main, elle le fit entrer dans la hutte et le conduisit vers le lit géant et sa barrière de coussins. Sans un mot, il enleva sa chemise, son pantalon, jeta les coussins sur le sol, et se glissa entre les draps.

— Ne crains rien et viens dans mes bras, dit-il, l'enlaçant. Je veux dormir blotti contre toi, rien d'autre.

Il était sincère. Mais arriverait-il à s'en contenter ? Là était la question !

10

Le lendemain soir arriva trop vite au gré de Zac.

Il avait tenu le coup la première nuit. Qu'en serait-il de la seconde ? Mieux valait ne pas penser aux tentations dont il serait assailli dès qu'il se retrouverait couché dans ce fichu grand lit à côté d'Olivia.

Pour l'instant, la diablesse se prélassait dans un transat, encore vêtue de son seul bikini après une journée de plage. Se laissant choir dans le hamac, il étira ses jambes et noua ses doigts derrière sa nuque. S'en tenir avec elle au ton de la plaisanterie l'aiderait peut-être à apaiser sa tension...

— Oh, là, femme ! rugit-il, une bière bien fraîche ! Et plus vite que ça !

— Si ton esclave n'obtempère pas, que fais-tu ? Tu la vires ? demanda-t-elle en riant.

— Ah non ! Elle est trop talentueuse au lit !

— Pour ça, mon cher, il faudra attendre. Pour ta bière aussi, d'ailleurs. Si tu allais la chercher toi-même ?

Elle eut un petit rire mutin.

— Moi, il faut que j'aille enlever mon bikini.

Ça, ce ne serait pas un mal ! Il avait eu la tête — et pas que la tête ! — en ébullition toute la journée à cause de ces diaboliques petits bouts de tissu rouge dans lesquels elle évoluait avec une décontraction scandaleuse.

Espérant se calmer, il avait nagé, pagayé, pris une douche froide. Peine perdue. Une brûlante excitation courait dans ses veines. Cette cure de chasteté allait lui ruiner la santé et Dieu savait dans quel état il allait rentrer à Auckland...

— Regarde un peu ce que t'apporte ton esclave !

Une bouteille de bière bien fraîche dansait devant ses yeux. En la saisissant, il commit l'erreur de regarder Olivia.

Diable ! Le bikini était encore préférable...

— Tu en fais des yeux ! Tu n'aimes pas ma robe ? demanda-t-elle en se laissant choir dans le transat.

Certes, ce morceau d'étoffe fleurie aux proportions minimalistes couvrait davantage ses formes exquises que ne l'avait fait l'infernal bikini. Mais la façon dont il était coupé, révélant ce qu'il était censé cacher, était positivement diabolique.

— Parce que tu appelles ça une robe ?

— A l'évidence, ce n'est pas un T-shirt, répondit-elle avec un rire bas et sexy.

— Tu es un danger ambulant pour la population mâle de la planète, CC...

La bière était fraîche mais une seule bouteille ne lui suffirait pas pour calmer la sécheresse de sa bouche et de sa gorge. Il brandit la bouteille vide.

— Une autre bouteille, et que ça saute, esclave, rugit-il.

Comment chasser de son esprit des images où le corps ensorcelant d'Olivia et ce bout de chiffon, qui prétendait être une robe mais n'était pas plus grand qu'un mouchoir de poche, dansaient ensemble une gigue infernale ?

— Monsieur est servi, fit une voix amusée tandis que de longs doigts effilés faisaient tournoyer une bouteille devant son visage.

Saisissant la bouteille, il en avala précipitamment une longue gorgée au goulot.

Il devait dire n'importe quoi, simplement pour empêcher son cerveau de s'égarer... Cherchant en vain l'inspiration autour de lui, il sauta sur la première idée qui lui vint à l'esprit.

— Et les araignées ? Plus de problèmes avec les araignées, Olivia ?

— Non, par chance, dit-elle avec un mouvement d'effroi. Je ne savais pas qu'il en existait d'aussi monstrueuses jusqu'à ce que je voie ces horribles bêtes se balancer sur le sentier au-dessus de nos têtes. Tu te rends compte, leurs toiles étaient encore plus larges que notre lit !

Elle avait dit notre lit ?... Aïe... Les araignées n'étaient pas la bonne idée. Il fallait trouver autre chose.

— La vue du haut de la colline montre à quel point cette île est minuscule.

Pas fameux non plus, et pas très brillant comme conversation...

— Je deviendrais enragé si je vivais sur un espace aussi exigu, perdu au milieu de l'océan...

— Pas si tu étais né ici !

— Te rends-tu compte de la chance que nous avons d'être nés où nous sommes nés ?

Bravo pour les lieux communs... Tant pis, il fallait enchaîner...

— T'imagines-tu comme nos vies seraient différentes si nous étions nés dans le Sahara ou en plein continent Indien ?

— Oh ! très bien. J'aurais déjà au moins cinq enfants et je serais bonne à être mise au rebut. Tu as raison, nous avons sans doute de la chance.

Il était bien bête de se creuser la tête... Il avait pourtant une chose sensationnelle à annoncer...

— Demain, CC, je vais pêcher à la ligne ! Donny, l'un des vieux jardiniers du resort, me procurera le matériel adéquat.

Durant l'après-midi, au cours d'une de ses escapades pour fuir la tentation, il avait remarqué que de nombreux Fidjiens lançaient leurs cannes à pêche à certains endroits du rivage où l'eau se mettait soudain à bouillonner sous l'afflux d'une véritable nuée de poissons.

Le vieil homme s'était obligeamment approché de lui.

— A cette époque de l'année, avait-il expliqué, les carangues, qui sont de gros poissons, pourchassent les petites sardines du Pacifique jusqu'à la plage pour se nourrir. Cela se produit environ deux fois par jour.

— Les pêcheurs en attrapent-ils beaucoup ? avait demandé Zac.

— Cela dépend des jours. Mieux vaut ne pas compter sur la prise d'une carangue pour nourrir sa famille !

Détendu par l'évocation de cette rencontre, Zac sourit à Olivia.

— Les pêcheurs, des Fidjiens très accueillants, m'ont convié à pêcher avec eux demain. Je ne sais pas comment je vais me débrouiller ! Je n'ai pas pêché à la ligne depuis que Grampy, mon grand-père, m'emmenait.

— Je ne veux pas manquer ce spectacle ! dit-elle avec un éclat de rire. L'impeccable chirurgien se débattant avec un poisson visqueux ! En attendant, si nous allions boire un cocktail avant de passer à table ?

— Bonne idée ! Je parie que tu en choisiras un décoré d'une ridicule petite ombrelle de papier que tu emporteras en souvenir.

— Je commencerai par un mimosa, mon cher, délicieux mélange de champagne, de jus d'orange et de triple sec.

— Tu commenceras ? Diable, cela promet. Je suis impatient de voir ça.

— Tu as donc envie de me voir perdre la tête ? demanda-t-elle, faisant danser ses cheveux dorés autour de son visage.

Si cela pouvait la détourner de leur pacte absurde, oui, il avait terriblement envie qu'elle perde la tête !

Mais il était un gentleman.

Alors, il ne pouvait pas en avoir envie.

— J'ai attrapé un poisson ! s'écria Zac d'un air triomphal en tirant sa ligne hors de l'eau.

— Une sardine, je suppose ? demanda Olivia, taquine.

— Un sacré gros poisson, oui, d'après la façon dont le nylon blesse mes mains ! répondit-il, piqué. Admire un peu le morceau.

Il tira enfin hors de l'eau sa ligne, au bout de laquelle un poisson microscopique se débattait.

— Magnifique, fit-elle, penchée sur la prise et luttant

contre le fou rire. Juste de quoi empêcher un nourrisson de mourir de faim.

— Si tu as envie d'aller lire dans la hutte, Olivia, ne te gêne pas, je t'en prie. La pêche est une affaire d'homme. Donny ? Donny ? Où êtes-vous ?

— Donny, cria à son tour Olivia, venez assister à l'événement, Zac a attrapé quelque chose...

Quittant le groupe de pêcheurs fidjiens qui, à quelques pas, arrachaient aux vagues de magnifiques carangues, Donny les rejoignit et fit en silence une moue dubitative.

— Si je comprends bien, je n'ai qu'à rejeter cette bestiole à l'eau, dit Zac avec un soupir, l'air vexé.

Une fois dans les flots, le petit poisson fila à toute vitesse, tandis que Zac s'efforçait de lancer sa ligne le plus loin possible, là où les carangues affluaient autour de leurs proies.

S'éloignant, Olivia l'observa. Elle ne l'avait jamais vu aussi détendu. Grâce à ce séjour tant redouté, un autre Zac lui apparaissait. Un Zac qui, la veille, avait envoyé valser la barrière de coussins et d'oreillers qu'elle avait édifiée, et s'était contenté de la tenir dans ses bras pendant qu'ils s'endormaient...

Cédant à la fatigue, ils n'avaient pas tardé à rouler chacun de leur côté et à s'endormir paisiblement. Dormir avec un homme dans le même lit, sans qu'il ne se passe rien de sensuel entre eux, lui aurait paru impensable quelques semaines auparavant. A présent, il lui semblait que rien de plus beau ne pouvait lui arriver avec Zac.

Etait-elle en train de tomber amoureuse ?

Elle devait penser au naufrage du couple de ses parents, cela lui remettrait les idées en place.

— J'en ai attrapé un autre !

Le cri de victoire de Zac la fit bondir. Impatiente de voir, elle courut à lui. Il mettait toutes ses forces à hisser sa prise hors de l'eau.

— Celui-ci est beaucoup plus gros que le petit maigrichon de tout à l'heure, dit-il, fier comme Artaban.

— C'est une belle carangue, dit Donny avec un hochement de tête. Ma femme peut le cuisiner pour vous à la mode fidjienne. Voulez-vous nous faire l'honneur de partager un repas traditionnel ce soir à la maison ?

— Vraiment ? demanda Zac, qui semblait aux anges. C'est fantastique !

— Nous dînons à 17 h 30, à cause de notre petit-fils qui doit se coucher de bonne heure, dit le vieux jardinier.

— Il vit avec vous ? Ce doit être un grand bonheur ! dit Olivia, comme toujours prise de nostalgie à l'évocation de relations familiales épanouies.

— Oh oui ! répondit Donny. C'est le fils de notre fille. Elle travaille au spa de l'hôtel où elle fait les massages.

— Alors, je vais la rencontrer cet après-midi ! dit Olivia. J'ai rendez-vous à 14 heures pour un massage.

— Je suppose que ses massages sont plus professionnels que les miens, fit Zac en lui lançant un regard en coin.

Se sentant rougir, elle se détourna rapidement.

C'était encore plus dur de bannir la sensualité de leurs têtes que de leur lit...

Emus par l'accueil chaleureux de Donny et de Lauan, sa femme, Olivia et Zac les suivirent à l'intérieur de leur modeste demeure au toit de chaume. L'étonnement les saisit face au nombre de gens qui s'y trouvaient, assis à même le sol, autour de nattes colorées où des assiettes étaient prêtes pour le repas. Tous les Fidjiens de l'île se trouvaient-ils réunis chez Donny ? Inquiète, Olivia pensa à la taille du poisson pêché par Zac. Il ne suffirait pas à nourrir les convives...

Remarquant que les femmes occupaient une place à l'écart en bout de natte, elle les rejoignit, laissant Zac en grande conversation avec les hommes.

— Je suis curieuse de savoir comment vous avez cuisiné la carangue, dit-elle en s'installant par terre auprès de Lauan.

— Oh ! très simplement, répondit Lauan avec un lumineux sourire. Je l'ai enveloppée de feuilles de bananiers, avec du lait de coco et des pommes de terre, et laissée cuire doucement au-dessus des flammes, remerciez votre mari de nous avoir offert ce poisson.

Votre mari…

— Je n'y manquerai pas, répondit-elle dans un murmure, désorientée.

— J'ai aussi préparé un poulet mijoté avec des carottes, des pommes de terre et des brocolis. Il y a trop de monde pour un seul poisson, fit-elle en désignant l'assistance du regard comme pour s'excuser. Tous voulaient faire votre connaissance.

— C'est un grand plaisir pour moi de vous rencontrer, dit Olivia en saluant de la tête les femmes qui l'entouraient et la dévisageaient avec curiosité.

Deux d'entre elles disparurent et revinrent, chargées de plats fumants et odorants qu'elles déposèrent sur les nattes.

— Cela embaume ! dit Olivia, cherchant machinalement une fourchette des yeux.

Comme par miracle, on lui en tendit une tout de suite, ainsi qu'à Zac, tandis que les autres convives se servaient de leurs doigts pour goûter au succulent poisson. La nourriture était aussi simple que savoureuse, et les légumes si frais qu'ils semblaient avoir été cueillis l'instant d'avant.

Tout en se régalant, Olivia aperçut un enfant qui l'observait, se cachant à demi derrière le dos de Donny.

— Est-ce votre petit-fils que j'aperçois là ?, demanda-t-elle.

— Oui… Il s'appelle Josaia…

— J'espère qu'il viendra nous dire bonjour ?

— Après le dîner, peut-être, quand il y aura moins de monde, fit Donny d'un air dubitatif. Il est tellement timide.

Pourtant, Josaia risqua un nouveau coup d'œil derrière les épaules de son grand-père et, quand le dîner toucha à sa fin, il parut s'enhardir et vint aider sa grand-mère à rassembler les plats.

Le voyant enfin de près, Olivia eut un coup au cœur.

Le pauvre gosse était défiguré… Sa joue gauche était barrée d'une horrible cicatrice, rouge et bourgeonnante, qui dénaturait son petit visage… En outre, l'un de ses bras était rigide et pendait, inerte, contre son corps…

Sans doute honteux d'avoir laissé voir son infirmité, le petit garçon lui jeta un regard sombre et disparut prestement derrière une porte. *Il ne reviendra pas de la soirée…*, pensa-t-elle, désolée. Heureusement, quelqu'un n'avait rien perdu de la scène : Zac, qui lui adressa au milieu du brouhaha un regard qui la réconforta.

— Josaia ne va pas à l'école parce que les autres enfants se moquent de lui, fit Donny en hochant tristement la tête. Je lui enseigne ce que je peux, mais il souffre terriblement d'être tenu à l'écart par ses petits camarades.

Atterrée, Olivia resta silencieuse. Qui avait esquinté ainsi ce pauvre enfant ? Il n'avait sans doute pas eu la chance d'être soigné par un chirurgien plastique et avait été suturé de façon catastrophique. Peut-être pouvait-elle lui venir en aide ? Mais mieux valait, dans cette société patriarcale, que le sujet soit abordé par Zac, avec Donny, d'homme à homme !

Le cherchant du regard, elle échangea un bref coup d'œil avec lui. Comme si le langage n'était pas nécessaire entre eux, il répondit d'un mouvement de tête affirmatif et se tourna aussitôt vers Donny.

— Josaia semble avoir été victime d'un accident. Cela s'est-il passé sur l'île ? demanda-t-il.

— Oui, répondit le vieil homme d'une voix si triste qu'Olivia en fut bouleversée. L'année dernière, Josaia nageait avec des petits camarades quand un touriste est venu leur demander de le guider vers un coin poissonneux pour essayer son fusil à harpon.

— Il a été blessé par un fusil à harpon ? demanda Zac d'une voix égale, mais Olivia se sentit défaillir.

Ce pauvre gosse avait de la chance d'être encore en vie…

— A quel endroit Josaia a-t-il été soigné ? demanda Zac de la même voix calme.

— Sur l'île principale. A l'hôpital. C'est pourtant un bon hôpital, mais il n'y avait pas de spécialistes. Les médecins ont juste recousu sa peau et recollé son os.

Des larmes se mirent à couler sur le visage aux traits fiers.

— Je les ai suppliés de faire au mieux. Josaia n'a que sept ans…

— Maintenant qu'il est défiguré et infirme d'un bras, ses anciens camarades de jeu le fuient comme s'il avait la lèpre, dit Lauan d'une voix désolée.

— Notre fille travaille dur pour gagner assez d'argent et le faire soigner à l'étranger, en Australie ou en Nouvelle-Zélande, dit Donny, et notre gendre s'est exilé en Australie pour gagner davantage.

A grand-peine, Oliva se retint de parler. Si elle n'avait écouté qu'elle, elle aurait tout de suite pris les choses en main.

Mais il fallait d'abord qu'elle en parle avec Zac.

Zac ne quitta pas Olivia de l'œil de toute la soirée chez Donny. Elle avait visiblement un mal fou à se contenir, sans doute tenaillée par l'envie de rectifier les erreurs commises dans le traitement de Josaia.

Sur le chemin du retour, il lui passa un bras autour des épaules.

— Le dîner s'est terminé tôt, j'irais bien boire un verre, dit-il.

— Pour moi, ce sera plutôt une tasse de thé.

— Comme tu voudras. J'aimerais surtout discuter avec toi du cas de Josaia.

— Le pauvre gosse ! Je suis sûre que le plus dur pour lui est la façon dont ses petits copains le rejettent. Les enfants sont d'une telle cruauté entre eux !

Surpris de sa véhémence soudaine, il la sentit frissonner contre lui.

— Les petites jalousies, les petites bassesses pour se faire bien voir de ceux qui paraissent branchés, le mépris de ceux qui ne le sont pas, toutes ces vilenies vieilles comme le monde, les enfants les connaissent d'instinct !

Quelle rancœur dans sa voix ! Elle-même avait-elle connu les affres de l'exclusion ? Tout à coup, il se rappela le mal qu'elle se donnait à la fac pour se faire apprécier et se sentir intégrée au groupe. A quoi voulait-elle remédier ?...

En parlant, ils avaient atteint le bar en terrasse de l'hôtel.

— Que veux-tu boire ? demanda-t-il en lui avançant une chaise.

— Tu sais quoi ? fit-elle, retrouvant son air mutin. En fait de thé, j'ai bien envie de prendre un cocktail !

— Alors, que dirais-tu d'un « PS Je t'... »...

Prenant soudain conscience de ce qu'il allait dire, il blêmit. « PS Je t'aime » n'était que le nom d'un délicieux cocktail... Mais ces mots lui avaient-ils été dictés par son subconscient ?...

Stupéfait, il se laissa tomber sur une chaise.

— Zac ? Tu es sûr que tu vas bien ? demanda-t-elle en le dévisageant d'un air déconcerté. Zac, tu m'inquiètes...

— Pourquoi ? Tout va bien, dit-il d'une voix blanche.

Comme si ces palpitations soudaines, ce nœud à l'estomac, cette moiteur de ses paumes, étaient le signe que tout allait bien...

— Je voulais juste te proposer un cocktail à base d'amaretto, de Kahlúa, et de crème irlandaise, parfait pour l'après-dîner, dit-il en balbutiant. Un vrai cocktail douceur, crémeux, onctueux, presque un dessert. D'ailleurs, tu n'as pas eu de dessert ce soir, cela doit te manquer...

Bla bla bla... Qu'importait ce qu'il disait, pourvu qu'il arrive à se ressaisir... S'extirpant de son siège, il déclara :

— Tu vas adorer ! Je vais t'en commander un !

Et il se dirigea rapidement vers le bar où le barman maniait avec dextérité shaker, breuvages et glaçons.

Comment diable n'avait-il pas encore compris qu'il était en train de tomber amoureux d'Olivia ?

Or l'amour impliquait un engagement...

Ce n'était pas l'engagement qui lui faisait peur, c'était la responsabilité... On était responsable des gens que l'on aimait...

Il avait aimé son frère Mark dès l'instant où on lui avait fourré entre les bras ce poupon vagissant et gigotant. Cela l'avait-il empêché de faire de la vie de Mark un abominable gâchis ? Non...

— Oui, monsieur ? Que désirez-vous ?

La question du barman l'arracha à ses pensées.

— Un whisky sec. Un double, je vous prie. Et connaissez-vous un cocktail appelé « PS Je t'aime » ?

— Bien sûr, monsieur. Ici, nous l'appelons « Amour sous le vent ». Voulez-vous que je vous serve à votre table ?

— Non. Je vais boire le whisky ici. Vous me préparerez un second whisky, double aussi, en même temps que le cocktail, je les emporterai moi-même.

En proie à une nervosité dont il ne se serait pas cru capable, il avala le premier double whisky cul sec, et fut reconnaissant à Olivia de ne pas lui demander pourquoi il avait été si long lorsqu'il la rejoignit.

— Comment résoudre le cas de Josaia ? demanda-t-elle d'emblée en le regardant poser les verres sur la table. Il faudra d'abord parler à sa famille. Ensuite, peut-être pourrai-je l'opérer sur l'île principale, à l'hôpital local.

— Et si on le faisait carrément venir à Auckland ? A supposer que cette horrible cicatrice soit réparable ! Tu ne l'as vue que dans une demi-obscurité.

L'air songeur, elle avala à la paille une gorgée de son « Amour sous le vent ».

Il voulait bien être maudit à jamais s'il appelait à nouveau ce cocktail « PS Je t'aime »...

— Exquis, ce cocktail... dit-elle en se passant avec gourmandise la langue sur les lèvres.

Elle était plus excitante que jamais, mais au désir qu'elle lui inspirait se mêlait définitivement autre chose.

— Ravi que cela te plaise. Mais revenons à Josaia, dit-il, refusant de se laisser distraire.

— L'opérer chez nous à Auckland serait en effet la meilleure solution. Mais cela représenterait une lourde charge pour sa famille. Le voyage, l'hébergement, les frais d'hôpital...

— J'imagine que tu ne demanderais pas d'honoraires ?

— Bien sûr que non !

— De mon côté, j'aimerais examiner son épaule. Je peux peut-être réparer les dégâts. Parlons-en d'abord à Donny et voyons ensuite comment procéder.

Ouf ! Malgré la gigue effrénée de sa libido dans ses veines, il arrivait à raisonner de façon cohérente sur un sujet sérieux. Mais Olivia posa sa main sur la sienne et lui enlaça les doigts, entamant sérieusement sa belle assurance.

— Au moins, dit-elle, nous avons un plan d'action.

— Et tu aimes que les choses soient planifiées, n'est-ce pas ?

— Oui. Cela m'aide à ne pas me disperser.

Il soupira.

Qu'avait planifié cette redoutable organisatrice pour le reste de la nuit ?

Sûrement pas ce qu'il espérait...

Que faire, sinon vider son verre d'un trait et se maudire une fois de plus d'avoir instauré une règle du jeu aussi bête !

11

La réserve de poissons de Treasure Island était un enchantement !

Nageant dans les eaux translucides, Olivia se trouva cernée d'une multitude de poissons aux mille couleurs chatoyantes. De quoi avoir le souffle coupé. Heureusement, elle était équipée d'un matériel de plongée efficace ! Eblouie, elle tendit la main sous les eaux pour saisir celle de Zac. A travers le masque, le même émerveillement était visible dans ses yeux à lui.

Sans résister, elle le laissa l'entraîner sous l'eau, loin du rivage. Quand il fit une pause, elle reposa avec délices son corps contre le sien. Peau contre peau sous les eaux, pouvait-on rêver plus douce et plus exquise sensualité ?

Cette réserve semblait un monde de paix et de sérénité. Illusion, sans doute, mais là, au moins, les vilenies du monde des humains étaient loin.

— Quelle magie ! dit Zac quand, émergeant de l'eau, ils se laissèrent tomber, épuisés, sur le sable.

— C'est fou ce que j'ai raté en ne voyageant pas. Il est grand temps que j'y remédie.

— La faute à ta mère qui détestait l'avion !

— Si sa peur de l'avion avait été la seule raison, répondit-elle avec un soupir amer.

Se redressant, elle frotta nerveusement sa peau couverte de sable. Etait-ce l'effet de la paix ressentie sous l'eau ? Elle sentit soudain ses défenses intérieures s'effondrer. Ce qu'elle avait toujours caché à Zac allait s'échapper de ses lèvres, la libérant peut-être d'un grand poids...

— Mon père a abandonné le foyer familial quand j'avais douze ans, dit-elle dans un souffle. Maman était... euh... enfin, elle est... Bref, ma mère est alcoolique, voilà...

Elle n'osait regarder Zac, mais puisqu'elle avait commencé, autant continuer.

— Une alcoolique frénétique et incontrôlable. Papa a fini par craquer...

— Mais toi, tu as résisté ? demanda Zac en lui prenant la main.

— Oh ! moi... Je ne suis pas sûre d'y être arrivée... A l'école, je me suis évertuée à faire partie de celles dont on recherchait la compagnie, afin de me sentir aimée et d'oublier ce qui se passait à la maison. Peine perdue, à cause de maman ! Tout le monde savait à quoi s'en tenir sur son compte, et c'est à moi qu'on le faisait payer. J'étais la fille de la poivrote...

Elle ne put retenir un rire plein de dérision.

— J'étais exclue du clan des filles qui sortaient, s'amusaient, riaient ensemble. Avec le recul, je pense que cela m'a sauvée Quand je vois où elles ont abouti alors que, moi, j'étais en fac de médecine !

— Pourquoi avoir choisi la médecine ?

— Franchement, je n'en sais rien ! Je voulais devenir médecin, c'est tout. Dans mon enfance, mes poupées étaient toujours couvertes de pansements et de bandelettes !

— Au moins, toi, tu savais ce que tu voulais...

— Pas toi ? demanda-t-elle, étonnée de son air désabusé.

— En fait, répondit-il, j'avais commencé des études d'ingénieur.

— Qu'est-ce qui t'a fait changer d'avis ?

— Quand j'ai vu l'aide admirable que recevait mon frère de la part des médecins, j'ai pensé que j'aurais plus de satisfactions dans cette voie.

— C'était tes parents qui t'avaient influencé dans ton premier choix ?

— Indirectement. Mon père est un ingénieur de haut vol, directeur d'une grosse entreprise métallurgique.

— Tu voulais suivre son exemple dans les affaires ?

— Je voulais surtout qu'il soit fier de son fils. J'étais prêt à tout pour gagner sa reconnaissance.

— Je comprends, murmura-t-elle.

Elle n'était manifestement pas la seule à avoir connu des difficultés avec ses parents, mais pourquoi gâcher une si belle journée par l'évocation morose de son enfance ?

— Si nous allions déjeuner au bord de la piscine ? La vue de ces poissons m'a donné faim ! dit-elle avec entrain.

— Riche idée ! Après toute cette eau salée, je me damnerais pour une bière ! répondit-il en sautant sur ses pieds et en lui tendant la main pour l'aider à se relever.

Impatiente de se débarrasser du sel et du sable qui lui collaient à la peau, elle plongea avec bonheur dans l'eau fraîche de la piscine du complexe de Treasure Island. Quand, après quelques longueurs, elle se hissa sur le rebord, elle surprit le regard de Zac, installé, bière en main, à une table de la terrasse ombragée de cocotiers. Quelle intensité dans ce regard ! Comme s'il la dépouillait même de son minuscule bikini ! Rougissant, elle se sécha et enfila rapidement son short et son top avant de le rejoindre.

— L'eau pétillante que tu aimes, fit-il en poussant vers elle un verre et une bouteille d'eau gazeuse bien fraîche.

Il n'y avait plus dans son attitude que de l'obligeance et de la sollicitude. Détendue, elle enlaça ses doigts aux siens, en proie à un bien-être inconnu. Quelle étrangeté de tenir la main d'un homme sans que cela conduise au sexe… C'était tout simplement merveilleux… Pas d'attente, mais tant de promesses…

Un vacarme soudain lui fit tourner la tête. Un groupe d'enfants turbulents sautait dans le grand bain de la piscine, avec de grandes éclaboussures et des cris de joie à vous rompre les oreilles.

— Je suis content de voir ces enfants s'amuser, fit Zac, mais c'est une chance que nous résidions à Tokoriki plutôt qu'à Treasure Island. Là-bas, il n'y a pas d'enfants !

Semblant craindre qu'elle se méprenne sur ses propos, il lui sourit.

— Je n'en veux pas à ces gosses de s'amuser, au contraire, mais, en tant que célibataire sans enfants, je n'ai pas envie de partager mes rares loisirs avec la progéniture des autres.

Hésitante, elle le regarda. Puisqu'il tendait une perche, même involontaire, pourquoi ne pas la saisir ?

— Tu n'as pas envie d'avoir un jour des enfants ? Je veux dire, si tu trouves une partenaire pour la vie...

Il porta son verre à ses lèvres, et le niveau de la bière descendit de plusieurs crans.

— Tu sais quoi ? fit-il au bout d'un moment, les yeux dans le vague comme s'il venait de faire une découverte stupéfiante. Je crois que si...

— N'est-ce pas un souhait naturel ?

— Si, sans doute. Mais après l'accident de Mark, je me suis juré de ne jamais fonder de famille. C'est trop facile de faire du mal à ceux que l'on aime et dont on est responsable.

Cette fois, il vida d'un coup ce qui restait dans son verre.

— A présent, je pense que je me trompais et que j'ai envie d'avoir des enfants.

Comme s'il n'en revenait pas de cette révélation, il hocha la tête de droite à gauche.

Oh ! Zac... Elle imaginait une ribambelle de beaux petits Zac aux yeux sombres, s'ébattant gaiement...

N'osant le regarder, elle s'efforça de refréner les battements de son cœur.

Si seulement il pouvait la choisir comme mère...

S'étranglant avec une gorgée d'eau gazeuse elle fut prise d'une salutaire quinte de toux...

Ma parole, elle devenait folle... D'où lui venaient des idées pareilles ? Avoir des enfants signifiait se marier... et, ça, jamais.

— Je meurs de faim, moi ! dit-elle, pressée de changer de sujet. Zac, commandons vite le déjeuner.

Mais cela ne le détourna pas de la conversation, car, ayant fait signe de la main à l'une des ravissantes serveuses en sarong, il se tourna vers elle.

— Et toi ? Tu as certainement envie d'avoir plusieurs enfants, puisque tu as souffert d'être fille unique ?

A ce type de question, elle avait une réponse toute prête ! Il faudrait qu'il s'en contente.

— Quand on travaille dur, on n'a pas le temps de s'occuper de bébés. Les femmes qui le font se retrouvent sur une voie de garage, et regrettent leur choix. Très peu pour moi !

— C'est une version préfabriquée pour dossier de presse que tu me débites là, Olivia. Ce qui m'intéresse, c'est la vérité.

C'était tellement juste qu'elle en resta muette...

A présent, ils avaient dépassé le stade où seul le sexe les intéressait. Entre eux régnait maintenant l'envie de se parler, de se comprendre. Plus elle apprenait à connaître l'homme qui se tenait en face d'elle, plus elle l'appréciait.

Pour autant, dévoiler tous les détails de l'enfance pitoyable qu'elle avait vécue était au-dessus de ses forces. Voilà trop longtemps qu'elle cadenassait les mauvais souvenirs au fond d'elle-même. Saurait-elle même trouver les mots pour les exprimer ?

Heureusement, la serveuse s'approcha pour prendre la commande. Cela lui laisserait un peu de répit pour réfléchir à la conduite à adopter.

— Je prendrai un rouget en salade, dit-elle.

Mais dès que la jeune femme eut tourné les talons, Zac revint à la charge.

— J'ai posé une question, Olivia, dit-il.

Elle n'y échapperait pas. Alors, autant essayer...

— Pour maman, dit-elle avec difficulté, j'étais le centre du monde et l'unique objet de son amour. Un amour sans dignité, hélas, et terriblement intéressé.

Un sentiment d'amertume l'envahit à cette évocation.

— C'était à moi de m'occuper d'elle, mais il faut des qualités exceptionnelles pour se dévouer aux siens, et je ne les avais pas...

— Me permets-tu de discuter de ce point avec toi ? dit-il d'une voix aussi douce qu'une caresse et qui semblait vouloir dire : *tu peux me faire confiance, je suis là pour toi...*

Mais elle ne put s'empêcher de se regimber.

— Pas question. Je n'ai pas envie d'en parler davantage, dit-elle d'un ton cinglant.

Se rendant compte qu'elle l'avait blessé, elle lui prit la main.

— Savourons ce moment et oublions le reste, dit-elle en souriant.

— Oui, murmura-t-il en lui posant un baiser sur les lèvres.

C'était un baiser d'une infinie tendresse qui se répandit en elle avec la douceur d'un ruban de soie.

Peut-être n'était-elle plus seule pour affronter les peurs qui la paralysaient depuis l'enfance ?

Peut-être existait-il un autre Zac que celui qu'elle avait cru connaître ?

Ce Zac-là avait-il toujours été là sans qu'elle s'en aperçoive ? Aurait-elle dû chercher sous la surface pour le découvrir, et cela depuis la première nuit où, chez lui, ils étaient tombés dans les bras l'un de l'autre, s'étreignant comme des fous, jamais rassasiés et toujours avides de plus de plaisir ?

Non ! A l'époque, ils n'auraient rien révélé d'eux-mêmes ! La parole n'avait pas de place dans la frénésie qui rendait alors leur aventure si excitante.

— Merci, dit-elle à voix très basse, en réponse à son baiser.

La charmante serveuse vint demander s'ils avaient besoin de quelque chose en attendant d'être servis.

En répondant, c'était Olivia que Zac regardait dans les yeux.

— Nous n'avons besoin de rien de plus que ce que nous avons, dit-il.

— Zac ! Les carangues commencent leur rodéo ! dit Olivia depuis la plage, une heure après leur retour de Treasure Island. Viens vite !

Sortant en trombe de la hutte, canne à pêche en main, il lui cria en passant :

— Tu vas voir ce que tu vas voir ! Je vais pêcher notre dîner !

— Tu es sûr que tu n'étais pas homme des cavernes dans une vie antérieure ? demanda-t-elle en riant.

— C'est ce que nous sommes, nous autres mâles ! Des pêcheurs et des chasseurs ! répondit-il en lançant sa ligne aussi loin que possible.

— Oh, oh ! Je préfère aller au supermarché qu'attendre le produit de vos exploits...

— Oui, mais l'instinct est là, dit-il, essayant de suivre les instructions que Donny lui avait données pour le maniement de la ligne. Nous saisissons la première occasion de prouver aux femmes que nous sommes d'indispensables protecteurs.

— Et quand les femmes pêchent et chassent elles-mêmes, que vous reste-t-il à prouver ? demanda-t-elle en riant.

— Un point pour toi ! concéda-t-il, cédant à son rire communicatif. J'admets que certaines femmes sont aussi douées que les hommes pour abattre des cochons sauvages... ou pour pêcher des poissons gigantesques comme je vais le faire dans un instant !

— Si tu sens quelque chose au bout de ta ligne, ce sera probablement un galet. Tu as oublié l'hameçon ! Tiens, le voilà, fit-elle en le ramassant sur la plage.

— Arrête de te moquer, Olivia, je vais t'étonner...

— Hé, Donny, dit Olivia en direction du vieil homme qui arrivait sur la plage, je crois bien que le poisson que Zac a pêché la dernière fois était dû à la chance des débutants !

— Un bon conseil, Donny, fit Zac en regardant par-dessus son épaule, faites comme moi et ne croyez pas un mot de ce que dit cette femme...

Mais l'arrivée de Donny signifiait la fin de la récréation. En un clin d'œil, Zac retrouva son sérieux. C'était le moment ou jamais de mettre en œuvre le plan prévu avec Olivia : parler à Donny du cas de Josaia d'homme à homme... Seul problème, Donny était justement accompagné de Josaia.

Heureusement, Olivia prit les choses en main.

— Josaia, dit-elle, viens m'aider à trouver un beau coquillage que j'emporterai dans mon pays. Pendant ce temps, Zac aura peut-être réussi à attraper un poisson...

— Mon grand-père en attrape tout le temps de très gros, répondit le petit bonhomme en suivant Olivia avec empressement.

— Votre femme est très gentille, dit Donny en les regardant s'éloigner, main dans la main.

Votre femme... L'expression fit tressaillir Zac, mais il ne réagit pas.

— Elle est aussi très sincère, répondit-il simplement.

— Josaia l'a senti, sinon il ne l'aurait pas suivie. Il a appris à se méfier, dit Donny, une tristesse infinie sur son vieux visage.

— Savez-vous, Donny, que nous sommes médecins, elle et moi ? demanda Zac en rangeant sa ligne.

— Je m'en suis douté. Vous n'avez pas semblé effrayés en voyant la cicatrice de Josaia, comme si vous aviez l'habitude de voir des choses horribles.

— Olivia est chirurgien plastique, dit Zac calmement, et je suis médecin orthopédiste.

Il se tut un instant, attendant la réaction de Donny. Mais celui-ci le regardait d'un air interrogatif, comme s'il avait peine à croire ce qu'il entendait.

— Nous souhaitons soigner Josaia, Donny, fit-il en lui plaçant une main sur le bras.

Mais le vieil homme poussa un profond soupir en hochant la tête.

— Nous sommes pauvres, nous n'avons pas d'économies. Si notre gendre gagne assez d'argent en Australie, nous pourrons peut-être envisager une opération, dit-il en se redressant d'un air fier.

Inquiet, Zac l'observa. L'avait-il blessé ? Mieux valait procéder par étapes...

— Pour commencer, Donny, et si vous êtes d'accord, nous allons examiner Josaia et nous procurer une copie de son dossier médical.

N'obtenant en réponse que du silence, il poursuivit.

— Le mieux serait que Josaia soit opéré à Auckland, où nous exerçons tous les deux. Ne vous inquiétez pas pour l'aspect financier. Il y a des arrangements possibles.

Le vieil homme semblait égaré face à la soudaineté de la proposition. Allait-il l'accepter ? Attentif, Zac l'observait.

Soudain, Donny lui saisit la main.

— Merci, déclara-t-il solennellement. La carangue que vous avez attrapée l'autre jour porte chance à ma famille.

Zac ne put se retenir de sourire.

— C'est pourquoi je n'ai rien attrapé aujourd'hui. Nous avions déjà notre lot de chance !

A la grande joie d'Olivia et de Zac, le plan se déroulait à merveille ! Une fois que Donny eut parlé à sa femme, à sa fille et à Josaia, il leur amena le petit garçon à la hutte.

— Vous pouvez l'examiner, il se laissera faire, dit-il à Olivia. Il vous aime beaucoup.

— Grâce à lui, j'ai trouvé un magnifique coquillage que je vais emporter chez moi !... Puis-je toucher ta joue, Josaia ?

Le petit bonhomme ayant opiné solennellement, elle promena ses doigts sur le muscle facial qui était rétracté, noueux et parsemé de disgracieuses boules de chair.

— Maintenant, ouvre grand ta bouche, Josaia, demanda-t-elle.

La cicatrice n'était pas plus belle à voir à l'intérieur de la joue qu'à l'extérieur, mais il en fallait plus pour la décourager.

— Je peux faire quelque chose pour améliorer ça, dit-elle en s'écartant pour laisser la place à Zac.

— Josaia, montre-moi jusqu'où tu peux faire bouger ton bras, demanda celui-ci.

— Le harpon a sectionné les tendons, et ils ont été recousus trop serrés, dit Donny d'un air navré, tandis que son petit-fils faisait faiblement bouger son bras d'avant en arrière.

— Est-ce que je redeviendrai comme les autres ? demanda le petit bonhomme, ses yeux d'enfant agrandis par l'espoir.

— Veux-tu que nous essayions d'y arriver ensemble ? répondit Olivia.

— Oh oui, murmura le petit garçon.

— Je te préviens, tu devras retourner à l'hôpital...

— J'aurai mal ? fit-il, l'air inquiet.

— Un peu, mon garçon, je suis désolé, répondit Zac. Mais nous te donnerons des calmants, et tout se passera bien.

— J'aimerais pouvoir accepter votre aide, dit Donny qui semblait pris d'hésitation, mais nous ne pourrons jamais vous payer pour ce que vous faites.

Offenser cet homme dans sa dignité aurait été pire que tout, il fallait trouver le moyen de lui présenter les choses de façon honorable.

— Acceptez-vous que nous fassions les opérations comme un cadeau pour Josaia ? demanda Olivia avec un sourire.

— Pourquoi le feriez-vous ? demanda Donny, qui ne semblait toujours pas croire à la réalité de la proposition.

— Donner une seconde chance à des gens blessés par la vie fait partie de ma mission de médecin, et Josaia mérite cette chance...

Craignant de se mettre à pleurer, elle sourit à Donny.

— Vous nous avez offert un repas splendide dans votre demeure. C'est un souvenir inoubliable, et nous voulons vous en remercier.

Cette fois, tant pis, une larme perlait à sa paupière, et elle ne la retiendrait pas...

Lui saisissant une main, le vieux Donny la serra fort entre les siennes.

— Merci, dit-il d'une voix étranglée. Nous avons tellement souffert. C'était dur pour nous de voir notre Josaia rejeté par tous. Je vais appeler son père et lui annoncer la bonne nouvelle. Il sera fou de bonheur !

Incapable de dire un mot, elle contempla le vieil homme.

Cela existait donc, des familles capables de partager la souffrance ou le bonheur de leur enfant ?

Ces gens-là méritaient vraiment d'être aidés…

12

— Il y aura un orchestre ce soir à l'hôtel, dit Zac à voix forte, depuis la douche extérieure de la hutte, en se frictionnant énergiquement.

— Quel genre d'orchestre ? demanda Olivia de la salle de bains.

— Surprise, surprise ! Je ne te dirai rien…

— Ce qui signifie que tu ne sais rien !

L'entendant pouffer, il ne put s'empêcher de sourire de plaisir. Il aimait de plus en plus la sentir ainsi, joyeuse et décontractée, non loin de lui, comme si cela faisait partie d'un quotidien fait pour durer toujours.

— J'ai vaguement entendu parler d'artistes locaux, dit-il en regagnant l'intérieur de la hutte, une serviette drapée autour des reins. Deux types avec des guitares, je crois…

— Trop bien ! fit-elle de la salle de bains, riant toujours.

Avec un soupir, il regarda le lit gigantesque qui trônait au milieu de la hutte.

Guitare ou pas guitare, ce serait tellement mieux de passer la soirée ici, pour que ce fichu lit serve enfin à quelque chose ! Se faire des câlins avant de s'endormir était bien gentil, mais terriblement frustrant. La perspective de passer encore une nuit à ruminer son insatisfaction, réfugié à l'extrême bord du lit, le déprimait sérieusement.

Machinalement, il enfila une chemise et commença à la boutonner.

— Moi, j'ai entendu dire qu'il y aura du homard ce soir au dîner, dit Olivia en faisant irruption dans la pièce, les mains occupées à fixer ses boucles d'oreille.

— Oh..., fit-il, muet de saisissement, abandonnant le boutonnage de sa chemise. Oh !... Tu es... sublime...

Comment diable avait-elle pu se glisser dans cette étroite robe rouge qui la moulait comme une seconde peau ?

— Vraiment ? demanda-t-elle, l'air inquiet, en se hissant sur la pointe des pieds et en tournoyant sur elle-même, comme pour quémander son approbation. Ce n'est pourtant pas mon style habituel...

Il avait la bouche sèche. Jamais il ne lui avait vu un tel décolleté... Echancré jusqu'au nombril !... Quant au dos de la robe... Grands dieux, il n'y avait pas de dos à cette robe !... Juste une plongée vertigineuse sur une adorable chute de reins... Et l'ourlet !... Inutile d'en parler, de l'ourlet, situé comme il l'était...

— Ma parole, je ne te reconnais pas, dit-il en balbutiant. Tu es devenue une autre femme !

— Tu préférerais que je me change ? demanda-t-elle, l'air consterné.

— Surtout pas ! Tu es encore plus belle ainsi, Olivia. Je vais te commander une garde-robe complète de ce type !

— Oh ! comme c'est gentil, Zac ! Cela me rassure... J'ai toujours eu peur de porter ce genre de tenue. La première fois que j'ai osé le faire, c'était le soir du gala pour Andy. Tu te rappelles ?...

— Oh ! très bien !

A nouveau souriante, elle lissa de ses mains le tissu sur ses hanches.

— Tu as fait une si drôle de tête en me voyant dans cette robe rouge que j'ai eu peur qu'elle ne te plaise pas !

— Que veux-tu, je ne suis qu'un mec, j'ai sans doute du mal à me faire comprendre quand il s'agit de chiffons, dit-il, cherchant refuge dans la plaisanterie.

Ah, zut ! Troublé, il avait boutonné sa chemise de travers...

— Laisse-moi faire, dit Olivia avec un rire indulgent, en

déboutonnant la chemise pour remettre les boutons dans le bon ordre.

Aussitôt, il se crispa. Quel supplice de sentir ces doigts légers lui courir sur le torse, sur la taille, et plus bas encore ! L'effet que cela lui faisait devenait de plus en plus visible... Elle allait s'en apercevoir...

— Détends-toi donc, dit-elle en lui jetant un regard malicieux. Tu me sembles bien nerveux !

Se détendre... Elle en avait de bonnes, Olivia...

Lui échappant, il attrapa son pantalon et l'enfila nerveusement, ignorant le regard suave dont elle le suivait.

— Je ne savais pas qu'une chose aussi innocente qu'une robe pouvait avoir un tel effet sur un homme, dit-elle.

— Ni toi ni cette damnée robe n'êtes innocentes, je t'assure !

— Courage, Zac, c'est notre dernière nuit sur l'île !

Et surtout la fin de ce défi stupide...

Le lendemain, ils pourraient enfin retrouver un comportement normal. Pourquoi, dès l'atterrissage à Auckland, n'iraient-ils pas directement chez lui ? Ou chez elle ? Qu'importait le lieu, pourvu qu'il se débarrasse de cette démangeaison de l'esprit et des sens qui le reprenait férocement... Olivia, par contre, faisait preuve d'une bonne humeur insolente...

— Profitons de notre dernière soirée ! fit-elle joyeusement en enfilant des stilettos rouges aux talons vertigineux.

Heureusement, elle eut le bon sens de ne pas lui prendre la main ou le bras tandis qu'ils suivaient le sentier éclairé de lanternes qui menait au restaurant. Il l'aurait attrapée à bras-le-corps, ramenée dans leur hutte et jetée sur le lit avant de se précipiter sauvagement sur elle...

Dernière nuit d'abstinence ou pas !

— On nous a donné la meilleure table, dit Olivia en s'installant sur la chaise que lui avançait le maître d'hôtel.

La table en terrasse, éclairée par la lumière tamisée de

quelques lanternes, était isolée des autres sur trois côtés par des buissons d'hibiscus.

Une bulle de charme et de douceur...

— Que souhaitez-vous boire ? demanda le maître d'hôtel.

Pendant qu'elle hésitait, Zac pointa sur la carte une bouteille du meilleur champagne.

— Ce soir, nous célébrons les plus belles vacances de ma vie, dit-il en se penchant vers elle, le regard grave, quand le maître d'hôtel se fut éloigné. Merci, Olivia...

Il ne montrait que gentillesse et sollicitude et semblait avoir oublié le trouble dans lequel elle l'avait mis avec sa robe rouge...

— Merci de quoi ? demanda-t-elle dans un murmure.

— D'avoir été toi-même. De m'avoir révélé une Olivia que je ne connaissais pas et qui est merveilleuse.

Emue, elle sentit une larme lui échapper.

— A toi de me dire que tu as découvert en moi un authentique superman ! dit-il en riant.

La dispensant de répondre, le seau à champagne arriva, entre les mains d'une ravissante jeune femme.

— Offert par la direction, avec ses compliments, dit celle-ci en emplissant leurs coupes.

— Ce cadeau a-t-il par hasard quelque chose à voir avec un petit garçon nommé Josaia ? demanda Zac en levant un regard interrogatif vers la jeune femme.

Un sourire mystérieux éclaira le visage de la jeune Fidjienne, qui s'éclipsa sans répondre.

Saisissant son verre, Olivia le leva vers Zac.

— A nos vacances... qui furent fabuleuses...

— Elles ne sont pas terminées, Olivia, dit-il en faisant tinter son verre contre le sien. C'est seulement à 10 heures demain matin qu'un hydravion vient nous chercher

— Alors, à nos prochaines heures au paradis ! dit-elle.

Une excitation délicieuse courait dans ses veines. En elle, la tentation grandissait...

Si elle savait troubler Zac, peut-être craquerait-il ?

Et peut-être se livreraient-ils dans ce lit fait pour l'amour à autre chose qu'à des câlins d'adolescents prépubères !

Les pics vertigineux qu'Olivia appelait des chaussures se balançaient dans une de ses mains, tandis que, de l'autre, elle s'appuyait au bras que Zac lui offrait.

— Quelle merveille de se promener la nuit, pieds nus dans le sable, murmura-t-elle d'une voix câline.

Semblable à une caresse, sa voix douce semblait flotter dans la brise légère, emplissant l'air de désir et de sensualité.

Il serra les poings.

Après des journées de bikinis et de prétendues robes qui ne demandaient qu'à être arrachées par une main d'homme, il n'en pouvait plus. Tout ce qu'il voulait, c'était prendre Olivia dans ses bras, sentir son corps sous le sien et la faire crier de plaisir. Mais il y avait cette fichue règle du jeu ! Pour rien au monde, il ne l'enfreindrait. Il avait donné sa parole !

— Bien sûr, fit-il, feignant la désinvolture, tout le monde adore se fourrer entre les doigts de pied du sable humide qui gratte et qui démange !

— Alors, débarrassons-nous de ce sable, dit-elle avec un rire joyeux.

Avant qu'il ait pu réagir, la diablesse avait lancé ses escarpins au loin et fait passer sa robe par-dessus sa tête...

— Tu viens ? demanda-t-elle en se tournant vers lui, avançant résolument dans la mer.

— Tu es infernale, Olivia Coates-Clark, répondit-il en faisant pourtant passer sa chemise par-dessus sa tête sans prendre la peine de la déboutonner.

Son sang-froid n'y résisterait pas, mais tant pis ! Impatient de la rejoindre, il courut sur le sable, empêtré dans son pantalon dont il essayait en même temps de se défaire. Enfin libre de ses mouvements, il plongea dans l'eau délicieusement tiède. D'un crawl vigoureux, il se dirigea vers Olivia.

— Hé, Olivia, tu vas trop loin, arrête un peu ! cria-t-il en sortant la tête de l'eau.

— Sinon quoi ? fit-elle en riant et en se laissant flotter au clair de lune.

— Sinon je t'embrasse à t'en faire perdre la tête...

En trois brasses, il la rejoignit. La saisissant par la taille, il l'attira contre lui et la ramena vers le rivage où ils s'échouèrent en riant au milieu des vaguelettes qui venaient leur lécher la peau.

Il sentait son corps souple et humide contre le sien. Le désir le terrassait. Mais ce fut elle qui posa ses lèvres sur les siennes. Ce fut un baiser violent, au goût de sel, un baiser comme seule l'indomptable CC savait en donner. De ses deux mains, elle s'agrippait à ses cheveux, le dévorant de ses lèvres, de sa langue. Cinq longs jours qu'il attendait cela ! Il étreignait avidement sa taille fine, ses hanches pleines, tandis que, sans interrompre leur baiser, ils se laissaient rouler dans les vagues. Mais, quand elle enroula ses jambes autour de sa taille et se hissa au-dessus de lui, il s'écarta brutalement.

— Pas de sexe, CC, parvint-il à articuler d'une voix rauque, c'est la règle.

— Stupide règle ! Je la romps !

Dans l'éclat argenté de la lune, son rire bas était plus sexy que jamais. Comment résister ? La serrant de plus belle contre lui, il se remit à l'embrasser, tout en essayant fiévreusement de se débarrasser du boxer-short qui lui collait à la peau. Soudain, une main fine se pressa sur son torse et le repoussa fermement.

— Attends, Zac...

— Attendre quoi ?

Le désir le brûlait, sa voix s'étranglait. Allait-elle changer d'avis ? Si oui, il ne garantissait pas sa réaction...

— Le grand lit, Zac. La hutte. L'amour comme on vient le faire aux îles Fidji. C'est ça que je veux...

Incapable d'attendre, il attira Olivia tout contre lui. Quatre nuits de frustration ! Il n'attendrait pas une seconde de plus.

— Avons-nous l'habitude de nous contenter d'une seule fois par nuit, CC ? lui murmura-t-il à l'oreille.

Ayant difficilement repris haleine après une étreinte à couper le souffle, Zac et Olivia s'arrachèrent au rivage. Rassemblant leurs vêtements épars sur la plage, main dans la main, ils se hâtèrent vers leur hutte.

Avec le sentiment de flotter sur un nuage, elle se tourna vers lui.

— Dire que nous nous sommes privés de cette félicité durant quatre nuits ! Quel gâchis ! Faut-il que nous soyons idiots !

— C'est pourquoi nous allons enfin utiliser ce lit que nous nous sommes évertués à ne pas partager...

— Pas avant de nous être débarrassés du sable qui nous colle à la peau, répondit-elle en riant et en l'entraînant en courant vers la douche à l'extérieur de la hutte.

Ils ne furent pas longs à profiter de l'eau fraîche sur leurs corps et à s'éponger mutuellement avant de se précipiter à l'intérieur de la hutte. Se laissant tomber au beau milieu du grand lit, Olivia saisit Zac par la main et l'attira à elle. L'attente la faisait trembler. Les longues heures de tension qu'ils s'étaient imposées allaient se muer en un feu d'artifice de sensations, et leur séjour sur l'île allait connaître la plus magique, la plus fabuleuse, la plus merveilleuse des apothéoses...

— Longtemps et doucement, Zac, susurra-t-elle en faisant courir des baisers sur son torse, nous avons la nuit devant nous...

— Oui, CC, et la matinée de demain jusqu'à 10 heures...

Quand, exténuée, elle se blottit contre le corps de Zac, il était plus de 4 heures du matin, et le soleil commençait à pénétrer dans la hutte.

— Ce n'est pas comme les autres fois, murmura-t-elle, songeuse, en lui promenant un doigt sur le torse. C'est encore mieux...

— Des regrets de ne pas avoir rompu plus tôt notre pacte ? demanda-t-il en lui caressant doucement le dos.

— Non, répondit-elle en le regardant au fond des yeux.

Passer simplement du temps ensemble avait tellement ajouté à leur relation…

— J'ai passé avec toi des vacances merveilleuses, Zac.

Et elle voulait tellement qu'il y en ait d'autres…

— Moi aussi j'ai adoré ces moments avec toi, CC, dit-il en remontant le drap jusque sous leur nez. Profitons de nos dernières heures de vacances pour dormir dans les bras l'un de l'autre.

Avec un soupir, elle se blottit étroitement contre lui. Demain, ce serait le dur retour à la réalité, à la pression du travail, à l'hystérie de sa mère. Son nouveau mode de relation avec Zac y résisterait-il ? Qu'en serait-il à Auckland de l'état de grâce des Fidji ?

Ses paupières s'alourdissaient. Ce n'était pas le moment de penser aux problèmes ! Pas quand les bras puissants de Zac l'entouraient. Pas quand elle respirait l'odeur de son corps et que… Et que quoi ?… Etait-elle déjà endormie ?…

Comment savoir ?

L'homme qui était dans ses rêves et celui qui dormait auprès d'elle étaient le même.

Se dirigeant vers le rivage pour embarquer à bord de l'hydravion, Zac et Olivia eurent la surprise de trouver sur la plage Josaia et sa famille au grand complet venus les saluer.

Au comble de l'émotion, Olivia étreignit longuement Lauan, qui était en larmes. Quitter ces gens merveilleux était plus difficile qu'elle ne l'avait pensé.

— A bientôt, dit Zac quand tous se furent embrassés. Nous allons programmer les opérations de Josaia le plus vite possible.

— Je crois qu'il a quelque chose pour vous deux, dit Donny en souriant, les mains sur les épaules de son petit-fils.

Sérieux comme un pape, le petit garçon s'avança.

— C'est pour toi, docteur Zac, fit-il en tendant à Zac une pièce de tissu soigneusement pliée.

Emu, Zac lui prit des mains le *sulu* d'un bleu vif qu'il lui tendait, reconnaissant le vêtement de coton que les Fidjiens se drapent autour des reins dans les grandes occasions.

— Voilà le tien, fit Josaia en se dirigeant vers Olivia.

Se baissant sur ses talons, elle reçut avec la dignité qui convenait un magnifique *sulu* d'un jaune éclatant.

— Merci, Josaia, ce *sulu* est magnifique...

Une fois dans le petit avion, elle agita la main tant qu'elle le put, mais l'appareil, avec un bond, prit soudain de l'altitude, et elle ne put retenir un soupir. Ces cinq jours avaient été un enchantement, mais maintenant qu'allait-il se passer ? La grisaille l'attendait, et surtout sa mère.

Pour s'occuper d'elle, elle n'avait pas trop de toutes ses forces. Mieux valait renoncer à construire une vie personnelle. Elle n'avait pas assez de temps pour sa mère et pour un homme.

Lui prenant la main, Zac y déposa un baiser léger.

Serrant sa main, elle se tourna vers le hublot et contempla avidement l'îlot de Tokoriki, qui n'était plus qu'un point minuscule dans la vaste étendue du Pacifique.

Elle voulait emporter avec elle la moindre bribe des Fidji...

En sortant du taxi devant chez elle, Olivia frissonna.

— Brrr ! Comme il fait froid et humide...

— Le fait est que le contraste est violent, fit Zac en riant.

Devant la porte, l'angoisse l'étreignit... Des lumières vives et de la musique sonore s'échappaient de l'intérieur.

Oh ! non, pas ce soir... Pas quand elle avait encore tant de bonheur en elle...

— Tu n'ouvres pas ? demanda Zac, l'air surpris.

Plus question qu'il entre boire un café, comme elle le lui

avait proposé. Affolée, elle jeta un regard dans la rue, mais le taxi qui les avait amenés était déjà reparti.

— Il y a chez toi quelqu'un que tu ne veux pas que je rencontre, c'est ça ? demanda-t-il en lui prenant le bras dans un geste plein de sollicitude. Je croyais qu'il y avait à présent de la confiance entre nous, Olivia.

Certes... Mais le problème embusqué derrière la porte était terrible, et même Zac ne pouvait pas le comprendre...

Elle ne voulait pas de sa compassion. Ni de l'horreur qui se peindrait sur sa figure lorsqu'il découvrirait jusqu'où sa mère pouvait aller.

— Va-t'en, Zac, siffla-t-elle.

Mais c'était trop tard, la porte s'ouvrait.

— Olivia, ma chérie, enfin toi ! Je me demandais où tu étais passée. Je me suis fait un sang d'encre. A l'hôpital, on n'a rien voulu me dire.

— Maman !... Qu'est-ce que tu fais là ? Tu sais que je ne veux pas de toi chez moi en mon absence.

Sous l'effet de la colère, elle s'était mise à crier. Mais une main ferme lui saisit le bras.

— C'est bon, Olivia, calme-toi, fit Zac d'une voix égale.

Comme elle, il connaissait les manifestations de l'alcoolisme. Il avait tout compris, c'était évident. La honte la submergeait. Que faire, sinon les présentations ?...

— Ma mère, Cindy Coates-Clark. Maman, je te présente Zachary Wright, un ami. Zac et moi avons passé de merveilleuses vacances aux îles Fidji, et maintenant nous avons besoin de récupérer du voyage. Au calme.

— Enchantée, Zachary. Appelez-moi Cindy...

Consternée, Olivia resta muette. C'était sa mère qui minaudait ainsi, des relents d'alcool accompagnant chacune de ses paroles. Cerise sur le gâteau, elle ouvrit grand la porte, comme si c'était elle la maîtresse de maison.

— Entrez donc !

— Merci Cindy, répondit Zac d'un air imperturbable.

Saisissant les sacs de voyage, il se tourna vers Olivia.

— Je ne reste que le temps de boire ce café, dit-il d'un ton aussi placide que si être accueilli par une femme complètement soûle et attifée de façon scandaleuse lui arrivait tous les jours.

Horrifiée, Olivia dévisageait sa mère. De longues traînées de mascara lui maculaient les joues, son rouge à lèvres d'une teinte agressive avait coulé dans les ridules qui lui cernaient la bouche, sa poitrine s'échappait d'un top trop moulant.

A la vue de la jupe, Olivia crut défaillir.

— Maman ! Tu as pris la jupe d'un tailleur tout neuf que je n'ai pas encore porté ! Et tu l'as coupée aux trois quarts ! Tu te rends compte de l'air que tu as ?

— Cette jupe vert émeraude est bien plus sexy comme ça, ma chérie. Tu t'habilles de façon tellement gnangnan !

— Olivia, veux-tu que je m'occupe du café ? demanda Zac, comme si de rien n'était.

— Du café ? protesta Cindy, l'air dégoûté. Prenez donc un gin avec moi. Vous êtes un homme, un vrai, Zac, et...

— Arrête, maman ! De toute façon, il n'y a pas de gin ici, dit-elle, outrée, en se dirigeant vers la cuisine.

A la vue qui s'offrait à elle, les bras lui tombèrent. Des bouteilles vides jonchaient le sol, des barquettes de nourriture à moitié consommées traînaient dans tous les coins, l'évier débordait de verres et de vaisselle sale.

— Depuis combien de temps squattes-tu ma maison, maman ?

— Ma foi... aucune idée...

Si les bras de Zac ne s'étaient pas refermés sur elle, elle se serait effondrée...

— Je suis là, Olivia, nous réglerons ensemble ce problème.

Ensemble ? Non ! Sa mère était son problème.

— Maintenant, il faut que tu partes, Zac, dit-elle avec rudesse en s'écartant.

L'air peiné, il lui posa un baiser sur la joue.

— Bonne nuit, CC. Je t'appelle demain matin.

— Inutile. Nos vacances étaient merveilleuses mais la vie reprend son cours. Va-t'en, Zac, et n'espère rien d'autre entre nous.

Dès que la porte se fut refermée, elle s'appuya au mur et se laissa glisser jusqu'au sol.

Elle avait mis tellement de temps à comprendre qu'elle aimait Zac ! Hélas, il avait vu aujourd'hui qu'elle était incapable de maîtriser sa vie, sa mère, sa maison. Elle avait fait un beau rêve, mais les rêves, comme les contes de fées, ne sont qu'illusion.

La tête entre ses bras, elle sanglota comme elle ne l'avait jamais fait.

Tôt ou tard, les choses auraient craqué avec Zac...

Au moins c'était fait.

A présent, elle ferait ce qu'elle avait toujours fait.

Survivre.

Et veiller sur sa mère...

En montant dans le taxi qu'il avait commandé par téléphone, Zac jeta un regard désolé à la maison d'Olivia. En vingt-quatre heures, elle était devenue une autre femme. La veille, virevoltant dans sa robe rouge, elle était drôle, légère, sexy en diable. Ce soir, elle n'était plus que lassitude, désespoir et découragement.

A présent, il comprenait tout...

Le self-control dont elle était obsédée était une réaction viscérale à l'attitude de sa mère. Cindy n'avait ni maîtrise d'elle-même, ni pudeur, ni dignité. La veille, Olivia avait paru affolée quand il lui avait dit qu'il ne la reconnaissait pas dans son audacieuse robe rouge. Elle avait eu peur de ressembler à sa mère !

Grands dieux ! Quels dégâts cette femme n'avait-elle pas causés à la vie d'Olivia, à son développement personnel, à ses projets d'avenir... Mais, en retour, CC, avec son sens du devoir, se sentait responsable de sa mère...

Mais elle n'était pas obligée de rester seule pour assumer ses responsabilités.

Elle n'était pas faite pour ça ! Elle portait en elle tout l'amour et toute la générosité du monde ! Zac soupira.

Le taxi s'arrêta dans Quay Street, au pied de son luxueux immeuble. Là-haut l'attendait son appartement, anonyme et vide. Une envie folle le saisit de se trouver dans la jolie petite maison d'Olivia... quel que soit l'état de la cuisine...

Mais Olivia l'avait chassé... une fois de plus.

Il pressa le bouton de l'ascenseur.

Alors, à quoi avaient servi leurs vacances ?

A lui faire comprendre qu'il aimait Olivia. Pour la première fois, il avait imaginé un avenir où il n'était pas seul, où il y aurait une femme — elle, Olivia — et des enfants...

Ayant ouvert la porte de son appartement sombre et désert et allumé l'électricité, il poussa un profond soupir.

Pour la première fois de sa vie, il éprouvait de l'amour pour une femme, mais celle-ci ne cessait de le rejeter...

Comment résoudre cette situation absurde ?

Cela nécessitait d'abord un whisky bien tassé et ensuite un bon moment de réflexion.

13

— Ne raccroche pas, Olivia ! dit Zac à l'autre bout du fil alors qu'elle avait à peine décroché et même pas dit « Allô ». C'est à propos de Josaia que je t'appelle.

— Je t'écoute, fit-elle résignée.

Voilà dix jours qu'elle s'évertuait à le chasser de ses pensées. C'était fou ce qu'il lui manquait, ainsi que leurs rires et leur complicité de Tokoriki...

— Le bloc est retenu samedi matin à l'hôpital privé pour l'intervention, et j'ai pu obtenir un lit pour quatre nuits.

Zac semblait jubiler, et il y avait de quoi. Il avait mis tout le monde à contribution pour organiser l'opération de Josaia dans les meilleurs délais et aux meilleures conditions. L'équipe renonçait à ses honoraires, et l'hôpital ne demandait rien. Zac n'avait pas son pareil pour charmer les plus rétifs et pour inciter les plus avaricieux à mettre la main à la poche !

— Tu devrais créer une organisation humanitaire pour aider les enfants comme Josaia.

— Moi ? se récria-t-il en riant. Mais voyons, Olivia, il n'y a que toi pour toucher la corde sensible des gens ! Rappelle-toi le succès du gala que tu as organisé pour Andy !

Elle ne réagit pas. L'opération de Josaia était la seule chose dont elle acceptait de parler avec Zac.

— A plus tard, Zac. Je te verrai au motel à 17 heures.

Ils prenaient à leur charge les frais d'un motel proche de l'hôpital pour les nombreux membres de la famille qui accompagnaient Josaia. Zac irait les chercher tout à l'heure à l'aéroport, ils auraient le lendemain pour s'acclimater. Puis ce serait le jour J...

— Pourquoi ne viens-tu pas à l'aéroport avec moi, Olivia ?

— J'ai une consultation à 14 heures, répondit-elle sèchement.

— Promets-moi au moins d'être au motel.

— J'y serai, c'est promis.

C'était pour Josaia qu'elle s'y rendrait.

Les effusions avec leurs amis fidjiens écarteraient tout danger de tête-à-tête avec Zac...

— Es-tu dentellière à tes heures perdues, CC ? demanda Zac d'un ton admiratif. Tes points de suture sont si délicats !

Olivia ne lui jeta qu'un rapide coup d'œil par-dessus son masque. Trop concentrée ! Elle avait rouvert en profondeur la cicatrice qui courait le long de la joue de Josaia et enlevé la peau qui formait d'horribles boursouflures là où les agrafes avaient été trop étroitement posées. A présent, elle suturait avec minutie, couche après couche, l'épiderme, depuis le muscle qui sous-tendait la joue.

Ayant posé le dernier point de suture, elle se redressa.

— Te voilà remis à neuf, jeune homme !

Satisfaite du résultat, elle changea de côté pour laisser la place à Zac.

— Contrairement au tien, mon travail est invisible à l'œil, dit celui-ci en saisissant un scalpel.

— Il sera visible dans le comportement de Josaia. Il pourra de nouveau plonger et nager avec ses copains... J'espère qu'il en trouvera de nouveaux et qu'il enverra balader ceux qui l'ont maltraité, dit-elle comme malgré elle.

Attentive aux gestes de Zac, elle le regarda écarter les tissus et mettre à jour la clavicule du petit garçon, à l'endroit de la fracture.

— Recasser va être terrible, dit-il d'un ton plein de compassion.

Le pauvre gosse va souffrir pendant un moment. Mais allons-y, c'est pour son bien...

Participant autant qu'elle le pouvait au travail de Zac, elle admira la précision de ses gestes et son autorité sur l'équipe. Une fois les opérations terminées et Josaia conduit en salle de réveil, ils allèrent ensemble rassurer sa famille, puis se dirigèrent vers le parking.

— Si nous allions déjeuner au Viaduct Harbour ? suggéra Zac.

— Désolée, Zac, je n'ai pas faim.

— Qu'est-ce qui ne va pas, Olivia ? Epargne-moi une réponse du genre : « Mais non, tout va très bien », je ne te croirais pas.

Interloquée par sa perspicacité, elle le regarda. Il aurait été si facile de se laisser aller contre son large torse et d'oublier un instant le nouveau problème qui la minait...

Sa mère, évidemment ! L'attitude de celle-ci empirait. Il allait falloir prendre des mesures qui, d'avance, rendaient Olivia malade.

— J'ai un rendez-vous important dans une heure...

— Un rendez-vous avec qui, Olivia ?

— Avec un avocat, un psychologue et un représentant de la police.

Pourquoi lui révéler cela ? Il fallait qu'elle s'échappe avant d'en dire plus. Mais il insistait.

— Où a lieu ce rendez-vous ?

— Chez moi.

— Je t'accompagne, viens, dit-il en lui prenant le coude et en l'entraînant vers sa propre voiture avec une telle autorité qu'elle le suivit sans résister.

— En plus, tu vas vouloir assister à cette réunion, protesta-t-elle faiblement...

— Je me contenterai de préparer le café.

Comme s'il était du genre à jouer les seconds rôles ! Mais, à sa propre surprise, elle était finalement soulagée qu'il participe à la réunion tant redoutée.

Que faire à propos de Cindy ?

C'était l'objet de la réunion avec les autorités concernées. Sa mère n'était plus seulement odieuse, elle devenait dangereuse.

Conduire en état d'ivresse était son dernier méfait. L'avant-veille, elle avait failli renverser des passants, dont des enfants, sur un passage piéton. Mais, depuis toujours, elle refusait traitements, cures, ou séjours en établissement spécialisé, et comptait sur sa fille pour la materner et réparer les pots cassés.

Pourtant, mise au pied du mur par ses interlocuteurs, Olivia elle-même était choquée à l'idée de confier sa mère à une clinique... Ne pas veiller personnellement sur elle était contraire à sa conception du devoir. Cela impliquait de renoncer à faire sa vie avec Zac, elle le savait. C'était un déchirement abominable. De nouveau, elle allait devoir l'exclure de sa vie, alors qu'elle avait tant besoin de lui !

Ayant refermé la porte derrière les visiteurs, elle s'y adossa, les yeux clos. C'était maintenant qu'elle devait lui dire de partir. Une fois de plus ! Rouvrant les yeux, elle le vit debout en face d'elle, souriant.

— Je crois que tu as besoin d'un bon somme réparateur, CC !

— Il faut que j'appelle l'hôpital pour avoir des nouvelles de Josaia.

— Ne t'inquiète pas, je vais y passer en sortant d'ici.

Lui passant un bras autour des épaules, il la guida jusqu'à sa chambre.

— Mets-toi au lit ! Je t'apporterai un bon chocolat chaud. Mais il faut d'abord que tu enfiles ton pyjama, dit-il en commençant à déboutonner son chemisier.

— Je peux faire ça moi-même, protesta-t-elle. Laisse-moi.

Pourtant, le geste de Zac était empreint de tendresse. Au lieu de faire courir de la fièvre dans ses veines, il lui apportait comme une sensation de bien-être et d'apaisement...

— Merci, Zac, merci pour tout, lui dit-elle au moment où il franchissait la porte.

Revenant sur ses pas, il l'embrassa sur les deux joues.

— Je t'avais dit que j'étais là pour toi.

— Il faut pourtant que nous nous quittions, Zac. Pour de bon, articula-t-elle faiblement, sentant venir les larmes.

— Le problème, CC, c'est que je suis incapable de quitter quelqu'un que j'aime, dit-il avant de refermer la porte sur lui.

Il avait dit : « quelqu'un que j'aime » ?...

Impossible ! Elle dormait déjà, et c'était un rêve !

Coup de chance, ce n'était pas un cauchemar...

Avec une mère tellement déjantée, l'enfance d'Olivia avait dû être une abomination !

Pressé d'arriver à l'hôpital, Zac doubla une voiture qui lambinait... Dès qu'il aurait vu Josaia, il rentrerait chez lui, et, demain matin, il apporterait un petit déjeuner à Olivia.

Il y avait peu de chance pour qu'elle lui ouvre sa porte. Tant pis. Ce serait une façon de lui prouver qu'il n'était pas découragé par ce qu'il avait entendu lors de la réunion. Olivia redoutait que le récit des lamentables turpitudes de sa mère ne le fasse fuir, il l'avait vu aux regards inquiets qu'elle lui avait lancés. Au contraire, il était de plus en plus déterminé à ce qu'elle entre dans sa vie !

Tout à ses pensées, il frappa le volant de la paume de sa main...

Les familles n'étaient pas toujours des cadeaux ! Olivia et lui avaient décroché le gros lot !

D'ailleurs, quel genre de père était son frère Mark ? Savait-il montrer à ses fils qu'il les aimait ? S'il les rejetait, qui prendrait soin de ces garçons ?

Il le ferait, lui, Zac.

Mais il les connaissait à peine ! Il était temps qu'il se rapproche de Mark, que leur rancœur s'apaise, et qu'ils apprennent à s'aimer à nouveau, comme autrefois, lorsqu'ils étaient gamins.

Apaisé par tant de bonnes résolutions, il pénétra dans le parking de l'hôpital. Pour l'instant, priorité à ses devoirs de médecin et à Josaia !

Etendue sur le dos, Olivia regardait le plafond. La lumière du jour l'éclairait déjà. Quelle heure était-il donc ?

8 h 30 du matin, d'après l'écran de son portable.

Houlà !... Depuis la veille, un nombre impressionnant de textos s'y affichaient aussi...

Josaia dit hello au Dr Olivia. Il va bien et est impatient de courir partout malgré la douleur. Espère que tu dors bien et ne liras ce message que demain matin. T'embrasse. Zac.

Pense à toi en dînant. Voudrais être encore à Tokoriki pour dîner sous les cocotiers avec toi. Tendresses. Zac.

Vais me coucher. Viendrai te voir demain. Zac.

Elle ne lui ouvrirait pas la porte. Elle avait une mère ingérable à gérer... et des blessures à panser.

Suis à ta porte avec le petit déj. Zac.

Il était là ? Oubliant ses bonnes résolutions, elle sauta du lit et se précipita dans le vestibule, mais, devant la porte, elle stoppa net.

Allait-elle laisser entrer Zac alors qu'elle voulait le quitter définitivement ? Ce ne serait pas chic de sa part de faire souffler sur lui le chaud et le froid... Elle devait couper complètement les ponts, dès maintenant.

Traînant tristement les pieds, elle gagna la cuisine. Elle aimait Zac de tout son cœur, de toutes ses fibres. Mais qu'avait-elle à lui offrir ? Deux cafés et une douche brûlante ne furent pas de trop pour reprendre pied dans la vie. Il était temps de se rendre à l'hôpital et d'aller examiner Josaia...

Sortant de la maison, elle heurta du pied un volumineux sac de papier. Le petit déjeuner annoncé par Zac !

Oh ! Zac, pourquoi était-il si attentionné ? Pourquoi lui rendait-il les choses si difficiles ?

Une seule destination possible pour ce petit déjeuner : la poubelle. Et, puisqu'elle avait laissé la veille sa voiture à l'hôpital, elle s'y rendrait à pied.

Cela lui éclaircirait les idées.

Enfin, peut-être.

Quand Olivia entra dans la chambre de Josaia, celui-ci essayait de persuader son grand-père qu'il pouvait se lever.

— Attends l'avis du Dr Olivia, gronda Donny qui était assis auprès de lui.

— Je vais examiner ta joue, dit Olivia en souriant, mais c'est le Dr Zac qui te dira si tu peux te lever.

— Il est venu pendant que je dormais, répondit le petit garçon d'un air déçu.

Ouf... Zac est déjà passé. Elle ne le croiserait pas.

Se redressant sur son lit, Josaia la regarda avec un sourire radieux.

— Ma joue est belle maintenant, affirma-t-il.

S'il pensait cela alors que des agrafes couraient encore le long de sa joue, c'était qu'il était en bonne voie !

— Mes amis vont m'aimer à nouveau !

Elle eut un sourire dubitatif. Le petit bonhomme ferait bien de changer d'amis, mais pourquoi le détromper...

— Josaia, dit-elle, tu auras toujours une légère cicatrice, qui peu à peu deviendra presque invisible, mais plus jamais ces petites boules de peau si vilaines.

— Et mon bras ? demanda le bout de chou, qui semblait au comble de la félicité. Je pourrai m'en servir ?

— Bientôt, mais tu dois être patient. Le Dr Zac t'indiquera des exercices pour le fortifier.

S'asseyant sur le lit, elle lui fit tourner la tête pour examiner la cicatrice.

— Bien ! s'exclama-t-elle.

Elle pouvait être fière de son travail. Grâce à elle, la vie de Josaia serait peut-être meilleure. La matinée avait été satisfaisante. Il n'en serait sûrement pas de même de l'après-midi : elle devait voir sa mère...

— Ah non, Olivia ! Je ne mettrai pas les pieds dans ces lieux de cure sinistres, fréquentés par des bonnes âmes qui vous font la morale et des gens coincés pour qui boire un verre est un crime.

Rouler fin soûle à tombeau ouvert dans une zone résidentielle, ce n'était pas un crime ?

— Maman ! dit-elle avec un soupir de découragement, tu devrais t'estimer heureuse que le juge Walters t'ait donné ta chance. Toi et moi devons l'accepter. Tu dois te soumettre à un traitement dans une clinique spécialisée. Sinon tu repasseras en jugement, et cette fois on ne te fera pas de cadeau. Ce n'est pas la première fois que tu es arrêtée pour conduite en état d'ivresse.

Reprenant son souffle, elle essaya de se calmer.

— Tu as rendez-vous demain à la clinique de Remuara. Je viendrai avec toi.

— Je suis sûre que ce type... Comment s'appelle-t-il déjà ?... Celui avec qui tu es partie en vacances ?... Je suis sûre que lui n'est pas contre boire un verre ou deux.

— Ne mêle pas Zac à tout cela, maman.

— C'est le type même de l'homme à femmes. Méfie-toi. Quand il aura obtenu de toi ce qu'il veut, il s'évanouira dans la nature. Il n'est pas du genre à s'établir.

Bravo... Sa mère mettait toujours dans le mille quand elle voulait être blessante...

— Tu te fais des idées fausses sur lui, maman, parce que tu ne le connais pas.

— Il va te faire du mal, ma chérie. Crois-moi. Je connais les hommes. Tu es une proie facile pour lui.

Il y avait de quoi perdre patience.

— Pourquoi t'acharner à détruire tout ce qui me tient à cœur, maman ? demanda-t-elle, au comble de l'indignation.

— Ah ! Tu avoues ! Il te plaît ! Je m'en doutais. Je suis ta mère, ma chérie, je m'inquiète pour toi.

Quoi !... Elle s'inquiétait pour sa fille ? Voilà qui était nouveau... Elle avait peur de devoir la partager, oui... Elle avait toujours fait cela... Elle avait poussé son mari dehors, elle avait empêché Olivia d'avoir des amis… Et Olivia s'était laissée avoir, s'imaginant qu'elle ne pourrait pas aimer deux personnes à la fois, qu'elle devait être là pour sa mère et pour elle seule…

— Maman, je dois partir. Je passerai te prendre à 10 heures demain matin pour t'emmener à la clinique.

— Reste, j'ai à te parler.

— Nous avons assez parlé, maman.

Sortant de chez sa mère sans un regard en arrière, Olivia monta dans sa voiture et démarra en direction de Cornwell Park. Une ambiance paisible et propice à la réflexion régnait dans le vaste jardin public, au pied de la petite éminence de One Tree Hill. Les mains enfouies dans les poches, elle arpenta longuement les allées ombragées d'arbres séculaires.

Le départ de son père. Les exigences de sa mère. La rencontre avec Zac. Sa vie défilait en images dans sa tête.

Les images de l'avenir étaient plus floues.

Elle aimait Zac… Elle voulait essayer de construire sa vie future avec lui… Mais était-elle assez sûre d'elle pour cela ?

Il ne fallait pas qu'elle cède à une impulsion. Elle devait réfléchir encore quelques jours.

En fait elle avait peur. Terriblement peur.

Les jours se traînaient. Le sommeil d'Olivia était agité, son travail routinier, son esprit déchiré entre les arguments pour et les arguments contre un avenir avec Zac.

Chaque jour, elle recevait des textos de lui.

Hello ! Josaia progresse. Ce n'est plus le même enfant. Baisers. Zac.

CC, veux-tu dîner ce soir chez le nouvel italien ?

Elle en mourait d'envie, mais c'était hors de question.

Tu vas bien ? N'oublie pas que je suis là pour toi. T'embrasse. Zac

Non, ça n'allait pas. Il lui manquait tellement qu'elle avait l'impression d'avoir un vide béant à la place du cœur.

Ta mère a-t-elle accepté de faire une cure ? Tendresses. Zac.

Oui ! C'était la bonne surprise de la semaine ! Cindy avait enfin accepté de se rendre à la clinique. Mais pourquoi en informer Zac et se mettre à répondre à ses textos ?

Le jeudi soir, Olivia trouva sur le pas de sa porte un magnifique bouquet d'iris dans un papier or et pourpre, avec une carte portant ces mots : « Je t'aime, Zac ». Elle fondit en larmes mais ne décrocha pas son téléphone.

Le lendemain soir, un vendredi, elle reçut une photo le représentant avec ses neveux, deux adorables bambins qui s'accrochaient à lui en souriant à la caméra. Elle sentit son cœur chavirer. Comment ne pas imaginer Zac serrant des enfants bien à lui dans ses bras ? Des enfants à lui et à elle…

Le samedi matin, son téléphone sonna… Ayant décroché dès la deuxième sonnerie, elle fronça les sourcils, déçue malgré elle de voir s'afficher un numéro inconnu.

— Allô ? fit-elle.

— Olivia, ma chérie, fit une voix geignarde au téléphone, viens me chercher tout de suite. Je déteste cet endroit. On me traite comme une enfant et on me refuse tout ce que je demande.

— C'est toi, maman ? demanda-t-elle avec un soupir de découragement. D'où m'appelles-tu ? Les patients n'ont pas le droit d'avoir de contact avec leur famille durant les premières semaines du traitement.

— D'un petit café au coin de la rue. Le café est immonde mais le patron me prête son téléphone. Dépêche-toi, Olivia, je ne supporte plus cet endroit.

— Désolée, maman, j'ai quelqu'un à voir.

— Et moi, alors ?

— Je t'adore, maman, mais, à partir de maintenant, je penserai d'abord à moi.

Ayant coupé la communication, elle éteignit le téléphone et l'enfouit au fond d'un tiroir. Ce qu'elle avait à faire était trop important, elle ne pouvait être dérangée.

Pressée de sortir, elle se glissa dans un jean moulant et

enfila un petit pull angora de couleur crème dans lequel elle se sentait à l'aise. Ayant zippé les bottes noires à talons hauts qui lui moulaient la jambe jusqu'au genou, elle jeta un regard au miroir en pied de sa chambre.

— Pas mal...

Son manteau trois-quarts complétait bien l'ensemble. Un coup d'œil à son maquillage, un coup de brosse dans ses cheveux, et elle était prête...

Prête à prendre sa vie en mains.

Elle ne devait plus se poser de questions, mais foncer.

Au pied de l'immeuble de Zac, elle eut une dernière hésitation en contemplant l'Interphone.

Trop tard pour reculer... Il fallait y aller.

— Zac, c'est moi...

Entrant dans l'ascenseur, elle appuya sur le bouton. Sur le palier, Zac l'attendait, un sourire chaleureux mais timide sur les lèvres.

— Olivia...

— Zac...

— Viens, fit-il en la prenant par le coude.

Quand il l'eut débarrassée de son manteau, elle se tourna vers lui.

— Pardon de n'avoir pas répondu à tes textos et de ne pas t'avoir remercié pour les fleurs, dit-elle d'un trait.

— C'est sans importance.

— Je suis venue te dire que je t'aime, Zac.

Voilà, c'était fait !

— Je crois que je t'aime depuis le début, mais j'étais dans un tel déni que je n'ai commis que des bourdes.

C'était dur d'extérioriser ce qu'elle avait en elle, mais un indicible soulagement l'envahissait peu à peu.

— Crois-tu que nous puissions envisager l'avenir ensemble, Zac ? demanda-t-elle

— Que veux-tu exactement, Olivia. Le mariage ? Des enfants et un chien ?

Avec bonheur, elle retrouvait la lueur de malice qu'il avait, même dans les plus graves circonstances, dans les yeux. Mais il allait trop vite.

— Pourquoi ne pas vivre d'abord quelque temps ensemble, pour voir ce que cela donne ?

— Non, mon cœur, répondit-il en faisant courir un doigt sur sa joue. Je veux tout ou rien. Une famille, des enfants. Parce que je t'aime.

Il l'aimait… C'était la première fois qu'il le lui disait en face et jamais elle n'avait entendu de paroles aussi merveilleuses.

— Je ne sais pas ce qu'est une famille heureuse, Zac. Je n'ai pas eu de modèle dans mon enfance. J'ai peur de rééditer les erreurs de mes parents. Je me demande si je serai capable d'aimer à la fois toi, des enfants et ma mère.

En souriant, il se pencha vers elle et lui posa sur la commissure des lèvres un baiser plus léger qu'une aile de papillon.

— Je t'aiderai. Mais pas de galop d'essai ! Marions-nous, et avançons ensemble dans la vie. Pourquoi attendre ? Je crois en toi, Olivia. Si tu faiblis, nous serons deux à y remédier. L'histoire de ma famille n'est pas plus encourageante que la tienne, et pourtant j'ai envie de construire quelque chose avec toi.

— C'est vraiment avec moi que tu veux faire tout cela ?

— Et bien d'autres choses ! Des nuits folles au creux d'un lit, des journées de paresse au coin du feu…

— Dans le tableau, tu oublies les incartades de ma mère.

— Nous y ferons face ensemble. Toi et moi serons solidaires, toujours là l'un pour l'autre, dans les mauvais jours comme dans les bons.

Deux bras solides se refermèrent autour de sa taille, et elle ferma les yeux.

— Je t'aime plus que ma vie, Olivia. Dis-moi oui, je t'en prie, et sois ma femme.

— Oui, Zac, marions-nous, le plus vite possible.

Elle avait l'impression de plonger dans le grand bain d'une

piscine sans fond... Mais comment aurait-elle pu se noyer, protégée par les bras de Zac ?

— Je t'ai dit que je t'aime, Zac ?

— Pas assez, répondit-il en lui posant sur les lèvres un tendre baiser.

Elle s'abandonna contre lui, mais il s'écarta soudain.

— J'ai une bouteille de tes bulles favorites au frais, s'écria-t-il. Ouvrons-la pour fêter notre décision !

— Pour moi, juste un verre...

— Oublie tes craintes, CC, tu n'es pas alcoolique comme ta mère !

— Non, mais j'ai l'intention de finir l'après-midi au lit avec toi et je veux être en pleine possession de mes moyens.

— Alors, là, je ne vois rien à redire...

Épilogue

Un an et deux mois plus tard.

— Heureux anniversaire de mariage, chérie, dit Zac en s'asseyant sur le bord du lit et en posant le plateau du petit déjeuner sur les genoux d'Olivia.

A côté des pancakes, du sirop d'érable et du bacon, se trouvait une jolie petite boîte.

Soulevant le couvercle, elle découvrit avec ravissement une paire de pendants d'oreilles sertis d'émeraudes et un bracelet assorti.

— Comme c'est beau, murmura-t-elle.

— Normal, pour une belle femme, répondit-il en lui passant le bracelet au poignet.

Ayant fixé les boucles d'oreille à ses oreilles, elle ouvrit le tiroir de la table de nuit.

— Moi aussi, j'ai un cadeau pour toi, fit-elle d'un air malicieux en agitant une réglette sous les yeux de Zac.

— Quoi ? s'exclama-t-il, n'osant y croire.

— Oui, mon chéri, un bébé, répondit-elle radieuse.

L'année s'était écoulée comme un rêve merveilleux ! Zac s'était montré le mari parfait qu'il avait promis d'être, et elle-même n'avait jamais craqué. Même quand sa mère s'était enfuie à deux reprises de la clinique, créant sur son passage la pagaille dont elle avait le secret. Avec Zac à ses côtés, Olivia pouvait tout affronter.

— Tu te rends compte, Zac, nous allons être des parents !

— Et d'excellents parents, mon cœur, répondit-il en l'embrassant si passionnément qu'ils furent occupés pour le reste de la matinée, oubliant les délicieux pancakes.

Enfin, elle avait trouvé un héros bien à elle...

BECKY WICKS

Un domaine en héritage

Traduction française de
MARIE-JOSÉ LAMORLETTE

BLANCHE

HARLEQUIN

Titre original :
FALLING AGAIN FOR THE ANIMAL WHISPERER

Ce roman a déjà été publié en 2021.

1

— Température, respiration, tout est parfait. C'est tout ce qu'on voulait savoir ce matin, petit bout.

Jodie Everleigh remit le jeune labrador aussi droit sur ses pattes qu'elle le put sur la table d'examen. Marlow était plus exubérant que la veille lorsque son maître l'avait amené, ce qui était bon signe.

Le chiot avait passé la nuit à la clinique vétérinaire de West Bow, après avoir vomi chez son propriétaire durant quatre jours.

— Et maintenant il mange bien, aussi, dit Aileen, l'associée de Jodie, en entrant dans la salle avec deux tasses de café.

Jodie prit sa dose de caféine et regarda Aileen caresser le chiot derrière les oreilles. Il essaya de lui lécher le visage.

— Je t'ai déjà dit que tu étais aussi forte pour savoir quand j'ai besoin d'un café que tu l'es avec les animaux ? demanda-t-elle, en jetant un coup d'œil par la fenêtre.

Il pleuvait de nouveau sur les rues lugubres d'Édimbourg.

Aileen fit un signe de victoire et Jodie sourit en étouffant un bâillement. Elles avaient fondé cette clinique ensemble et l'équipe était devenue sa deuxième famille.

— S'il garde son petit déjeuner sans vomir, nous pourrons peut-être le renvoyer chez lui cet après-midi.

Jodie consulta le planning affiché au mur.

— Je vais voir la petite chatte, Samba. Mark sera là à midi pour vacciner les chiens et...

— Anika pourra couper les ongles du lapin si tu dois aller chercher Emmie au manège, fit Aileen.

— Il le faudra sans doute, répondit Jodie, qui repensa avec un léger désarroi à sa dispute du matin avec sa fille.

Elle avait promis d'aller monter avec Emmie, mais elle avait été débordée et avait oublié. Emmie avait couru se réfugier chez son père en la traitant de mauvaise mère. Jodie savait que sa fille ne le pensait pas, c'était simplement une préado excessive dont le corps changeait aussi vite que son opinion sur qui était le meilleur parent.

Ce qu'Ethan avait probablement été, ces derniers temps, d'ailleurs. Son ex-mari avait une nouvelle petite amie, Saskia, qui semblait dotée d'une énergie sans limites et adorait les chevaux. Jodie était certes heureuse pour Ethan, mais il ne lui échappait pas qu'elle-même vivait pour le travail et pas grand-chose d'autre, dernièrement. Et qu'y pouvait-elle ? Elle était mère célibataire, et elle avait travaillé dur pour offrir à Emmie comme à elle-même la vie qu'elles aimaient toutes les deux ici.

Son téléphone vibra. C'était son père.

— Bonjour, papa, désolée de ne pas avoir appelé cette semaine. J'ai été très prise...

— Jodie, je crains d'avoir une mauvaise nouvelle à t'annoncer. Tu es assise ?

— Oh ! mon Dieu, quoi ?

Elle se laissa choir sur le tabouret pivotant et se prépara au pire.

— Ce n'est pas maman, au moins ?

Son père paraissait fatigué.

— Maman va bien. C'est mon frère – ton oncle Casper.

— Casper ?

— Il est mort cette nuit, Jodie. Il a eu une crise cardiaque dans la propriété d'Everleigh...

Son père s'interrompit, comme pour se ressaisir. Son cœur à elle battait très fort, soudain. Oncle Casper *était mort* ?

Sa paume devint moite autour de son portable. Elle n'avait pas vu son oncle depuis des années, depuis son mariage, mais il avait été une constante dans sa vie tout au long de son enfance. Elle avait pratiquement grandi dans sa propriété, autour de son cabinet vétérinaire et de ses chevaux, dans le Dorset.

— Papa, je suis tellement désolée, dit-elle.

Articuler le moindre mot lui demandait un effort colossal.

— Les obsèques auront lieu vendredi. C'est Cole qui m'a appelé.

La tête de Jodie lui tournait, maintenant, et elle avait du mal à respirer.

— Cole Crawford t'a appelé ?

Elle se sentit collée à son tabouret.

— Il ne m'a pas appelée, moi, se surprit-elle à dire, puis elle se demanda pourquoi elle en était étonnée.

Pourquoi diable Cole Crawford l'aurait-il appelée ? Il ne l'avait pas appelée une seule fois en douze ans. Pas depuis qu'il lui avait annoncé, juste avant leur départ pour Édimbourg, où ils devaient déménager *ensemble,* qu'il ne la suivrait pas.

Son père lui donna les détails de l'enterrement ; elle ne les entendit qu'à moitié.

Déjà, des vagues de souvenirs submergeaient son cerveau – son oncle Casper, drôle, spirituel, très riche et fou de chevaux, était mort. Et Cole, le premier amour de Jodie, son premier *tout,* avait appelé son père pour le prévenir, ce qui signifiait qu'il travaillait sans doute encore à Everleigh.

Elle raccrocha, les pensées en déroute.

Elle revoyait encore très nettement le visage de Cole. La façon dont il était passé de garçon de onze ans à jeune homme de dix-neuf ans au cours de longs étés sans fin, dans le Dorset. Elle avait vécu pour ces étés, comme lui semblait ne vivre que pour les chevaux de Casper quand ils s'étaient rencontrés. Sa compassion pour les animaux avait déteint sur elle et l'avait menée là où elle en était aujourd'hui.

Elle revoyait l'expression des yeux bruns et sensibles de

Cole à quinze ans, quand il l'avait embrassée pour la première fois. À seize ans, lui disant qu'il l'aimait. Et puis… À dix-neuf ans, lui apprenant qu'il ne partirait pas à Édimbourg avec elle pour faire l'école vétérinaire, comme ils l'avaient prévu. Avant ce moment-là, où il avait détruit tous leurs plans d'avenir ensemble, elle pensait qu'elle avait trouvé l'amour de sa vie.

Elle l'avait supplié de lui dire ce qui s'était passé, pourquoi il changeait d'avis pour l'école vétérinaire, pour Édimbourg, pour elle. Elle n'avait jamais eu de réponses.

La dernière chose qu'elle souhaitait était de revoir Cole Crawford.

2

La pluie tombait à verse, en diagonale, tandis que Cole conduisait la Land Rover sur la route de campagne à une seule voie. Il roulait dans des flaques et la boue éclaboussait les flancs du véhicule jusqu'aux fenêtres. Le mois de février était toujours comme cela dans le Dorset, mais les jonquilles pointaient déjà leur nez.

— Le printemps est là, quelque part, fit-il à son chien Ziggy en gardant les yeux sur la route. Reste à savoir comment nous passerons celui-ci sans Casper, hein ?

Son fidèle border collie, et respecté assistant vétérinaire, tirait la langue sur le siège passager à côté de lui. Ziggy parcourait ces routes avec lui et l'accompagnait dans ses visites à domicile depuis qu'il était chiot. Ce jour-là, Cole était particulièrement heureux de sa présence.

Depuis la mort de Casper, il était resté enfermé en lui-même et tourné vers les animaux plus encore que d'habitude, probablement. Avait-il assimilé ce décès ? La question se posait. Le cœur de Casper avait simplement lâché, d'un coup. Il avait soixante-douze ans et était en pleine forme, en tout cas tout le monde le pensait.

— On ne sait jamais quand ça arrive, dit-il à voix haute par-dessus son volant.

Ziggy le regarda sans comprendre. Et soudain, surgie de nulle part, Jodie fut de retour dans son esprit.

Il avait eu ces « flashs » d'elle depuis qu'il avait appelé son père pour lui apprendre la nouvelle. Ils seraient tous les deux à l'enterrement, il le savait. Et la pensée de revoir le visage de Jodie de près, douze ans après avoir rompu avec elle, ne lui disait trop rien. Non pas qu'elle n'ait un très beau visage... mais la dernière fois qu'il l'avait vu, elle était dévastée et furieuse. Elle l'avait regardé comme s'il lui arrachait le cœur de la poitrine avec un crochet à viande, et, plus tard, son absence l'avait fait se sentir tout aussi vide.

Jodie.

Dans quelques jours, il allait souvent prononcer son nom, lui parler face à face, la regarder droit dans les yeux. Des yeux de toutes les nuances de bleu, chauds comme l'océan en été. Autrefois, ils avaient été ses ancres. Ils seraient probablement aussi froids que la glace, à présent, vu la façon dont il l'avait laissée tomber. Ils avaient traversé tant de choses. Il en avait traversé sans elle plus que ce qu'elle ne savait – mais se marier et avoir un enfant avait dû la tenir bien occupée.

Avant que Jodie entre dans son existence en vraie fille de la ville, une fille de onze ans, comme lui, la vie avait été dure pour lui. La ferme de ses parents, Thistles, ne marchait pas bien, à l'époque, et il avait découvert que cela allait très mal même avant que son père soit arrêté pour fraude fiscale. La plupart des pères n'accueillaient pas leurs fils le soir avec une bouteille de whisky et deux poings prêts à frapper un visage d'enfant. Il n'en avait jamais parlé à personne. Ce type avait été une vraie catastrophe jusqu'à sa mort, six mois après sa sortie de prison. À ce moment-là Jodie était déjà partie ; elle était enceinte, sur le point de se marier.

Il donna un coup de volant pour éviter un nids-de-poule et Ziggy aboya.

— J'ai les choses en main, camarade, dit-il en accélérant.

La vache attendait, souffrant, à la ferme laitière de Rob Briar ; Cole se redressa derrière le volant. La pluie ne l'empêcherait pas de se presser, mais des images de Jodie l'assaillaient, menaçant de le déconcentrer. La photo d'elle dans sa robe de mariée, avec talons aiguilles et tout le toutim, lui avait porté un rude coup – un type de bonne famille, fils d'un homme politique, l'avait séduite. Certes, c'était sa faute s'il l'avait perdue, mais qu'elle se retrouve enceinte et mariée après seulement six mois d'études ? C'était fou.

Il entendait encore Casper lui annonçant la nouvelle. « Jodie est enceinte. Elle a rencontré un Écossais, là-haut, ça semble plutôt sérieux. Elle va l'épouser. »

Elle avait toujours été à lui. Même lorsqu'il avait rompu, pour sa sécurité, il avait sottement supposé qu'elle serait de nouveau sienne quand il aurait trouvé comment gérer les choses chez lui. Ou au moins créé un environnement sûr pour l'y amener. Jusqu'à ce moment-là, il avait aimé la façon dont Jodie Everleigh le prenait toujours par surprise. Mais un mariage et un bébé à dix-neuf ans... il ne se serait jamais attendu à *ça*.

Douze ans plus tôt

— Alors, tu es impatient, Cole ? Ça va être une aventure. Tu as vu, les chambres sont déjà prêtes pour nous à Waverleigh House ! C'est la meilleure résidence étudiante d'Édimbourg.

Jodie continuait à papoter avec entrain, et Cole sentait la boule de l'angoisse emplir son estomac comme un boulet de plomb.

Jodie était sur le point de quitter Everleigh, une fois de plus. Ils étaient assis sur les meules de foin devant les écuries, et attendaient sa voiture. D'ici quelques minutes le taxi roulerait sur le gravier pour l'emmener à la gare, et il n'avait pas encore été fichu de lui dire ce qui s'était passé.

Il avait repoussé tout le week-end le moment de lui annoncer la nouvelle. Il allait l'anéantir, en lui disant qu'il ne pouvait pas aller à Édimbourg ni à l'université, à cause de son père. Elle ne savait même pas à quel point cet homme était violent, en réalité ; il avait été emprisonné les quatre années et demie précédentes, tout le temps où ils étaient sortis ensemble.

Elle savait qu'il purgeait une peine pour fraude fiscale, mais personne n'était au courant des sévices que sa mère et lui avaient endurés auparavant.

Jodie parlait toujours, une jambe passée sur ses genoux à lui, s'appuyant contre son épaule. Leurs doigts étaient entrelacés. Il ne l'avait jamais dit, il n'était pas très fort avec les mots, mais il ne pensait pas qu'il s'entendrait un jour avec quelqu'un comme il s'entendait avec elle.

Soudain, elle le regarda en fronçant les sourcils, essayant de le percer à jour.

— Qu'est-ce qui ne va pas ? Tu as été bizarre tout le week-end.

— Jodie...

Il déglutit, se dégagea et remonta ses genoux contre sa poitrine. Ses sacs étaient à leurs pieds. L'allée d'Everleigh était encore vide, mais le ciel s'assombrissait au-dessus d'eux, presque comme s'il se préparait à sceller son sort. Il prit une grande inspiration, se passa les mains dans les cheveux.

— Je ne viens pas avec toi à Édimbourg. Je suis désolé.

Elle rit.

— Très drôle. Comme si tu pouvais vivre sans moi...

Elle se pencha pour l'embrasser de nouveau, mais il se détourna.

Il ne dit rien, comment expliquer la chose sans paraître faible et pathétique ? Il aurait dû s'opposer à la violence de son père des années auparavant, il le savait, mais quand on l'avait enfermé il avait été si soulagé d'être enfin libéré de lui qu'il n'avait plus pensé qu'à Jodie.

Il n'avait pas songé au moment où il serait relâché, ni au fait qu'il pourrait sortir plus tôt et revenir à la maison encore plus furieux qu'avant. Il n'avait pas prévu que sa propre mère l'accueillerait avec tant d'entrain, non plus, mais elle avait toujours été plus faible avec son mari que lui.

— Cole ?

La couleur s'était retirée du visage de Jodie. Elle battit des cils.

— Tu es sérieux. Tu ne viens pas ?

— Je ne peux pas, Jodie.

Elle pinça les lèvres, recula, croisa les bras et les décroisa, agitée.

— Pourquoi ? Cole, tu as déjà une place. Je croyais que nous faisions ça ensemble. Je sais que c'est un grand changement, mais bon sang, c'est l'École royale d'études vétérinaires, la meilleure ! Et nous pourrons revenir ici quand nous voudrons pour les week-ends et les vacances...

Avec mon père qui attendrait pour nous tabasser tous les deux.

— Non. Écoute-moi, Jodie, ce n'est pas le bon moment.

Il avait déjà été accusé d'avoir poussé son père à se remettre à boire. Curieux. Il n'y avait pas d'alcool à la maison mais son père était rentré de prison en passant par le pub, et était arrivé ivre mort.

Maintenant, des canettes de bière jonchaient la salle de séjour et Cole avait passé tout le week-end à cacher à Jodie le bleu qu'il avait à la cuisse droite. Il avait reçu de plein fouet dans la jambe la télé qui s'était ensuite écrasée par terre ; la meurtrissure l'avait élancé pendant des heures. Par chance, sa mère était sortie à ce moment-là. Tout ce qu'il avait fait, c'était expliquer que sa place à Édimbourg était réservée pour de bon, et qu'il partait avec Jodie à la fin du mois.

Son père avait piétiné ses plans, et le téléviseur brisé. « J'ai besoin de toi ici, à la ferme. Tu crois que tu peux partir comme ça, sans gagner ta croûte ? » Il avait déjà mis la main sur les fonds réservés aux études de son fils. Ses actions ignobles firent de nouveau grincer les dents de Cole.

— Qu'est-ce qui se passe ?

Les yeux bleus de Jodie étaient implorants. Il aurait simplement dû lui expliquer la situation.

Mais il y avait déjà réfléchi. S'il lui disait tout, elle foncerait chez lui et affronterait son père, et il ne pouvait pas l'exposer ainsi. Ou alors elle demanderait de l'aide à son riche papa ou à Casper, qui l'accorderaient volontiers ; son père à lui deviendrait fou furieux si quelqu'un essayait de le sortir de chez lui.

Jodie n'avait aucune idée des abus que pouvait commettre son père quand il était en colère. Il ne s'en était jamais ouvert à personne.

« Dis-le à quelqu'un et je te tuerai ! » fulminait son père quelques secondes après l'avoir frappé, ou projeté contre un mur, ou lui avoir lancé une bouteille à la tête de l'autre côté de la cuisine. La télé n'était rien, il avait fait pire que cela au fil des années. S'il s'en prenait à Jodie, maintenant qu'il était rentré ? Cette pensée glaçait le sang de Cole.

— Peut-être que je vais décaler d'un an, je ne sais pas, dit-il.

Un cheval hennit.

— Alors je vais décaler aussi, rétorqua-t-elle.

Sapristi. Il aurait dû savoir qu'elle réagirait ainsi.

— Non, Jodie.

Elle le regarda, les yeux pleins de défi.

— Je ne partirai pas sans toi.

— Tu dois y aller, Jodie, tu ne parles que de ça depuis des années.

— *Nous* ne parlons que de ça depuis des années. Nous devions faire nos études ensemble, puis revenir ici et travailler au centre de sauvetage, avec d'autres chevaux comme Mustang. Qu'est-il arrivé ?

Elle lui prit le visage. Des larmes s'amassaient dans ses yeux bleus et cela le brisa presque.

— Cole, qu'est-il arrivé ?

— Rien, mentit-il.

— Je t'aime, dit-elle.

Ses yeux criaient qu'elle attendait la vérité. Il secoua la tête.

— Parle-moi.

Elle lui attrapa les cheveux de chaque côté de la tête, l'attira à elle. Il sentait ses mains trembler.

— Parle-moi, dit-elle de nouveau. Je viens de te dire que je t'aime. Pourquoi ne dis-tu pas la même chose ?

Parce que si je le fais, je ne pourrai pas te laisser partir. Dans la tête de Cole, la voix se déchaînait. Il l'aimait tant que cela lui faisait mal, mais il devait faire passer la sécurité de Jodie et ses études avant tout. Elle voulait tellement aller à l'école vétérinaire, elle était si excitée ! Il ne la laisserait pas risquer tout cela simplement pour être avec lui dans le pétrin où il se trouvait. Il devait rester ici pendant un certain temps au moins, afin de garder sa mère en sécurité, de réfléchir à ce qu'il ferait plus tard.

— Tu ne m'aimes pas ? Tu ne veux pas être avec moi ? C'est pour ça que tu recules et que tu ne viens pas à Édimbourg ?

La confusion emplissait les yeux de Jodie. Cole luttait pour ne pas écraser de ses pouces les larmes qui ruisselaient sur ses joues. Il enfonça les ongles dans ses paumes et se força à ne pas bouger. S'il la touchait, il craquerait. Jodie méritait mieux que ça.

— Je suis désolé, dit-il en s'obligeant à regarder par terre. Nous allons dans des directions différentes.

— Quoi ? Je ne comprends pas ce qui se passe, Cole !

Les phares de la voiture derrière elle changèrent son corps tremblant en silhouette et il se sentit immédiatement écrasé par le sentiment qu'il la perdait. Il faillit tendre les mains vers elle. Il faillit lui dire que, bien sûr, il l'aimait, mais qu'il essayait de la *protéger*. Puis il se ressaisit. Peut-être était-ce mieux ainsi, finalement. Elle ne resterait pas pour quelqu'un qui ne voulait pas d'elle. Elle serait à l'abri, et le plus loin elle serait d'ici et de lui, le mieux ce serait.

Le silence était atroce. La voiture s'arrêta et le chauffeur descendit sa vitre.

— La gare, ma belle ?

Jodie baissa la voix, les yeux étincelants.

— Tu as attendu tout le week-end pour rompre avec moi à la dernière minute ?

Elle paraissait en colère, à présent, rageuse, humiliée. Il se concentra sur son souffle, s'efforçant de rester calme.

— Je ne peux pas le croire, dit-elle d'un ton sifflant.

— Je suis désolé.

Elle rassembla ses sacs. Il sauta à terre pour l'aider mais elle posa une main sur son torse, le renvoyant sur la balle de foin avec une force qui le surprit.

— Non !

Elle ouvrit violemment la portière et se jeta sur le siège arrière.

— Tu sais où je serai quand tu retrouveras tes esprits, dit-elle par la fenêtre après avoir claqué la portière. Et si tu ne les retrouves pas, tant pis pour toi, Cole Crawford.

3

— Ce temps ! C'est toujours comme ça, par ici ?

Sur le siège passager, Emmie paraissait offensée et Jodie faillit en rire.

Elles étaient quelque part sur une route de campagne entre Weymouth et Dorchester, mais les choses étaient différentes de ce dont elle se souvenait. Il y avait plus de granges, plus de fermes, plus de cottages entre les villages. Et certainement plus de pluie.

— Ce n'est pas comme ça en été, répondit-elle à sa fille, ce qui était vrai. Tu verrais les fleurs, un peu partout !

Elle cita des noms que Cole lui avait appris. Emmie plissa le nez devant les flocons de neige qui tombaient maintenant sur le pare-brise. Elle se moquait visiblement des fleurs, et son cheval, Saxon, lui manquait déjà.

Devant elles, la circulation s'était presque arrêtée. Jodie jeta un coup d'œil à la pendule du tableau de bord. Les obsèques étaient dans deux heures. Elles n'étaient plus qu'à quelques miles de la propriété, mais si cela ne se débloquait pas, elles risquaient d'être en retard.

— On va être en retard, dit inutilement Emmie en sortant son portable pour la centième fois.

Quelques secondes plus tard, elle gémit :

— Maman, il n'y a pas de réseau, dans ce coin !

— Il va revenir, dit Jodie en espérant que c'était vrai.

Il fallait qu'elle appelle West Bow pour s'assurer que tout

allait bien. Elle avait des papillons dans l'estomac et jeta un regard sombre à la neige. Ces papillons pouvaient avoir de multiples raisons, mais qui essayait-elle de duper ? Elle allait revoir Cole. Cette pensée l'avait fait se tourner et se retourner toute la nuit dans son lit d'hôtel.

Un tracteur les doubla en se traînant, la forçant à se mettre sur le côté. La neige tombait plus dru, à présent. C'était presque un blizzard. Avec désespoir, elle constata qu'elle n'avait pas non plus de réseau et que le GPS ne marchait plus. Il les avait envoyées sur une mauvaise route à sens unique.

— Bon sang, fit-elle, frustrée, en rejetant dans son dos son foulard et ses cheveux détachés d'un geste brusque.

Il fallait qu'elle fasse demi-tour, mais il n'y avait aucun endroit où tourner.

Emmie leva les yeux au ciel.

— Tu peux dire « merde », maman.

Jodie avait l'estomac noué. Elle n'eut même pas l'énergie de dire à sa fille de ne pas être si grossière. Elle savait déjà qu'Emmie ne voulait pas être ici. Mais avec Ethan et Saskia partis pour un long week-end, elle n'avait eu d'autre choix que de faire manquer la classe à l'adolescente et de l'emmener.

— C'est la pire des journées ! dit Emmie. On aurait pu passer le week-end à monter Saxon ! Et je ne connaissais même pas ton oncle Casper.

— Tu l'as pourtant rencontré une fois, répondit Jodie, distraite. Tu étais simplement très petite. En fait, tu n'étais pas née.

— Tu parles d'une histoire !

La dernière fois qu'elle avait vu Casper, Emmie était une toute petite bosse sous sa robe de mariée. Il s'était efforcé de paraître heureux pour elle, mais elle savait au fond d'elle qu'il ne l'était pas. Elle l'avait surpris à passer le regard d'Ethan à elle, comme s'il essayait de percevoir entre eux le genre de connexion dont il parlait souvent à propos de Cole et d'elle – et n'y parvenait pas. Il avait toujours considéré Cole comme le fils qu'il n'avait pas eu. Il les avait aussi regardés tomber follement amoureux. Dans l'idée de Casper, c'était probablement Cole et elle qui auraient dû avoir un bébé ensemble, finalement. Même si elle ne regretterait jamais d'avoir eu Emmie.

Ramenant les yeux sur la route, elle se rappela l'instant où elle avait vu le fin trait bleu sur le test de grossesse. Cela avait été le signal que sa vie allait de nouveau changer.

Quand « l'accident » s'était produit, elle avait encore le cœur brisé que Cole ait mis fin à leur relation. Était-ce de la vodka ou de la tequila qu'Ethan et elle avaient ingurgitée comme de l'eau le soir où ils avaient fini au lit ensemble ? Elle ne se souvenait plus. Ils avaient ainsi flouté les bornes de leur amitié et enclenché la série d'événements qui allaient changer leur vie.

Le père d'Ethan était sur le point d'être réélu pour la quatrième fois – tout le monde connaissait le député travailliste qu'il était et tout le monde connaissait également son fils. Ethan avait subi une énorme pression pour échapper aux feux de la rampe, pour ne pas gâcher ses études et sa vie. Ce soir-là, il avait noyé ses soucis avec elle derrière la porte close de l'appartement étudiant qu'ils partageaient.

Jodie n'avait jamais connu un tel stress. Ses parents, des scénaristes très occupés, membres de la jet-set, étaient heureux de ne pas l'avoir dans les jambes pendant sept ans, le temps qu'elle obtienne son diplôme. Et elle souhaitait ardemment terminer ses études du mieux qu'elle pouvait ; faire une école vétérinaire avait été son rêve depuis aussi longtemps qu'elle s'en souvenait.

Quand elle avait découvert qu'elle était enceinte – à la suite de la seule nuit de sa vie où elle n'avait pas employé de contraception –, ni Ethan ni elle n'avaient voulu abandonner leurs études. Mais ils avaient refusé un avortement.

— Si tu as ce bébé, tu le regretteras toute ta vie, lui avait dit sa mère.

Mais Jodie avait tenu bon. Elle savait qu'elle aurait regretté toute sa vie de ne pas l'avoir eu.

Ethan l'avait soutenue, mais ils n'ignoraient pas tous les deux qu'ils ne pouvaient étudier *et* élever un enfant sans aide. À leur grande surprise, leurs parents s'étaient alliés et avaient offert de financer une maison et une nounou pour qu'ils puissent passer leur diplôme en gardant le bébé… Avec une petite condition posée par le père d'Ethan : ils devaient se marier. Un fils de vingt ans avec un bébé, sans être marié, aurait fait tache dans sa campagne électorale.

Avec le recul, Jodie savait qu'elle n'aurait pas dû accepter. Elle avait encore honte de la façon dont elle s'était soumise, mais elle s'était souciée d'Ethan plus que d'elle-même, sans doute. À l'époque, elle était perdue, naïve et pleurait encore Cole. Ethan était un bon ami ; apaiser leurs familles avait été une manière de se sortir au mieux d'une situation fâcheuse. Ils étaient sûrs que cela pourrait marcher, et qu'ils pourraient divorcer tranquillement quelques années plus tard.

Jusqu'à ce jour, seuls leurs familles et leurs plus proches amis étaient au courant du pacte qu'ils avaient passé. Une seconde, elle se demanda si Cole s'était jamais interrogé sur le fait qu'elle ait épousé Ethan si jeune ; ou s'il aurait souhaité que les choses aient marché entre eux. Elle se reprit.

Ne sois pas ridicule. Il n'a pas une seule fois essayé de te contacter après avoir rompu ! Il n'a même jamais tenté de venir à Édimbourg, finalement. Pourquoi se soucierait-il que tu te sois mariée… ou que tu aies divorcé ?

Elle tendait la main vers sa thermos de café, mais se rappela qu'elle était vide depuis bientôt trois heures. Elle était déjà si loin de chez elle – elle devait aller jusqu'au bout.

« Ce ne sera que deux nuits », se dit-elle, s'efforçant de rester calme tandis qu'elle ralentissait derrière le tracteur. Elle avait réservé pour elles au Ship Inn, un hôtel du xve siècle à un mile d'Everleigh. Mais la pensée de séjourner dans le même coin que Cole Crawford pour le week-end la mettait mal à l'aise.

— Casper était marié ? demanda Emmie.

— Non, répondit-elle, plissant les paupières pour voir à travers la neige. Certains disaient qu'il était marié avec ses chevaux.

— Qui va s'occuper d'eux, maintenant qu'il n'est plus là ?

— Je suppose qu'il a du personnel.

Mais elle s'était demandé comment l'héritage serait réparti et ce qu'il adviendrait de la propriété. Personne n'avait encore mentionné le testament de son oncle, ce qui était surprenant. Son père lui en aurait sûrement parlé, s'il avait su quelque chose.

La neige tombait encore plus dru, à présent, et de gros flocons blancs bataillaient avec les essuie-glaces. Le GPS ne marchait toujours pas correctement et Jodie était prête à craquer quand, finalement, elle trouva un endroit où tourner.

Et soudain, le moteur s'arrêta.

Cole se redressa derrière le volant. La neige ne devrait pas le mettre en retard. La Land Rover en avait vu d'autres mais il s'inquiétait pour les gens qui se rendaient à l'enterrement. Plus de cinq cents personnes devaient se présenter à 14 heures. *Dont Jodie.*

Ziggy se mit à aboyer frénétiquement, dominant le bruit de la radio. Fronçant les sourcils, Cole ralentit. Son chien n'aboyait jamais, sauf pour le prévenir d'un danger.

C'est alors qu'il vit, à travers le blizzard, la voiture gris métallisé. Elle était presque invisible, le pare-brise se recouvrait rapidement de neige. Les essuie-glaces ne devaient pas marcher.

— Ils ont dû tomber en panne, dit-il à Ziggy.

Il dépassa lentement la voiture et distingua deux silhouettes à l'avant. Une femme et une petite fille, peut-être ? Il sauta de son véhicule et alla à l'arrière prendre son câble de traction dans le coffre.

Une femme se tenait debout dans la neige, à présent.

— Le moteur s'est arrêté ! cria-t-elle.

Il abaissa le rebord de son chapeau pour se protéger de la neige et montra le câble.

Il ne pouvait pas voir son visage et elle était à moitié cachée par la portière ouverte. Il réprima un sourire en voyant son jean serré enfilé dans des bottes en cuir marron à l'état impeccable. Elle n'était visiblement pas du coin.

Il rejoignit la portière ouverte et regarda d'abord dans l'habitacle pour s'assurer que l'enfant allait bien. Ses longs cheveux blonds semblaient avoir été brossés récemment et elle le dévisagea avec de grands yeux inquiets, d'un bleu d'océan. Elle avait quoi ? Dix, onze ans ?

— Pouvez-vous nous aider, s'il vous plaît ? Nous sommes en retard pour un enterrement, dit la femme engoncée dans les plis d'un grand châle de laine rouge.

Il releva le bord de son chapeau et recula pour la regarder. Ses yeux bleus s'arrondirent, tandis que sa gorge à lui se nouait.

— Cole ?

Jodie.

Son beau visage était aussi blanc que la neige, ou peut-être plus cendreux. Bon sang. Elle était là, devant lui, sortie de nulle part. L'enfant… était sa fille.

Il souriait à moitié, plus sous l'effet du choc qu'autre chose, mais il ne s'en aperçut que lorsqu'il rencontra les yeux de Jodie, aux paupières plissées. Ils étaient d'un bleu de glace, comme la dernière fois où elle l'avait regardé, implorant des réponses. Il essaya d'échapper au tourbillon de son esprit, qui avait effacé toute conduite normale et rationnelle en lui.

— Cole… Peux-tu juste nous aider ?

Sa voix tremblait légèrement. Elle referma la portière et faillit prendre la manche de son pull dedans. Il l'entendit émettre un bruit impatient. Elle était nerveuse, agitée, telle une biche traquée qui ne savait où aller.

L'âge ne l'avait pas beaucoup changée. Il avait feint l'indifférence, à l'époque, mais la première fois qu'il avait posé les yeux sur elle, c'était la créature la plus exotique qu'il ait jamais vue.

Et elle semblait, de façon désarmante, ne pas savoir combien elle était jolie. C'était comme si Casper avait introduit dans la propriété un être rare dont, pour une fois, il ne savait que faire.

L'enfant baissa sa vitre et passa la tête dehors.

— Tu connais cet homme, maman ?

— Une seconde, mon chou.

Il entendit Jodie prendre une inspiration tandis qu'elle le suivait à l'arrière de sa Land Rover. Elle se frictionnait les bras, pour se protéger du froid ou du choc de le revoir plus tôt que prévu – peut-être les deux.

Elle ouvrit la bouche pour parler, mais un motard passa trop vite près de leurs véhicules et les aspergea d'eau boueuse et glacée ; Jodie poussa un cri perçant.

Cole lâcha le câble et tendit le bras vers elle à l'instant où elle titubait contre lui. En une seconde, il la tint trop serrée sur le côté de la route. Son instinct protecteur était intervenu, comme la fois où il l'avait mise hors de la trajectoire de Mustang. Le nouveau cheval qu'ils avaient sauvé l'aurait piétinée s'il n'avait pas réagi à temps.

— Cole, murmura-t-elle d'une voix tremblante, contre lui.

Les paumes de Jodie reposaient à plat sur l'étoffe de sa veste. Sous son menton, elle prenait de longues et lentes inspirations, comme si elle bataillait pour respirer. Un feu éteint depuis longtemps commença à prendre au plus profond de lui, tandis que ses doigts se glissaient dans des cheveux mouillés dont la douceur fit instantanément revenir le passé à tire-d'aile.

Il se passa peut-être trois, quatre longues secondes avant qu'elle s'écarte, brossant vainement son jean boueux, évitant ses yeux. Elle était trempée et lui aussi, mais il ne l'avait pas remarqué jusqu'à présent. Le temps se dévidait à reculons. Ses mèches ondulées, châtain doré, se mettaient à boucler, comme toujours quand elles étaient humides.

Il recouvra l'usage de sa voix et ajusta son chapeau.

— Tu sécheras.

— Je suis toujours couverte de boue, quand je suis avec toi, répondit-elle.

Puis elle se rembrunit, comme si elle s'était juré de ne pas se remémorer ou de ne pas lui rappeler, à lui, quoi que ce soit ayant trait à leur passé. Ils savaient tous les deux que ce ne serait pas facile, il en était sûr, mais après tout elle n'allait rester que deux ou trois jours. S'éviter ne devrait pas être trop difficile ?

Dès que je l'aurai sortie de ce pétrin.

Tandis qu'il manœuvrait la boule d'amarrage, il sentait les yeux de Jodie évaluer ses bottes boueuses et sa veste salie. Il surprit le regard de sa fille dans le rétroviseur latéral.

Ainsi, c'était la fille d'Ethan Sanders. Ethan était dentiste pour chevaux. Des années auparavant, dans un moment de curiosité, Cole l'avait cherché sur Internet. C'était juste après qu'il était rentré de son dernier séjour au Sri Lanka, alors qu'il avait rompu avec Diyana. Jodie n'était pas au courant, pour Diyana. Il le supposait, en tout cas, à moins que Casper ne lui en ait parlé.

Il était content que Jodie ait épousé quelqu'un qui avait réussi, même s'il en avait souffert au fil des années. Ce n'était pas ses affaires, mais il se demandait pourquoi leur mariage avait capoté.

Son cœur était comme un cheval sauvage s'ébrouant dans sa poitrine, à présent. Cette... *chose* qu'il avait ressentie la première fois où il avait embrassé Jodie et qui existait toujours entre eux, apparemment, l'avait pris de court. Il avait senti quelque chose se reconnecter à la seconde où il avait attiré sa tête sous son menton ; deux fils de vie qui se refondaient l'un dans l'autre.

Il se ressaisit. Tout était dans sa tête.

— On devrait y aller, Jodie. Nous sommes tous les deux attendus. Attache ça à l'arrière de ta voiture.

Elle prit le câble qu'il lui tendait et il la regarda passer une main nerveuse dans ses longs cheveux.

— L'enterrement, est-ce qu'on arrivera à temps ? Emmie et moi devons encore passer au Ship Inn pour nous changer...

— Oublie ça. Vous n'aurez pas le temps. Il faut juste que vous veniez avec moi.

4

Le reste de la journée fut complètement flou, pour Jodie. Sur les cinq cents invités attendus, seuls trois cents s'étaient retrouvés après la cérémonie à l'église et l'enterrement, à cause du temps. Malgré tout, il y avait encore plus de monde qu'elle n'en ait jamais vu dans l'immense maison.

La cuisine était telle que dans son souvenir, aussi chaude et accueillante que toujours, avec ses poutres en bois foncé supportant des pots et des poêles, et le feu qui crépitait dans la cheminée. Mais la vue de Cole la fit frissonner.

Il s'était changé, pour un costume bleu marine et une cravate. Elle ne put s'empêcher de remarquer l'excellente coupe due à un bon tailleur, ce qui la surprit un peu : cela dénotait un homme qui avait de l'argent. Beaucoup d'argent. Pour n'importe qui d'autre cette tenue mettait sans doute en valeur ses traits bien dessinés, ses yeux bruns perçants et son esprit acéré, mais pour elle c'était une apparence qui cachait sa vraie personne. Cole était peut-être riche, maintenant, mais il était tout sauf un homme d'affaires en costume.

Elle détourna les yeux. Elle ne le connaissait plus, et n'avait pas particulièrement envie de le connaître. Mais elle était prête à parier sa dernière livre que sa vie était une porte qui ouvrait grand sur de la boue, du désordre, des chevaux, sans aucune place pour les conversations superficielles… ou les conversations tout court. Elle pensa cela avec un sursaut d'irritation, en songeant à la façon dont il avait mis fin à leur histoire.

— C'est bon de vous voir, Crawford.

Le père de Jodie, avec sa mâchoire rasée de près et son air sévère, posa une main sur le marbre de l'îlot central. Perché sur l'un des tabourets du bar, Cole hocha la tête avec raideur devant ce mensonge évident. Le père de Jodie ne l'avait jamais approuvé – il avait déclaré une fois qu'il avait la tête dans les nuages et ne pourrait jamais entretenir sa fille.

— Je sais que vous étiez proche de mon frère, Crawford, continua M. Everleigh. Il paraît qu'il a tiré quelques ficelles pour vous obtenir une bourse à Londres, après que vous avez renoncé à aller à Édimbourg avec Jodie ?

Jodie sentit ses joues s'embraser, ce qu'elle dissimula en mordant sur un canapé. Si c'était une façon pour son père de réprimander Cole parce qu'il l'avait mal traitée, il n'avait pas à le faire, en particulier ce jour-là. Mais elle ne pouvait nier qu'elle était intéressée par ce que Cole allait répondre.

— C'est exact, dit ce dernier, apparemment indifférent à la pique.

Peut-être ne l'avait-il même pas remarquée. D'une main il caressa Ziggy.

— Je dois énormément à Casper. J'ai travaillé dur pour lui, mais vous avez raison, ses contacts à Londres m'ont aidé à avoir ma bourse. J'ai aussi fait des stages ici, à Everleigh, en été, quand je n'étais pas au Sri Lanka. Et je suis revenu dès que j'ai eu mon diplôme. Cela avait toujours été le plan.

Son père hochait poliment la tête, mais Jodie sentit de nouveau le sang bouillir dans ses veines. Comment Cole osait-il parler de son « plan » avec Casper, quand il l'avait brusquement privée, elle, des plans qu'ils avaient faits ensemble ? Et... il était allé au Sri Lanka ? Qu'est-ce qui avait pu le pousser à aller là-bas ?

— Cette maison a toujours été un foyer pour moi, plus que la ferme de Thistles, reprit Cole. Casper était une sorte de figure paternelle pour moi, je suis sûr que vous le savez.

Il tendit la main vers le bol de cacahuètes posé sur le comptoir. Il en mit une poignée dans sa bouche et elle les entendit craquer, tout en sentant ses yeux posés sur elle. La trouvait-il changée ? En mieux ou en moins bien ?

Pourquoi s'en soucierait-elle ?

— J'ai été désolé d'apprendre le décès de Jack, dit son père.

Cole se rembrunit, occupant l'espace avec plus de gêne encore. Elle le savait, son père n'avait jamais rencontré celui de Cole. La seule fois où elle-même l'avait vu, c'était quand les policiers l'avaient emmené, menottes aux poignets. Ils avaient quatorze ans, l'été venait de commencer et elle avait suivi le bruit des sirènes à travers les champs voisins.

Cole l'avait forcée à rester au portail. Jack Crawford était complètement ivre, il se débattait contre les autorités. Il avait fini emprisonné pour évasion fiscale, quelque chose à propos de fonds déposés sur un compte à l'étranger. Elle n'avait jamais su les détails. Cole n'en parlait pas, et, de toute manière, même avant son arrestation il n'avait jamais beaucoup parlé de son père. Ni de sa famille. Il semblait vraiment ne vivre que pour ses chevaux.

— Comment est-il mort ? demanda-t-elle, se sentant un peu coupable de ne pas avoir appelé Cole quand elle avait appris le décès de son père.

Il la regarda dans les yeux.

— Il était en train de pisser dans la rivière Stour. Je suppose qu'il n'a pas bien vu où était le bord.

— Il s'est *noyé* ?

Elle se sentit très mal. Cole se contenta de hocher la tête, son visage ne trahissait rien.

— Et ta mère ? demanda-t-elle, maudissant sa bouche de poser des questions alors qu'elle avait intimé à son esprit de ne pas s'intéresser du tout à la vie de Cole.

Sa mère avait toujours été gentille avec elle. C'était une petite femme discrète, qui n'aurait pas fait de mal à une mouche.

— Comment va-t-elle ?

— Elle profite de la vie, merci.

Le visage de Cole s'adoucit légèrement.

— Après la mort de mon père, elle a vécu quelques mois ici, à Everleigh. Puis elle a rencontré Darren au marché bio. Ils exploitent une ferme à Puddletown.

— Ça semble bien pour elle et… Darren, c'est ça ? dit son père, feignant l'intérêt.

Elle avait presque oublié qu'il était là, et elle sentit sa bouche esquisser un sourire malgré son humeur. Son père n'avait rien à faire des fermiers ou de ce qu'ils représentaient. Casper avait eu des poules, des cochons et des chevaux, une vaste propriété et un cabinet vétérinaire qui marchait bien à la campagne. Michael Everleigh, lui, avait des accolades, des prix, et des places pour des premières au cinéma.

Sa mère, Vivian, était l'autre moitié de leur duo à succès. Tous trois avaient vécu à Greenwich à compter de sa naissance. Les frères Everleigh n'auraient pas pu être plus différents. Regardant son père maintenant, elle se dit qu'il n'avait jamais *pas aimé* Cole. Simplement, il ne l'avait jamais vraiment compris. Pas comme elle, qui le comprenait… ou croyait le comprendre, autrefois.

À la seconde où elle avait rencontré Cole, elle avait été fascinée, bien qu'il ne lui ait pas montré de véritable intérêt durant ce premier été. Son indifférence n'avait fait que la fasciner davantage, parce qu'il n'était pas comme les garçons de son école. Elle pouvait encore se rappeler l'instant où elle avait posé les yeux pour la première fois sur ses boucles noires en bataille et son jean boueux.

Cole rapatriait des chevaux sauvages avec Casper et les montait à cru, pieds nus. Il ne s'intéressait pas du tout à la télé et autres gadgets du même genre, mais il savait conduire un tracteur et traire une chèvre. Il aimait lire de gros livres pleins de mots d'auteurs comme Tolstoï, Hemingway ou Shakespeare – ce qu'elle trouvait bizarre, parce que lui-même ne parlait pas beaucoup. Et il passait la plupart de ses nuits dans les écuries, à tourner des pages et à écouter les chevaux.

Son goût du silence l'avait rendu très observateur, en

particulier avec les animaux. Elle avait eu la preuve, maintes fois, qu'il possédait un vrai don pour percevoir les moindres changements dans leur comportement. Il établissait nombre de diagnostics, en visite ou dans la propriété, bien avant que Casper ait procédé à des examens.

Pour Jodie, ce garçon était un mystère, à l'époque. Une distraction bienvenue, pour elle dont les parents s'étaient débarrassés en la déposant chez son oncle Casper pour l'été. Il était tout autant un mystère maintenant, songea-t-elle, notant comment sa nouvelle barbe de trois jours soulignait ses lèvres – des lèvres qu'elle avait autrefois embrassées avec avidité, ou paresseusement, ou désespérément, de toutes les façons possibles, pendant des heures d'affilée.

Le téléphone de Cole vibra.

— C'est la notaire, dit-il. Je parie qu'elle ne peut pas venir lire le testament, avec cette neige.

— Dommage, fit le père de Jodie, vu que personne ne sait encore ce que mon frère a mis dans ce testament. Je suis probablement l'exécuteur testamentaire, et il faut vraiment que je parte après ça.

Elle croisa le regard de Cole, qui tressaillit aux mots de son père. Celui-ci s'attendait visiblement, étant le seul frère de Casper, à hériter de la propriété. Pourtant, il faisait encore passer son programme de travail avant.

— Excusez-moi un instant, dit Cole.

Il glissa du tabouret et alla dans un coin de la cuisine, près de l'évier en cuivre. Jodie regarda Ziggy le suivre. C'était tellement exaspérant, d'être toujours aussi captivée par sa beauté. L'ossature impérieuse de son visage et son nez droit lui conféraient autant de caractère que sa barbe. Tout son être parlait d'une vie en plein air, exposée aux éléments, et elle frissonna malgré la chaleur en se rappelant ce qu'elle avait ressenti, près de sa voiture, à se retrouver dans ses bras.

Elle aurait voulu éprouver de la répulsion, mais elle s'était collée à lui comme un aimant pendant bien plus longtemps que nécessaire. Elle en avait eu l'impression, en tout cas.

La conversation de Cole dura un bon moment. Elle gardait un œil sur Emmie, qui bavardait avec un garçon de son âge près de la cheminée. Mais chaque fois qu'elle jetait un œil vers Cole, il semblait l'observer en hochant la tête, comme si ses propos la concernaient. Ou peut-être jaugeait-il seulement cette nouvelle version plus âgée de quelqu'un qu'il avait si bien connu autrefois, comme elle le faisait pour lui.

Avait-il jamais pensé à elle, quand il étudiait à Londres au lieu d'Édimbourg ? Ou au Sri Lanka ? Elle n'était jamais allée dans un pays aussi exotique.

Quelles autres parties du monde avait-il visitées pendant qu'Ethan et elle étaient coincés dans une maison d'Édimbourg, cernés par les couches et les jouets de bébé ? Ils avaient eu de l'aide, grâce à leurs parents, mais pendant les sept années où ils avaient préparé leur diplôme, leur vie n'avait pas été exactement celle de la plupart des étudiants.

Non pas que Cole fût entièrement responsable de sa grossesse... Après tout, elle aurait aussi bien pu concevoir *son* enfant. Même s'ils avaient toujours été prudents. Elle n'avait cessé de prendre la pilule que deux mois avant de coucher avec Ethan, et ils étaient tellement ivres que c'était un miracle s'ils avaient compris ce qui s'était passé.

Cole accrocha de nouveau son regard. Agacée, elle détourna les yeux et prit un autre canapé. Lors de toutes les fois où ils avaient fait l'amour dans cette propriété, ils avaient « baptisé » presque chaque pièce. Cela avait été, de loin, le meilleur sexe de sa vie. Soudain, elle eut trop chaud dans sa robe noire, moulante. Elle ne voulait pas trouver quoi que ce soit d'attirant chez Cole, mais c'était comme demander à un petit enfant de ne pas aimer les glaces.

Elle le regarda enfiler sa veste à carreaux et passer une épaisse écharpe de laine à son cou.

Il avait enfin fini sa conversation téléphonique et elle

s'attendait à ce qu'il essaie de s'esquiver sans être vu, juste avec son chien. Au lieu de quoi il lui fit signe de le suivre dehors, dans la neige.

La cabane en rondins installée sur le chemin qui menait aux écuries devait faire au moins cinq mètres de long. Bien à l'abri sous des chênes et des sycomores, on aurait dit une oasis paisible toute faite de bois. Cole s'arrêta devant la fenêtre.

— Elle n'était pas là avant, dit Jodie en resserrant sa veste sur sa robe en dentelle noire.

Autour d'eux, la neige tourbillonnait et se posait sur les cerisiers du jardin. Est-ce que ce n'était pas juste un champ, avant ?

— Si. Je l'ai construite ici à cause des arbres. C'est plus intime, comme ça.

— Tu l'as construite toi-même ?

Il rit doucement.

— J'ai eu de l'aide. Nous avons réutilisé des fenêtres d'au moins cinq chantiers des environs.

— C'est bien, de savoir que tu te préoccupes à ce point d'écologie, fit-elle, consciente que sa nervosité la rendait mordante.

Il avait fait du bon travail. La cabane avait dû coûter cher, malgré son aspect modeste.

— Je travaille à l'arrière. Nous avons installé un autre cabinet de consultation qui donne directement sur les paddocks.

— Que fais-tu ici, exactement ?

— De la thérapie comportementale, principalement avec des chevaux. Mais des gens viennent me voir avec toutes sortes d'animaux.

— De la thérapie comportementale, ah oui…

Elle absorbait tout cela. Que les compétences de Cole soient recherchées n'avait rien de surprenant. Pour ce qui était de comprendre les animaux, il était meilleur que tous les vétérinaires qu'elle avait rencontrés.

Dans la cabane, une lampe allumée permettait de distinguer une cheminée, un long canapé à l'air confortable et un tapis en peau de mouton. Autour de la cheminée, des étagères étaient emplies de livres. Tolstoï, Hemingway, Shakespeare sans doute... Les classiques dans lesquels il était toujours plongé autrefois, à portée de main. Pas de téléviseur.

Elle ne le formula pas à voix haute, mais ils savaient tous les deux que Cole avait édifié sa cabane à l'endroit exact où ils avaient imaginé leur « refuge ». Son estomac se contracta tandis qu'il l'emmenait plus loin. Elle ne put s'empêcher de s'arrêter près des bancs en pierre en arc de cercle qui délimitaient l'emplacement d'un feu de camp. Bien des années auparavant, en été, ils mettaient des coussins sur ces bancs.

— Casper a toujours adoré ce feu de camp, dit-elle.

Cole s'arrêta à côté d'elle, dans la neige, et poussa un soupir nostalgique.

— Oui.

Ils restèrent silencieux un moment, se remémorant son oncle. C'était le roi des marshmallows grillés.

— C'est tellement étrange, d'être ici sans lui, dit-elle doucement en ravalant la boule qu'elle avait dans la gorge.

— Tu peux le dire.

Cole la regarda à la dérobée, ses doigts pianotaient dans le vide, puis il mit les mains dans ses poches.

— Il faut qu'on parle, Jodie.

L'embarras passa sur ses beaux traits, et le cœur de Jodie s'emballa. Elle déglutit de nouveau, nerveuse, au bord des larmes. Bien sûr, qu'il fallait qu'ils parlent. Ils savaient tous les deux qu'il y avait des choses pas réglées entre eux.

— De quoi ? demanda-t-elle pourtant.

Elle le laisserait commencer par des excuses. Il lui en devait, pour le silence de glace qui l'avait tourmentée comme un fantôme, des mois durant, après qu'il l'avait regardée partir dans ce taxi. Elle lui avait dit de venir la trouver quand il reprendrait ses esprits, mais il n'était jamais venu.

Il la considérait maintenant comme il l'avait considérée autrefois, quand il lui avait annoncé la pire des nouvelles. Elle se sentit un peu nauséeuse.

— Allons nous mettre à l'abri, dit-il.

Arrivé devant les écuries, il la fit entrer et referma les lourdes portes en bois avec un claquement. Le vent pénétrait sous la porte comme des doigts glacés.

Jodie claquait maintenant des dents ; l'odeur douceâtre, humide, de foin et d'ammoniaque travaillait sa mémoire. Ils s'étaient un jour abrités ici d'un orage d'été, et avaient fait l'amour en plusieurs endroits. La pluie qui tambourinait sur le toit en fer-blanc avait étouffé leurs gémissements de plaisir.

— Alors... Tu voulais parler, dit-elle, regrettant de ne pas avoir de souvenirs moins vivaces en sa présence.

Les yeux d'un brun profond de Cole se plissèrent, il fronça les sourcils sous son chapeau. Sans rien dire, il défit son écharpe. Avant qu'elle puisse refuser, il passa le lainage tout chaud autour de son cou et elle pria qu'il n'entende pas, dans le silence, les violents battements de son cœur.

— Viens, dit-il. Quelqu'un veut te voir.

Il la conduisit le long des stalles, toutes occupées, et s'arrêta devant l'avant-dernière. Elle faillit fondre en larmes à la vue de leur cheval.

— Mustang est toujours là ?

— Où voudrais-tu qu'il soit ?

Cole souleva la barre de la porte. L'énorme étalon noir s'arrêta de manger du foin pour regarder Jodie. Elle eut un pincement au cœur, il était plus vieux et plus lent. À la différence de Cole.

Cole était plus costaud, plus fort, et il l'emplissait toujours autant d'appréhension. Dans la pénombre, elle le regarda tendre sa paume à Mustang et le laisser la renifler.

Maudit soit-il d'être aussi séduisant près d'un cheval. La seule chose plus sexy était de le voir en dompter un. La barbe lui allait bien, songea-t-elle encore – avant de se rappeler qu'elle ne devait pas penser ce genre de choses. Les poils bruns cachaient la petite cicatrice qu'il avait au menton, qu'il s'était faite en glissant quand il avait dix ans.

— Il se souvient de toi, dit-il sans détacher les yeux de Mustang.

— J'en suis sûre.

Elle suivit Cole dans la stalle. La tête courbée, l'étalon fit un pas vers elle.

— Salut, mon doux, dit-elle avec affection. Tu te rappelles comment tu as voulu me foncer dessus, la première fois que je me suis glissée dans ton enclos ? Cole a dû bondir devant moi pour t'arrêter.

— Jodie.

Cole se redressa, la regardant comme s'il s'apprêtait à parler affaires. Son estomac fit un soubresaut.

— La notaire m'a dit que Casper avait fait de moi son exécuteur testamentaire.

Elle battit des cils, surprise.

— Toi ?

— Oui. Et ce n'est pas tout : il t'a laissé la moitié.

La main de Jodie se figea sur la crinière de Mustang. Il ne pouvait pas vouloir dire ce qu'elle croyait... La propriété valait des millions ! Un son étranglé sortit de sa bouche, puis elle put articuler :

— La moitié de quoi ?

Cole désigna ce qui les entourait d'un large geste du bras.

— La moitié d'Everleigh.

Elle secoua la tête, abasourdie.

— Et... l'autre moitié ? demanda-t-elle, en s'enveloppant de ses bras.

C'était complètement fou. Qu'allait dire son père ?

Cole ôta son chapeau et se passa une main dans les cheveux, comme s'il hésitait à répondre. Soudain, elle comprit.

— Elle te revient à *toi* ?

Elle faillit rire, sous l'effet du choc, et trébucha sur un tas de paille.

— À parts égales, répondit-il, plaçant une main sur son coude pour la stabiliser. Ça me surprend autant que toi. Je pensais qu'il laisserait tout à ton père, son seul frère.

Elle avait la gorge sèche. Elle enfouit son visage dans l'écharpe noire, bataillant pour comprendre ce qui se passait. La douce laine chaude était imprégnée de l'odeur de Cole, une odeur de réconfort et d'eau de Cologne, mais aussi de douleur et de rejet.

Elle vint se placer à côté de lui.

— C'est dingue... Je veux dire, que suis-je censée faire ici ? Que veut-il que je fasse de la moitié d'Everleigh ?

Il haussa les épaules.

— Y travailler avec moi ?

— Avec toi ?

De nouveau, elle faillit rire. L'idée était grotesque.

— Cole, nous ne nous sommes pas parlé depuis douze ans. Nous ne nous parlerions pas maintenant si Casper n'était pas mort.

— Je sais. Jodie, je suis aussi choqué que toi, mais c'est ce qu'il a voulu.

Elle secoua la tête.

— Eh bien, il n'a pas assez réfléchi. J'ai ma vie en Écosse, désormais, je vais devoir vendre ma part.

— Tu ne peux pas, dit-il simplement, en quittant la stalle.

Elle s'arrêta à la porte, derrière lui, et croisa les bras.

— Comment ça, je ne peux pas vendre ? C'est ma moitié. J'apprécie le geste, vraiment, cela... changera ma vie. Mais je ne peux pas travailler ici avec toi.

— Je sais que nous avons une histoire, un passé.

Il semblait presque le regretter et elle ne se sentit pas bien de nouveau. Combien de nuits s'était-elle endormie en pleurant, attendant un appel de lui qui n'était jamais venu ?

— Nous avons tous les deux fait des choses qui ont blessé l'autre...

— Qu'est-ce que j'ai fait pour *te* blesser, au juste ? le coupa-t-elle, sincèrement déconcertée.

Il l'avait laissée si brisée qu'il lui avait fallu des mois, et peut-être des années, pour rassembler les morceaux et se reconstruire. Cole ne dit rien, sa bouche se pinça. Elle comprit soudain ce qu'il avait à l'esprit.

— Tu veux dire me marier et avoir un bébé ? Je t'ai blessé en continuant ma vie ? demanda-t-elle, incrédule.

Il fronça les sourcils.

— C'était seulement six mois après notre rupture, Jodie.

Elle était absolument furieuse, à présent. Comment osait-il ?

— Qu'est-ce que les dates ont à voir avec ça ? Ton timing n'était pas super non plus, quand tu as rompu avec moi juste au moment où nous devions partir ensemble à Édimbourg ! Tu n'as jamais repris contact avec moi, Cole ! Tu ne m'as même jamais dit ce qui avait changé entre nous.

Elle refréna vite ses émotions avant qu'elles ne la dominent. Une fureur intense courait dans son sang. Il n'avait aucune idée non plus de ce qu'elle avait traversé avec Ethan. Porter une bague, remonter l'allée en robe de mariée pour les médias, afin de rassurer le père de son fiancé et lui garder l'estime de son maudit électorat...

Mustang recula, comme s'il sentait un orage se préparer.

— Je vais vendre ma part, c'est absolument décidé. Je peux déjà te le dire.

— Je savais que tu dirais ça.

Elle se hérissa.

— Eh bien, vu notre histoire, peux-tu me blâmer de ne pas organiser une fête ?

Il se passa une main sur le menton.

— Jodie, dans son testament, Casper indique que tu ne peux pas vendre ta moitié avant un an.

— Quoi ?

Elle se sentit clouée sur place.

— Il est stipulé que tu devras revenir ici aussi souvent que possible au cours de cette année, pour au moins trois jours à chaque fois. Nous devrons nous occuper ensemble de la propriété. Et puis, si au bout d'un an tu veux toujours vendre, tu seras libre de le faire.

Elle secoua la tête, en état de choc.

— C'est ce que Casper a voulu, dit Cole comme pour conclure.

— C'est… C'est incroyable, dit-elle en balbutiant. Pourquoi ? Je veux dire pourquoi a-t-il voulu que nous restions ici tous les deux ? C'est chez toi, pas chez moi.

Il haussa simplement les épaules.

— Toi aussi, tu étais chez toi ici, autrefois.

Le portable de Jodie vibra dans sa poche. Heureuse de l'interruption, elle prit l'appel et se dirigea vers la sortie des écuries. Son cœur battait comme un tambour.

— Ici Meg, du Ship Inn, dit une voix de femme. Notre chauffage est en panne, mon chou. Est-il possible que vous restiez à Everleigh cette nuit ?

Jodie inspira vivement pendant que Cole refermait la stalle de Mustang. *Qu'est-ce qui va encore aller de travers, après ça ?*

— Je ne sais pas si c'est une bonne idée, s'entendit-elle répondre.

Elle ressentait un impérieux besoin de s'éloigner autant que possible de Cole, pour digérer toutes ces informations et ne pas exploser. Mais dehors le vent hurlait et la neige s'accumulait, épaisse. S'échapper paraissait de moins en moins probable à chaque seconde qui passait.

5

— Combien d'animaux voyez-vous par jour ? demanda Emmie.

Elle était assise, en T-shirt bleu vif, sur le tabouret pivotant de Cole.

— Une vingtaine, plus ou moins, à nous tous, répondit-il en auscultant les oreilles du berger allemand.

— Vingt ? C'est sûrement plus que ce que maman voit à West Bow en une journée, et elle travaille *tout le temps*. Vous savez qu'elle a sa propre clinique ? Je suis surprise qu'elle ait pris un jour de congé. Qu'est-ce qu'il a, ce chien ?

« Tant de questions », pensa Cole, amusé.

— Une otite.

Il n'avait pas invité la fille de Jodie dans son cabinet, mais elle était apparue d'elle-même une heure plus tôt. Elle semblait intéressée par ce que faisait un vétérinaire de campagne.

Sa compagnie ne lui déplaisait pas. Ce semblait être une enfant vive, intelligente, et il n'était pas encore habitué à être là sans Casper. Il espérait simplement qu'aucune urgence ne l'obligerait à partir précipitamment.

La neige abondante et l'absence soudaine de Casper avaient chamboulé le programme d'Everleigh. En outre, la nouvelle de l'héritage à partager avec Jodie l'avait ébranlé. Il ne se doutait absolument pas de la décision de son vieil ami et, à en croire l'expression de Jodie la veille au soir, elle non plus.

— C'est mon équipe qui s'occupe de ce genre de rendez-vous,

d'habitude, dit-il à sa nouvelle assistante. Moi, je fais plutôt les visites à domicile concernant le bétail. Et je me charge de la thérapie animale.

— La thérapie animale ?

Les yeux d'Emmie étaient aussi ronds et bleus que ceux de sa mère. Savait-elle quelque chose des anciens petits amis de Jodie, se rendait-elle compte que celle-ci ne se sentait pas bien, de retour à Everleigh ?

Jodie était visiblement une mère formidable. La veille, elle l'avait laissé dans les écuries pour aller trouver sa fille et lui annoncer qu'elles devraient peut-être rester quelques jours de plus afin de régler certaines choses. Quand il était rentré, elles bavardaient toutes les deux près du feu. Emmie n'avait pas eu l'air perturbée par ce que lui avait dit sa mère. Jodie, elle, s'était efforcée de garder ses distances avec lui jusqu'à ce que la gouvernante, Evie, la conduise à sa chambre.

— C'est quoi, la thérapie animale ? reprit Emmie. Une sorte de… soutien psychologique pour les animaux ?

— C'est assez juste. Il faut être à la fois vétérinaire, détective et psychologue. Les gens viennent me voir avec les problèmes de leurs animaux, et j'aide les animaux avec les problèmes de leurs maîtres. Peux-tu me passer le stéthoscope ?

La porte s'entrebâilla.

— Tu es là ! s'exclama Jodie, visiblement troublée de les découvrir ensemble.

Cole sentit sa mâchoire se crisper à sa soudaine apparition et remarqua l'écharpe noire dans sa main.

Elle avait été vraiment jolie avec son écharpe, la veille au soir, comme autrefois. Et terriblement jolie dans sa robe de dentelle noire, aussi. En fait, la présence de Jodie dans la propriété le démolissait doucement. Entre l'enterrement de Casper et le retour de son premier amour qui faisaient resurgir tant de choses, il s'était estimé heureux de dormir deux ou trois heures avant que son réveil sonne, à 5 heures. Et il y avait en outre l'arrivée imminente de Blaze, un cheval abandonné qu'il devait soigner.

— Cole me disait qu'il était à la fois vétérinaire, détective et psychologue, dit Emmie. J'ai vu le manège et les écuries, en arrivant. Est-ce que les gens vous amènent aussi de gros animaux ?

— Ça dépend de ce que l'on entend par « gros ». Je n'ai pas vu d'éléphant depuis un bon moment, répondit-il en gardant son sérieux. Mais il y en avait beaucoup au Sri Lanka.

— Emmie, Cole essaie de travailler, dit Jodie, la main sur la poignée de la porte. Allons-y.

— Emmie ne me dérange pas, répondit-il.

Il ausculta le berger allemand. Lorsqu'il leva les yeux, Jodie le regardait aussi intensément que sa fille. Elle parut se rappeler qu'elle voulait lui rendre son écharpe et alla l'accrocher au portemanteau.

Il apprécia la vue de son postérieur moulé par son jean. Le fait qu'elle soit là, qu'elle séjourne dans la maison principale, lui faisait un drôle d'effet, mais il aimait la façon dont elle reprenait de vieilles habitudes.

Ses quelques kilos supplémentaires lui allaient bien, les femmes bouclées et pulpeuses avaient toujours été son genre. Non pas qu'il ait eu beaucoup de relations féminines, seulement Jodie, et Diyana au Sri Lanka. Jodie l'interrogerait-elle sur le Sri Lanka ?

— Vous avez combien de chevaux, ici ? demanda Emmie.

— Les chevaux t'intéressent, hein ?

— Elle en est folle, répondit Jodie.

— Mon cheval Saxon a sept ans, il est en pension dans une ferme à quelques miles de chez nous. Maman venait monter plus souvent avec nous, avant, mais ces temps-ci elle est trop occupée.

Jodie parut mal à l'aise et il détecta pour la première fois une petite fêlure entre la mère et la fille.

— Nous en avons déjà huit dans la propriété, et il nous

reste encore de la place au-delà des grilles. Vous êtes toutes les deux cordialement conviées à monter, pendant que vous êtes ici. Des enfants viennent au manège les week-ends. Nous faisons également de la place pour des chevaux que nous sauvons. Nous travaillons à créer une sorte de refuge pour les animaux maltraités.

Emmie se redressa sur le tabouret.

— Vous avez un centre de sauvetage ? Ici ?

— Mais oui. C'est quelque chose que ta maman et moi avions pensé installer il y a longtemps, quand nous étions enfants.

— Vraiment ? fit l'adolescente, l'air surexcité.

— Beaucoup de gens qui ont des chevaux ne devraient pas en avoir, tu sais, dit-il. D'autres ont des accidents, ou ne peuvent plus vivre au même endroit. Blaze en fait partie. Il doit arriver ce matin, alors tu le verras.

Jodie s'avança dans la pièce.

— Blaze ?

— On l'a trouvé errant après un incendie qui a détruit son enclos.

— C'est affreux ! Il a été gravement blessé ?

— Oui, et il est assez perturbé.

Emmie les regardait tour à tour avec intérêt.

— Emmie, retrouve-moi devant les écuries dans cinq minutes, dit-il.

Il lui sembla que Jodie était froissée et il s'en voulut une seconde. Peut-être n'aurait-il pas dû mentionner leurs projets d'autrefois devant l'enfant qu'elle avait eue avec un autre homme, mais c'était la vérité, après tout. Il avait ruiné tous leurs espoirs de créer un refuge ensemble quand il avait rompu, mais si elle passait plus de temps sur place, elle verrait qu'il persistait dans ce projet, qu'elle vende sa part ou non. Pour rien au monde il ne s'arrêterait maintenant. Les chevaux avaient besoin de lui. Et il avait fait trop de promesses.

— J'ai du travail pour toi, expliqua-t-il à la jeune fille. Habille-toi chaudement.

Elle fit une grimace.

— Ce n'est pas sortir du fumier ?

— Non.

— Je pourrai monter à cheval ?

— Pas tout de suite. Nous sortirons tous ensemble si la neige diminue.

Emmie disparut dans le couloir.

— Cole ?

Jodie ferma la porte. Elle s'arrêta devant le bureau et il fixa ses bottes sur le carrelage. La tension grimpa entre eux tandis qu'il classait le dossier du chien.

— Cole, ce refuge...

— Il n'est pas complètement planifié, pour le moment. Tu sais comment les choses fonctionnent, par ici.

Elle se mordit brièvement la lèvre.

— Non, je ne le sais plus. Tu n'as pas vraiment fait d'efforts pour m'impliquer, ces dernières années.

Il s'éclaircit la gorge. Il méritait probablement ce reproche.

— Nous pensions commencer avec Blaze, voir comment les choses se passaient. Ça pourrait être bon pour la propriété, à long terme. Nous avons finalisé le dossier juste quelques jours avant que Casper...

Il s'interrompit. Le visage de Jodie s'adoucit.

— Je comprends, Cole.

— Je ne peux pas me retirer après sa mort, Jodie.

— Je t'ai dit, je comprends.

Il savait qu'elle comprenait sa loyauté envers Casper, mais il pouvait voir dans ses yeux le conflit qui l'agitait. Elle avait décidé sur le champ de vendre sa part, et maintenant leur projet d'autrefois était sur le point de se réaliser. Vendrait-elle toujours ?

Il caressa l'idée qu'elle change d'avis, puis se reprit. Elle avait été ferme et claire, la veille. Elle ne portait peut-être plus d'alliance, mais elle avait une vie en Écosse, une clinique à elle et une fille à l'école. Pourquoi voudrait-elle avoir quoi que ce soit à faire avec Everleigh – ou lui – maintenant ?

— Alors Blaze était en fuite ? demanda-t-elle en s'asseyant, bras croisés, sur le coin du bureau.

— Un gosse l'a trouvé sur la lande il y a quelque temps. C'est un cheval pie, châtain et blanc, mais il était presque noir à cause de brûlures au troisième et au quatrième degré. Il a perdu environ quinze pour cent de son poids et il ne mange toujours pas.

— Incroyable.

— Quelqu'un a pensé à m'appeler. Le cheval n'avait nulle part où aller. Son propriétaire n'en veut plus, pas dans cet état. Il est traumatisé. Nous l'avons gardé à Honeybook jusqu'à ce que ses blessures cicatrisent assez pour qu'il puisse voyager.

— Un cheval pie presque noir, dit-elle, fixant le sol.

— J'ai promis au gamin qui l'a trouvé que je ferais de mon mieux. J'ai besoin de temps. Il faut que je l'aie ici. J'ai pensé que l'entraînement serait bon pour moi, aussi. Peut-être qu'un projet comme celui-ci changera les idées de l'équipe, la détournera de...

— ... La mort de Casper, je sais.

Il ravala la boule qu'il avait dans la gorge. Il ne se fiait pas à sa voix. C'était à cause de la mort de Casper que Jodie était de retour. Il avait à peine eu le temps de penser à ce que cela signifiait pour lui, ou pour elle, d'aller de l'avant. Mais il ne pouvait s'empêcher de repenser au soir où Casper l'avait retenu d'aller trouver Jodie, après la mort de son père. Elle n'en savait rien ; il ne lui en avait jamais parlé. Seul Casper avait été au courant.

Douze ans plus tôt...

Cole s'assit sur la balle de foin et sortit le cahier de son sac. L'appuyant contre son édition de *Pour qui sonne le glas,* d'Hemingway, il prit son stylo et laissa ses oreilles s'habituer au doux bruit de la pluie sur le toit en fer.

Il était venu dans les écuries pour trouver la paix, comme il le faisait toujours quand son esprit s'emballait. Mais, bien au chaud sous sa capuche, il bataillait avec ce qu'il voulait mettre par écrit.

Il ne pouvait pas appeler Jodie maintenant, il craignait que sa bouche ne le trahisse.

En tout cas, lorsqu'il était entré dans le cabinet vétérinaire avec son sac à dos et un billet pour un train de nuit – ainsi qu'une vague idée de comment trouver Jodie quand il arriverait sur le campus étudiant, il avait su que quelque chose était différent. L'air lui avait paru plus épais avant même que Casper lui jette un coup d'œil et dise :

— Ne va pas la voir maintenant. Jodie est enceinte. Elle a rencontré un Écossais, là-haut, et ça semble assez sérieux. Elle va l'épouser.

À dix-neuf ans, quelques mois après être entrée à l'école, Jodie allait avoir un bébé avec un type ? Cela devait être un accident, sûrement… Mais elle *l'épousait*. Alors peut-être était-elle vraiment amoureuse. Rien que d'y penser, Cole avait senti la bile lui monter dans la gorge.

Quoi qu'il en soit, il ne pouvait pas aller frapper à sa porte et quémander une seconde chance, maintenant. Ce serait trop difficile pour lui. Voir Jodie comme ça, avec en elle le bébé de quelqu'un d'autre… Bon sang, non. Alors peut-être devait-il écrire tout ce qu'il lui aurait dit en personne, et l'envoyer dans une lettre.

15 avril

Jodie,

Que dire ? J'allais venir à Édimbourg ce week-end pour essayer de te parler. Je voulais te montrer à quel point je t'aime. Je n'ai jamais cessé de t'aimer. J'allais prendre le train, mais Casper m'a dit de ne pas le faire, parce que tu es enceinte et fiancée. Il me semble que je t'ai de nouveau perdue, cette fois pour toujours.

Mon père est mort, Jodie. Il s'est noyé. On l'a sorti d'une rivière alors il ne peut plus faire de mal, ni à toi ni à nous. Quand il est sorti de prison, je ne voulais pas qu'il s'approche de toi ni de Maman. Je suppose que c'est le moment d'avouer qu'il m'a sévèrement battu pendant des années, avant d'être arrêté pour évasion fiscale. Je n'avais pas l'intention de te repousser aussi loin, je pensais te sauver de toute cette misère.

Tu l'as vu ivre le soir où la police est venue, et tu m'as vu amoché de nombreuses fois, mais il a fait pire que ça. Il a menacé de faire du mal aux animaux, et à Maman, et à toi si jamais je parlais.

Quand j'ai rompu avec toi, je me suis dit que je faisais ce qu'il y avait à faire. Je voulais t'éviter de te faire du souci pour moi, ou d'être impliquée dans le foutoir de ma famille. Je savais que, si je te parlais, tu irais le voir et tu te mettrais en danger pour moi, tu es comme ça et je t'aime d'être comme tu es. Je voulais que tu t'en ailles, tu avais mieux à faire de ta vie que de m'attendre, au moins dans l'immédiat. Mais maintenant tu attends un bébé !

Je voudrais t'avoir parlé de tout ça avant de te perdre. Peut-être que nous aurions trouvé une solution ensemble. Je t'aimerai toujours et, bon Dieu, tu vas me manquer. Mais surtout, je veux que tu sois heureuse.

Ton...

Les doux naseaux de Mustang contre son épaule le ramenèrent à l'instant présent.

Ton... Ton quoi ? *Ton Cole pour toujours ? Cole qui n'est plus à toi ? Ton Cole, sincèrement ?* Il lui avait dit la vérité, après tout. Avait-elle deviné un peu de ce qui se passait chez lui, étant donné qu'il ne l'avait jamais ramenée là-bas ? Ou peut-être avait-il si bien caché ce qui lui arrivait que ces nouvelles seraient un vrai choc pour elle, mais elle comprendrait sûrement qu'il n'avait jamais voulu l'accabler avec les détails de son calvaire.

Il relut sa lettre, il aurait pu en dire davantage, lui expliquer la véritable origine de certaines de ses blessures. Il avait menti d'innombrables fois à Jodie pour la protéger. Prétendre qu'il ne voulait plus d'elle dans sa vie avait été un mensonge parmi d'autres, mais le plus gros de tous.

Un chien aboya, quelqu'un passait devant le chenil. Il ramassa son chapeau, son cahier, et à mi-chemin de la maison il décida qu'il n'enverrait pas sa lettre. Ce n'était pas juste, de le faire maintenant qu'elle avait trouvé le bonheur avec quelqu'un d'autre.

Pendant le dîner, il changea d'avis.

Le lendemain matin, il scella la lettre avec un vieux cachet à cire qui se trouvait dans le bureau de Casper. Elle paraissait définitive, lourde de sens... menaçante.

Armé de son stylo, il prit alors conscience qu'il n'avait pas d'adresse. Il enverrait cette lettre, mais il devait d'abord demander l'adresse de Jodie à Casper.

Une semaine plus tard, il rangea l'enveloppe vierge dans une boîte. Au moins, sa vue ne lui nouerait plus l'estomac. Qu'aurait fait une femme enceinte de ces informations, de toute façon ? Quel droit avait-il de contacter Jodie avec ses excuses maintenant qu'elle était heureuse, avec un homme bien qui prenait soin d'elle ? Il aurait dû lui dire tout cela plus tôt, au lieu d'être aussi lâche.

Elle-même n'avait pas pris contact avec lui, alors qu'elle avait sûrement appris la mort de son père. Elle ne voulait probablement plus rien avoir à faire avec lui.

Les semaines devinrent des mois et il ne cessait de se trouver des excuses. Finalement, la lettre n'alla nulle part et Cole continua sa vie sans Jodie.

— Tu t'es déjà servie d'une souffleuse à neige ? demanda Cole à Emmie en sortant de la grange la grosse machine, qui ressemblait à une tondeuse à gazon.

— Non.

— Eh bien, c'est un moment comme un autre pour apprendre. Il faut que cette allée soit dégagée avant que Blaze arrive. Et d'autres clients vont venir avec leurs animaux. C'est un travail très important, tu es prête ?

Emmie haussa les épaules.

— Je ne sais pas. Peut-être.

— Moins d'enthousiasme, s'il te plaît. Nous essayons de rester cool, ici, fit-il sur le ton de la plaisanterie.

Jodie, qui observait avec intérêt leur façon de réagir l'un avec l'autre, vit sa fille réprimer un sourire. Emmie était parfois difficile, mais Cole semblait savoir d'instinct comment la prendre. Il avait une grande intuition, qui était pour beaucoup dans son succès et sa réussite.

Avait-il jamais songé à avoir des enfants à lui, avait-il rencontré quelqu'un après leur rupture ? Elle ne l'avait pas questionné sur sa vie après elle. Elle n'en avait pas vraiment eu le temps ni l'envie de savoir. Elle était déjà assez perturbée dans ses sentiments ; la nuit précédente, elle ne s'était pas endormie avant 3 heures du matin.

Maudit soit Cole d'être si sexy, pensa-t-elle tandis qu'il mettait le moteur en route et que la machine s'ébranlait. Il lui lança sa thermos de café et posa une main gantée sur celle d'Emmie, pour la guider. Une épaisse couche de neige s'était accumulée à l'entrée des écuries.

— Finis ici, et ensuite tu passeras à la cabane, d'accord ?

— Oui, m'sieur, comme vous voudrez.

Jodie pouvait voir que sa fille s'amusait. Cole et elle la regardèrent faire des petits tas de neige le long du chemin.

— Une femme décidée à remplir sa mission, dit-elle.

— Je devine d'où elle tient ça, dit Cole avec un grand sourire.

Si elle veut monter à cheval, elle doit travailler, comme nous à l'époque.

Jodie étouffa un rire, même si elle commençait à se sentir gênée d'être seule avec lui. En temps normal, elle se serait inquiétée de voir sa fille manœuvrer une machine dont elle ne s'était jamais servie, mais Cole donnait confiance dans tout ce qu'il faisait.

Elle s'était toujours sentie en sécurité à Everleigh. Il y avait une énergie positive dans l'air, même maintenant que Casper n'était plus là. Mais cela ne voulait pas pour autant dire qu'elle se déracinerait pour s'installer ici. Loin de là.

Une rencontre était prévue avec la notaire, Me Tanner, dès que celle-ci pourrait venir. Jodie espérait qu'il y aurait une façon de contourner la clause imposée par Casper. Venir aussi souvent dans le Dorset serait une grosse contrainte pour tout le monde, peu pratique en particulier pour Emmie.

« Et pour moi », se dit-elle en jetant un coup d'œil à Cole.

Elle songea au cheval abandonné et à ses plans de mettre un refuge en chantier. Les chevaux avaient besoin de Cole et de sa façon bien à lui de les soigner. Si elle vendait sa part, les acheteurs ne se montreraient peut-être pas très enthousiastes pour ses méthodes. Et ils ne se rendraient pas non plus compte de ce qu'Everleigh représentait pour lui.

Ce n'est pas ton problème.

Emmie poussait des cris de joie.

— Casper te faisait travailler pour tout, dit Cole en regardant Jodie de sous son bonnet en laine. Tu détestais ça, au début, mais tu te levais quand même à 5 heures quand il y avait quelque chose d'important à faire.

— Le café aidait.

— Noir et sans sucre.

— Tu t'en souviens ? J'avais l'impression que tu voulais oublier tout ce qui me concernait.

Il secoua lentement la tête. Du coin de l'œil, elle le vit repousser la neige de sa botte.

— Je t'ai donné une mauvaise impression, alors. Je le regrette, Jodie. Je regrette beaucoup de choses de cette époque. J'ai été navré d'apprendre que tu avais divorcé.

Elle se hérissa. Elle attendait une explication, elle voulait savoir pourquoi il avait changé d'avis à propos d'elle et d'Édimbourg. Elle ne souhaitait pas entendre ses regrets sur ce qui lui était arrivé – alors que c'était lui qui l'avait précipitée sans le vouloir dans un mariage sans avenir.

— Il n'a jamais été prévu que ça dure toujours, entre Ethan et moi, dit-elle doucement.

Il haussa un sourcil, curieux.

— Casper m'a dit que tu avais divorcé juste après ton diplôme.

Elle garda la tête haute. Elle ne voulait pas de sa pitié.

— C'est vrai. Nous avons décidé que nous étions bien mieux comme amis. Nous formons une bonne équipe, tu sais ? Nous faisons ce qu'il y a de mieux pour Emmie. Ils passent beaucoup de temps ensemble et avec Saxon, son cheval. Ethan est aussi fou de chevaux que toi.

— Ah oui ?

La bouche de Cole s'incurva. Jodie prit conscience que son cœur s'était accéléré.

— Emmie ne sait rien, pour nous. Je ne lui ai jamais parlé de notre histoire, Cole. Je n'ai pas essayé de cacher quoi que ce soit, mais en même temps je ne pensais pas qu'elle ait besoin de savoir. Elle n'a pas été elle-même, dernièrement, depuis qu'Ethan s'est installé avec Saskia. D'après moi, elle est encore en train de s'y faire.

Il leva les mains en l'air.

— Elle n'apprendra rien de moi.

Jodie vida l'air qu'elle retenait dans ses poumons. C'était son devoir de protéger Emmie de toute information qui pourrait la mettre mal à l'aise pendant qu'elles étaient ici. Elle ne lui avait pas encore parlé de l'héritage, ni des « exigences » de Casper.

Un grand garçon efflanqué en casquette, avec de grosses

lunettes cerclées de noir et des après-ski bleu vif, sortit de la grange. Il avait parlé à Emmie, aux funérailles.

— Cole, j'ai fini de ranger les aliments pour chiens. Qu'est-ce que je peux faire d'autre ?

Cole désigna Emmie.

— Peux-tu aider Emmie avec la souffleuse à neige ?

— Bien sûr. Oh ! bonjour, madame Everleigh. Je vous ai vue hier à la maison. Je suis Toby.

Il tendit la main à Jodie qui, légèrement amusée, la serra. Puis il alla d'un pas décidé rejoindre Emmie.

— Toby vit en foyer, dit Cole. Il s'est mis à venir tous les jours l'été dernier, pour aider au chenil. Il promène et nourrit les chiens, et nous le laissons monter les chevaux.

— Ça semble être un marché équitable, dit Jodie.

La façon dont Cole s'occupait de tout en restant parfaitement stoïque, alors qu'il pleurait Casper, ne lui avait pas échappé. Mais après tout il avait toujours été bon pour contrôler ses émotions ; même lorsqu'il avait rompu avec elle, il n'avait pas flanché. L'avait-il vraiment aimée ?

— Il est ici la plupart des week-ends et des vacances. Ça l'occupe quand l'école est fermée. Il adore son école.

— C'est bien pour lui. Pour les vacances, Emmie reste en grande partie avec son père ou chez son amie Claire. Nous montons ensemble quelquefois... Quand j'ai le temps.

— Vous pourrez amener Saxon, quand vous viendrez.

— Ce serait chouette, mais je ne sais pas ce qu'Ethan en penserait. Il adore ce cheval.

La mâchoire de Cole était agitée de soubresauts, maintenant.

— Ça a l'air d'être un père formidable.

— Il l'est.

Il parut sur le point de demander autre chose, mais son portable sonna. Tandis qu'il répondait, il accrocha un lourd tuyau au mur comme s'il ne pesait rien, et elle le détailla. Elle observa sa silhouette bien découplée, sa carrure qui s'était élargie, ses muscles si bien dessinés. Et voilà que lui revenait une bataille avec un tuyau d'arrosage qui s'était terminée par eux deux faisant furieusement l'amour. Ses joues s'échauffèrent. *Que de souvenirs.*

— Tu veux d'abord la bonne nouvelle, ou la mauvaise ? demanda Cole en passant une main sur sa barbe.

Elle fit une grimace.

— La bonne ?

— Le chauffage de l'hôtel est réparé. Vos chambres sont prêtes, si vous les voulez encore. Je pourrai vous y emmener tout à l'heure. Ta voiture n'est pas encore complètement réparée, il manque une pièce au garagiste.

— Merci, dit-elle.

Il avait apparemment pris sur lui de faire réparer sa voiture sans qu'elle en sache rien, mais elle en était reconnaissante.

— Et la mauvaise ?

— La notaire a laissé un message. Sa fille est malade et elle ne pourra pas venir tout de suite.

Elle fronça les sourcils et il haussa les épaules.

— Il suffit de reporter le rendez-vous.

Ça ne l'arrangeait pas du tout, elle.

— Il faut que je ramène Emmie à l'école et je dois être de retour à West Bow lundi.

Emmie partit d'un autre éclat de rire, accompagné par la voix joyeuse de Toby. Leur bonheur ne correspondait pas à l'humeur de Jodie. Ses plans étaient bousculés.

Elle suivit un Cole silencieux dans les écuries.

— Je suppose que je pourrais partir et que nous pourrions faire la réunion par téléphone, dit-elle en le regardant prendre deux fourches accrochées au mur. Mais s'il faut signer des papiers ? Je ne sais pas, Cole, je pense que nous devrions être présents tous les deux. Et je suis là.

Elle se tourna vers la porte.

— Je vais passer quelques coups de fil, voir si je peux arranger ça.

— Jodie, dit-il calmement en la prenant par le coude, on ne peut rien y faire, maintenant.

Il lui tendit une fourche.

— Concentrons-nous plutôt sur Blaze. Il va avoir besoin de nous.

6

Cole avait pris plaisir à regarder Jodie manier la fourche dans les stalles, à la voir replacer toutes les dix secondes ses cheveux derrière ses oreilles et faire comme si elle aimait toujours se salir.

Elle l'observait maintenant d'en bas du van, debout dans l'allée dégagée, tenant Toby et Emmie à distance. Avec son garçon d'écuries, Russell, il essayait de faire passer Blaze de la remorque à l'enclos, mais pour l'instant le cheval ne bougeait pas.

— Il est très nerveux, après le trajet là-dedans, cria-t-il à Jodie. Restez bien en arrière, tous.

Il se glissa jusqu'au côté du van. Il devait se mouvoir lentement pour que le cheval sache qu'il ne représentait pas une menace. Mais Blaze évitait obstinément son regard.

— Tu m'as déjà vu, mon garçon.

Il lui offrit un quartier de pomme, pour l'amadouer, mais le cheval ne le renifla même pas.

Cole restait immobile, regardant les plaies profondes de Blaze. On lui donnait des médicaments, mais il avait beaucoup maigri ; ses côtes saillaient et c'était un vrai geyser d'émotions. Cole pouvait voir la tension courir le long de ses muscles.

— Ce que tu as dû traverser, petit...

Il vit la chose arriver une demi-seconde avant qu'elle se produise. Avec un hennissement sauvage, le cheval se cabra et faillit s'assommer contre le toit du van.

— Attention ! cria Russell en sautant à terre, lâchant la bride de Blaze.

— Assez, ordonna Cole qui tenta de reprendre la bride.

Le cheval recula, hennissant de peur, et jaillit du van juste avant qu'il puisse l'atteindre. Il vit Jodie éloigner les enfants et s'avancer vers Blaze.

— Jodie, écarte-toi ! cria-t-il. Qu'est-ce que tu fais ?

Blaze dépassa le portail de l'enclos et se cabra de nouveau, juste devant Jodie.

— C'est bon, dit-elle en levant une main.

— Maman ! s'écria Emmie, paniquée.

Jodie essaya d'attraper la bride. Cole la poussa sur le côté, la protégeant de son propre corps.

— Ne bouge pas, lui dit-il, un bras passé sous ses seins, autour de sa poitrine qui se soulevait.

Il leva l'autre bras vers Blaze, qui renâcla d'un air indigné. Si Cole n'avait pas mesuré plus d'un mètre quatre-vingt-cinq, le cheval aurait peut-être essayé de sauter par-dessus sa tête ; il semblait terriblement déterminé.

— Je l'avais presque ! protesta Jodie quand il la lâcha.

Elle alla vite rejoindre Emmie derrière l'enclos. Cole fit claquer son long fouet de cuir devant les jambes arrière de Blaze, forçant ce dernier à reculer dans l'enclos. Russell fut rapide : il claqua le portail.

— Peux-tu aller préparer la stalle, Russ ? demanda Cole qui était resté à l'intérieur. Et t'assurer que les autres sont calmes avant que nous l'amenions ?

— Sa tête ! s'exclama Emmie, horrifiée.

Les blessures de Blaze n'étaient pas belles à voir. Le cheval pie piaffait, frappant le sol de ses sabots pansés. Cole savait qu'il se sentait traqué, sur la défensive. Il n'aimait pas se servir de son fouet, mais c'était nécessaire.

— La pauvre bête, dit Emmie. Il a l'air si… effrayé.

Cole fit claquer le fouet, faisant gicler la neige.

— Maman, qu'est-ce qu'il fait ?

— Tout va bien, Emmie, Cole montre juste à Blaze qui commande.

— Mais il est blessé !

— Il faut qu'il apprenne le respect. Cole ne pourra l'aider que s'ils ont confiance l'un dans l'autre.

Cole se mit à genoux dans la neige, à un mètre de Blaze. Il resta là en silence, faisant savoir au cheval qu'il ne bougerait pas, mais qu'il n'était pas là pour lui faire du mal. L'animal commençait à comprendre.

Finalement, au bout d'un long moment, Blaze s'avança d'un pas hésitant et toucha le chapeau de Cole de ses naseaux.

— C'est bien, dit calmement Cole, en posant doucement une main sur le toupet du cheval. Ça va, pour toi ?

Blaze croisa son regard et il put enfin le caresser autour de ses brûlures en lui murmurant des paroles de réconfort.

— Comment a-t-il fait ? demanda Emmie, incrédule, comme Cole enfourchait Blaze et le faisait trotter autour de l'enclos.

— C'est sa façon de s'y prendre, mon chou, répondit Jodie. C'est ce qui le rend…

Cole l'entendit s'arrêter. Il savait qu'elle avait été sur le point de dire « spécial », ou quelque chose comme ça.

— Je pense que Blaze sait qu'on ne lui fera pas de mal ici, dit-il en échangeant un coup d'œil avec elle, tandis qu'il rejoignait la barrière. Il va bien, mais il a encore pas mal d'appréhension, ce qui se comprend.

— Il est comme Mustang, à l'époque, alors je sais que tu y arriveras, dit-elle en lui posant une main encourageante sur l'épaule.

Puis elle la retira et détourna le regard. Cole hocha la tête d'un air pensif. Il allait avoir du travail, avec Blaze. Elle savait aussi bien que lui que guérir ce cheval physiquement et psychiquement prendrait du temps.

Il y avait tant à faire, avec Casper en moins. La dernière chose dont il avait besoin était qu'un acheteur intervienne et change la façon dont ils avaient toujours procédé. Si Jodie vendait sa part, il y aurait des changements. Et il n'aimait pas les changements.

— On le laisse ici ? demanda Emmie en les regardant tour à tour.

— Pour le moment, répondit Cole en se rendant compte qu'il fixait les joues échauffées de Jodie. Nous le rentrerons lorsqu'il sera plus calme.

— Est-ce qu'on peut lui donner une récompense ? demanda encore Emmie.

Les deux enfants semblaient prêts à escalader la barrière pour offrir des friandises à Blaze.

— Laissez-le tranquille, dit Jodie. C'est la meilleure récompense qu'on puisse lui donner, pour le moment.

— *Le dîner est servi !*

L'appel venu du porche fit partir les enfants en courant.

— C'est « on », maintenant ? dit Cole quand il se retrouva seul avec Jodie.

Il réprima un sourire en la voyant hausser les épaules et faire une petite grimace. Il retrouvait la Jodie qu'il avait connue. Malgré tout ce qu'ils avaient traversé durant leur séparation, certaines choses n'avaient à son grand soulagement pas changé.

— Alors combien de temps allons-nous rester ici, maman ? demanda Emmie.

— Je ne sais pas encore très bien. Je suis désolée, chérie. Tu devras peut-être manquer l'école quelques jours, cette semaine.

Emmie eut un grand sourire.

— Ça m'est égal. Pour l'école, je veux dire. Saxon me manque, mais d'après Toby il va y avoir une portée de chiots d'un jour à l'autre. Nous pourrons nous en occuper et leur trouver une famille. Et Toby dit aussi que je peux monter Mustang.

Son visage s'illumina à la lueur du feu de camp.

— Ah oui ?

Jodie s'était attendue à une autre réaction au fait qu'elles devaient rester quelques jours de plus à Everleigh. Mais Cole d'abord et maintenant Toby semblaient faire pencher la petite citadine en faveur de la vie à la campagne.

— J'aime bien Cole, dit soudain Emmie.

Jodie sentit une décharge d'adrénaline la traverser tandis que Ziggy posait sa tête douce sur ses bottes. Elle assimilait lentement le fait qu'elle avait hérité de la moitié de tout ce que Cole et Casper avaient construit en son absence. Mais elle n'était pas préparée à ce que Cole lui faisait éprouver chaque fois qu'il entrait dans une pièce.

Sa force d'attraction était aussi puissante qu'elle l'avait toujours été, mais c'était aussi un rappel grandeur nature de ce qu'elle avait souffert par sa faute. Elle ne comprenait pas pourquoi Casper avait fait en sorte qu'elle passe tout ce temps ici ; il devait bien savoir qu'il ouvrirait la boîte de Pandore... En riait-il, quelque part dans le ciel ?

Plus vite elle pourrait discuter de différentes possibilités avec la notaire, mieux ce serait.

— Je le trouve tellement bon avec les chevaux ! disait Emmie, juste comme la haute silhouette de Cole apparaissait devant la cabane éclairée et se dirigeait vers elles. Et j'apprends beaucoup plus de choses ici qu'à l'école. Je viens d'allumer un feu. J'ai envoyé une photo à papa pendant que tu étais dans la maison, regarde !

Elle tendit son portable à sa mère qui découvrit sur l'écran Cole et Emmie brandissant des bouts de bois en souriant largement, tout fiers.

— Tu as envoyé cette photo quelque part ? demanda Cole par-dessus l'épaule de Jodie.

— À mon papa.

Il s'assit près du feu de camp qui crépitait et jeta un coup d'œil à Jodie. Il savait qu'elle n'avait pas parlé à sa fille de leur histoire d'amour ; Emmie n'avait donc pas vu de mal à envoyer à Ethan cette photo où elle était avec lui.

Jodie était un peu plus gênée, elle. Ethan savait où elle était, bien sûr. Elle lui avait dit qu'elle allait revoir le garçon qu'elle essayait d'oublier quand ils s'étaient rencontrés, et il lui avait même souhaité bonne chance. Mais elle ne lui avait pas dit pourquoi elles restaient quelques jours de plus. Elle voulait discuter de l'héritage et des clauses du testament de vive voix avec lui. Cela le concernerait, de toute façon. Parce que si elle devait venir davantage dans le Dorset, il allait devoir prendre plus souvent Emmie chez lui, alors qu'il venait de s'installer avec Saskia. Jodie ne voulait pas que sa fille manque encore l'école.

Cole posa un sac de marshmallows par terre et lui tendit une longue fourchette à manche en bois.

— En souvenir du bon vieux temps, dit-il, et elle haussa un sourcil.

Faire revivre le « bon vieux temps » avec Cole ne l'intéressait pas, même si elle ne pouvait rien contre les souvenirs qui l'assaillaient. Les nuits moites qu'ils avaient passées dans les bras l'un de l'autre lui revenaient facilement, mais c'était aussi le cas de la manière dont elle avait vomi dans les toilettes de la gare après qu'il lui avait dit que c'était fini. Elle avait à moitié espéré qu'il la rejoindrait pour s'excuser, ou qu'il changerait d'avis, et elle l'avait attendu si longtemps sur le quai qu'elle avait laissé passer trois trains.

Néanmoins, elle ne lui témoignerait pas d'hostilité en présence d'Emmie.

— Croustillant dehors, coulant dedans, dit-il à Emmie, citant Casper. Coincé entre deux petits pains. Il n'y a que ça de vrai.

— Avec du chocolat par-dessus, fit machinalement Jodie.

Elle s'aperçut que sa fille les regardait, intriguée.

— Vous vous connaissez depuis combien de temps, déjà ?

— Très longtemps, répondit Cole tandis que Jodie, embarrassée, se passait une main dans les cheveux.

— Comment se fait-il que je n'ai jamais entendu parler de toi ?

— C'est peut-être que je ne suis pas si intéressant.

Avec un clin d'œil, Cole s'accroupit à côté d'Emmie et transperça un marshmallow de sa fourchette.

— Prête à goûter la spécialité d'Everleigh ? C'est un régal et nous les appelons des « plus plus ». Tiens ton marshmallow au-dessus du feu, pas dedans. Oui, comme ça.

Dieu merci, Emmie parut oublier ses questions pour se plonger dans la préparation de « plus plus » avec Cole. Elle semblait déjà nouer des liens avec lui, ce dont Jodie ne savait pas très bien que penser.

Alors qu'il se penchait vers le feu, elle reconnut la vieille cicatrice sur sa nuque. Il s'était faufilé sous des fils de fer barbelés pour rattraper une poule fugueuse. Elle l'avait aidé à changer ses pansements, plus d'une fois.

— Je peux peut-être aider avec les autres chevaux pendant que tu soignes Blaze, dit Emmie. Maman dit toujours que je dois essayer de me rendre utile.

Cole siffla, et se mit à rire.

— Emmie sait qu'elle doit travailler pour avoir le droit de monter, dit vivement Jodie, mal à l'aise.

Il l'agaçait, à être gentil avec sa fille alors que celle-ci ne savait rien de leur histoire. Mais elle ne pouvait guère dire à Emmie que, lorsqu'elle avait couché avec son père, elle avait encore le cœur brisé par Cole.

— Si nous devons rester quelques jours, je devrais réserver plus de nuits au Ship Inn, dit-elle.

Cole haussa les épaules.

— Comme tu voudras, mais il y a de la place ici.

— On devrait rester, maman. On a toutes nos affaires ici.

Jodie dut s'avouer vaincue. Elle étudia Cole à la dérobée, à la lueur du feu, tout en mangeant son premier « plus plus ». Plus elle le regardait, plus sa barbe lui plaisait. Qu'il s'occupe d'Emmie comme il le faisait était probablement bien.

— Hum..., dit celle-ci en levant les yeux au ciel après sa première bouchée, ça a un goût de paradis ! Comment ai-je pu vivre jusqu'à onze ans sans connaître ça ?

— On dirait ta mère quand elle a goûté son premier « plus

plus », dit Cole en se mettant à son tour à mâcher le sien, lentement, d'une manière délibérée.

Il soutenait le regard de Jodie comme s'il voulait lui rappeler comment sa bouche pouvait bouger. Elle s'en souvenait bien assez ! Elle grogna intérieurement.

— Comment disais-tu, déjà ? demanda-t-il en la désignant malicieusement de sa fourchette. « Plus plus tu es ici, plus plus j'aime les étés. »

Elle s'avisa qu'elle fronçait les sourcils, obnubilée par l'énigme que cet homme représentait pour elle.

— « Tu me plais un peu plus plus chaque jour », fit-elle, se prenant au jeu malgré elle.

— Et moi, plus plus j'en mange, plus plus j'aime ça, dit Emmie en mordant dans un petit pain.

Jodie se sentait déchirée, et espérait que cela ne se voyait pas trop. Qu'ils passent un aussi bon moment autour d'un feu de camp n'avait pas été dans ses intentions. Elle comptait éviter Cole autant que possible, mais avec l'arrivée de Blaze, le rendez-vous reporté, sa voiture en panne... Les choses s'étaient passées autrement. Cole semblait, en dépit de sa réserve, appuyer sur un bouton qui accélérait les battements de son cœur. Il gardait beaucoup de choses pour lui, enfant, elle l'avait toujours su. Mais elle se sentait aussi spéciale lorsqu'il se concentrait sur elle, oubliant le masque qu'il portait avec les autres. Peut-être était-ce ainsi qu'Emmie se sentait, ce soir-là.

Qu'était-elle censée faire ?

7

Cole traversa dans l'obscurité la pelouse trempée pour se rendre à la maison principale. Il était un peu plus de 5 heures du matin. La neige fondait, les chevaux paraissaient calmes, même le chenil était silencieux.

Alors qu'il prenait un paquet de café moulu dans le placard de la cuisine, sa tête dressait la liste des choses à faire dans la journée. Des visites à domicile, la première auscultation de Blaze, s'il se laissait approcher...

— Cole ?

Jodie se tenait sur le seuil, ramenant autour d'elle une épaisse robe de chambre rose. Elle repoussa ses cheveux en arrière d'un geste embarrassé. Elle non plus ne s'attendait visiblement pas à le voir. Elle avait à la main un vieil exemplaire du *Magicien d'Oz*, qui avait toujours été son livre préféré.

Il sourit et lui montra le paquet de café.

— J'étais à court, et je sais qu'il y en a toujours ici.

— C'est bon à savoir.

Il ne pouvait détacher les yeux de sa silhouette en robe de chambre, de ses cheveux en désordre et de ses yeux ensommeillés. Il ne l'avait pas vue ainsi depuis bien longtemps, et cela semblait l'affecter tout autant qu'avant. Il brûlait de sortir de la pièce, mais ses pieds étaient collés au sol.

— Pourquoi es-tu debout ? demanda-t-il.

— Je n'arrivais pas à me rendormir. C'est trop silencieux, ici. J'ai pensé que j'allais me faire un café et lire un peu.

— Trop silencieux ? Mais peut-être que ton esprit est trop bruyant, comme le mien.

Elle resserra la ceinture de la robe de chambre, dissimulant le sillon entre ses seins.

— Depuis quand ? Tu es la personne la plus calme que je connaisse.

— Pas depuis que tu es revenue, Jodie.

Elle battit des cils. Ses joues se colorèrent et elle le fixa, la bouche entrouverte, comme si elle ne savait que dire. Soudain, il ne sut plus que dire non plus. Il ne savait même pas pourquoi il avait avoué une chose pareille – il était très tôt, il n'avait pas les idées en place.

— Puisque tu es réveillée, habille-toi et rejoins-moi à la cabane, dit-il avant de changer d'avis.

Moins de vingt minutes plus tard, elle frappa à sa porte. Elle portait un jean gris et les mêmes bottes, désormais convenablement salies. Elle serrait sa thermos de café contre elle, comme autrefois.

— Il y a un agneau qui a la face enflée à la ferme Hickory, je dois aller le voir, dit-il comme elle entrait.

Pourquoi avait-il avoué que sa présence le perturbait ? Il allait devoir s'y habituer, mais la voir dans cette robe de chambre...

— Bel endroit, dit-elle en le suivant dans la cuisine.

— Je m'y plais.

Par chance, la cabane était relativement propre et rangée, à l'exception des jouets de Ziggy éparpillés près de la cheminée et du canapé. Et la vaisselle sale dans l'évier... sans parler de son bureau en bazar, sur lequel il avait démonté une imprimante en panne.

Le bruit de ses bottes sur le plancher réveilla un souvenir ancien qui lui tordit les entrailles. Jodie, âgée de dix-huit ans, dansant dans sa chambre en bottes et sous-vêtements. Rien que pour lui.

— Tu te souviens de Liam Grainger ? demanda-t-il en

soulevant un fatras de câbles d'ordinateur posés sur le banc pour retrouver sa propre thermos à café.

— Le vieux fermier qui avait toujours des trous dans son pull et une figure rouge vif ?

Elle s'était arrêtée près de la porte de la cuisine et regardait les photos accrochées au mur. Elle sembla marquer une pause devant celle de Diyana avec lui sur leur éléphant.

— Oui. Il va avoir une attaque, en te revoyant à Hickory. Donne-moi ta thermos.

Elle la lui tendit sans le regarder. Elle étudiait toujours la photo.

— C'est au Sri Lanka ? demanda-t-elle finalement.

Il répartit le café frais.

— Oui. C'était notre éléphante, Khalua. Nous l'avions sauvée d'un temple où elle devait être sacrifiée.

— *Nous* ? Tu veux dire toi et cette femme ?

— Elle s'appelle Diyana, dit-il en vissant le bouchon des bouteilles, peut-être un peu trop fort.

— Vous aviez un éléphant ensemble ?

Il haussa les épaules.

— C'était trop tôt pour un bébé.

Les lèvres de Jodie se pincèrent. Il regretta immédiatement ses paroles, mais pourquoi avait-elle éprouvé le besoin de se marier si jeune, d'abord ? Il avait compris qu'Ethan était toujours présent dans sa vie, et que c'était un père formidable, mais il brûlait de poser d'autres questions... qu'il n'avait pas le droit de poser. Seulement sa curiosité à propos de cette photo le provoquait.

Il avait rencontré Diyana lors d'un séjour d'été, bien après le mariage de Jodie et d'Ethan. Elle avait été une distraction bienvenue, cela avait été comme mettre un pansement sur une blessure. Elle était intéressante, différente, et elle avait détourné un moment son esprit de Jodie.

— J'ai passé deux étés au Sri Lanka pendant mes études. Casper disait qu'il était important de voir le monde et ses créatures, grandes et petites. Diyana était bénévole dans un refuge pour écureuils volants. Elle m'a présenté aux meilleurs vétérinaires, techniciens, chercheurs... J'ai voyagé avec eux. J'ai beaucoup appris des animaux, et des gens.

Jodie regardait par la fenêtre. L'aube pointait.

— C'était sérieux, avec Diyana ? demanda-t-elle.

Le voilà, se dit-il. Le monstre aux yeux verts de la jalousie. Il le connaissait bien. Il déboucha sa thermos et but une gorgée de café brûlant.

— Je suis revenu ici sans elle, répondit-il tranquillement. Et elle n'est pas là maintenant.

Il faillit lui dire pourquoi. Diyana serait venue s'il le lui avait demandé. Mais il n'avait pas pu lui offrir la bague et la famille qu'elle désirait, même après tout le temps où ils étaient sortis ensemble. Parce que, pendant toute la durée de leur relation, il n'avait jamais tout à fait réussi à chasser Jodie de sa tête, alors qu'elle n'avait pas eu de mal à l'oublier.

— Pourquoi es-tu revenu dans le Dorset si le monde avait tant à t'offrir ? Tu aurais pu aller n'importe où, Casper aurait soutenu ta décision.

— Ici, ce sera toujours chez moi, Jodie. Je n'ai jamais souhaité vivre ailleurs. Ziggy, viens, on y va.

Il fit signe à son chien et prit ses clés de voiture sur le comptoir avant qu'ils ne se lancent dans une autre discussion sur leur passé et leur vie amoureuse. Il n'avait ni le temps ni l'envie de continuer.

Jodie posa la main sur la porte, lui faisant barrage. Elle le dévisagea d'un regard perçant.

— Tu es inquiet que je vende ma moitié de ton chez-toi, hein ?

Il eut l'impression qu'elle lui tirait en plein cœur. Il l'étudia un moment. Ses yeux bleus étaient toujours pareils à des océans, l'attirant en eux, menaçant de le noyer. Bien sûr, il s'inquiétait que quelqu'un d'autre arrive. Mais ce qui le tracassait surtout, c'était l'idée qu'elle ait décidé de vendre pour pouvoir rester loin de lui.

— Comme je l'ai déjà dit, c'est chez toi aussi, dit-il d'un ton léger en décrochant sa veste à carreaux.

— Je ne me suis jamais investie dans cet endroit autant que toi, Cole.

— Tu voulais créer ce refuge autant que moi, répondit-il en enfilant sa veste.

C'était vrai et elle le savait.

Elle hésita une seconde.

— Peut-être... autrefois. Quand nous étions heureux ensemble, ici. Mais à présent je suis chez moi à Édimbourg. Ethan y est... L'école d'Emmie y est.

Il lui fit face. Son jean trop propre était un rappel de sa vie de citadine ; une vie qu'elle ne trouvait pas ici.

— Alors tu es heureuse, là-haut en Écosse ? La logistique mise à part, es-tu si heureuse que tu n'envisagerais jamais d'être ailleurs, même une partie du temps ?

Elle releva le menton, le regardant droit dans les yeux.

— Je ne vois pas pourquoi tu es brusquement si concerné par mon bonheur, Cole.

— Écoute, répondit-il, dominant ses émotions et gardant une voix égale. Je sais que tu veux vendre à cause de moi, à cause de notre histoire.

— Peux-tu m'en blâmer ?

Il soupira vivement par le nez.

— Non. Mais Casper voulait que nous fassions quelque chose ensemble, quand il a mis Everleigh entre nos mains. Peut-être le refuge, nous avons toujours été d'accord là-dessus.

— Je pensais que nous étions d'accord sur beaucoup de choses, Cole, dit-elle d'une voix indignée. Il s'est avéré que je me trompais.

Il ouvrit la bouche pour la contredire, mais que pouvait-il invoquer ? Il avait manifestement altéré sa vision d'Everleigh quand il avait rompu. Elle avait aimé le domaine parce qu'elle l'aimait, et maintenant... elle le méprisait.

Elle ouvrit la porte, faisant entrer un flot de lumière dans la cabane et libérant un Ziggy enthousiaste qui se rua vers la Land Rover.

— Cela n'a plus d'importance, maintenant, fit-elle avec humeur en suivant le chien. Allons simplement jusqu'au bout. Nous devrions partir, le soleil se lève.

— C'est soit une glande salivaire bloquée, soit une infection, dit Cole. Je penche pour une infection.

— Je me fie à votre instinct, Crawford, dit Liam Grainger.

Il se tenait les bras croisés derrière la barrière en bois, observant Cole en action, en tout point semblable aux souvenirs de Jodie.

— Je dois dire que c'est plaisant, de vous revoir ensemble tous les deux. Pour combien de temps êtes-vous à Everleigh, Jodie ?

— Je ne sais pas encore très bien. J'ai des affaires à régler à la propriété.

Elle jeta un coup d'œil à Cole.

— *Nous* avons des affaires à régler.

Les moutons et autres agneaux bêlaient autour d'eux. Elle gardait son esprit rivé à la situation présente, pour ne pas repenser à leur vif échange à la cabane. Ou à la photo de sa superbe petite amie montant un éléphant avec lui au Sri Lanka. C'était peut-être ce qui l'avait fait sortir de ses gonds, plus encore que les clauses du testament de Casper ou ce que Cole attendait d'elle après toutes ces années.

Chaque fois qu'ils évoquaient un sujet touchant au passé, ils finissaient par se disputer. C'était certes un facteur important dans son désir de partir et de vendre ses parts – mais elle ne se laisserait pas culpabiliser, elle ne garderait pas ses parts simplement pour que personne n'intervienne dans ses précieux plans.

Mais cette photo encadrée accrochée au mur lui avait presque donné la nausée. Et sa remarque à propos de l'éléphant ! « C'était trop tôt pour un bébé. »

Elle ne s'y était pas attendue. S'il était jaloux de sa relation avec Ethan, il ne pouvait s'en prendre qu'à lui-même. Elle l'observa avec colère. Il était terriblement beau avec le soleil sur le visage, transportant un agneau tout mignon dans un enclos vide. Maudit soit-il.

Il demanda à Ziggy de lui donner, à elle, le sac qu'il tenait entre les dents. À sa grande surprise, le chien déposa le sac à ses pieds. Elle pénétra avec dans l'enclos, ses bottes s'enfonçant dans la boue.

Elle suivit les gestes de Cole, qui avait réussi à calmer la petite bête affolée. Il retira à l'aide d'une seringue du pus de l'abcès. Jodie repéra son scalpel dans le sac. Elle savait déjà qu'il devrait inciser l'enflure.

Liam les observait avec attention depuis la barrière.

— Alors, pourquoi êtes-vous restée si longtemps sans venir, Jodie ? Cet endroit était plus vivant quand vous couriez partout ensemble, tous les deux.

— J'ai une clinique vétérinaire à Édimbourg, maintenant, dit-elle en tendant le scalpel à Cole.

— Et vous avez un mari et une fille, je m'en souviens, à présent. La vie se met parfois en travers, hein ?

— En fait, monsieur Grainger, je ne suis plus mariée, répondit-elle avec un sourire crispé.

Liam fit malicieusement jouer ses sourcils.

— Ah oui ? Vous lui avez dit, que vous étiez célibataire aussi, Crawford ? On ne cesse de lui dire qu'il doit se trouver une femme bien. Cet homme ne sait pas se nourrir.

— Je ne me tournerais pas vers Jodie pour me faire la cuisine, Liam, dit sèchement Cole en esquissant pourtant un léger sourire.

C'était vrai, Jodie était complètement nulle en cuisine. Mais même le ventre rebondi de Liam et les trous familiers dans son pull n'amusaient pas Cole autant qu'ils l'auraient dû. Il savait sans le moindre doute qu'elle avait été mordue par la jalousie en voyant la photo de son ex. Et qu'elle ne pouvait la chasser de son esprit.

Diyana était de toute évidence sri-lankaise. Ses longs cheveux formaient un magnifique rideau d'un noir de jais. Son sari rose vif et son sourire communicatif indiquaient une femme qui aimait la vie. Et lui-même était en beauté, derrière elle, ses bras musclés noués autour de sa taille. L'avait-il *aimée* ?

— Jodie, l'alcool, s'il te plaît.

Elle débouchait déjà le flacon en plastique.

— Tu veux le faire ? lui demanda-t-il.

— Volontiers.

Jodie faisait son possible pour garder une attitude professionnelle. Elle était surprise de voir à quel point elle travaillait en « pilotage automatique », avec Cole. Il calma l'agneau avec son savoir-faire habituel et elle en profita pour désinfecter la plaie. Puis elle prépara une seringue avec un antalgique.

Pourquoi Diyana n'était-elle pas revenue à Everleigh avec lui ? Elle aurait peut-être aimé sa cabane autant que Cole l'aimait – ou qu'elle l'aimait elle-même. Mais peut-être aussi que le désordre aurait rendu folle la pauvre jeune femme.

Cole avait toujours vécu dans un chaos organisé. À la fin de l'adolescence, elle avait trouvé cela rafraîchissant, elle qui n'avait pas le droit de laisser traîner quoi que ce soit dans la maison bien rangée de sa mère. À Everleigh, à partir du moment où les bêtes étaient nourries et contentes, Casper et Cole se moquaient de la vaisselle qui s'accumulait dans l'évier ou des vestes qui traînaient partout.

À l'époque, quand leur amitié s'était changée en amour, elle n'avait jamais imaginé voir un jour Cole Crawford avec une autre femme. Mais elle ne s'était pas non plus vue mariée et enceinte à dix-neuf ans.

Emmie semblait beaucoup aimer Cole, et adorerait probablement venir plus souvent à Everleigh. Jodie fronça les sourcils, Cole avait raison : elle se servait d'Ethan et d'Emmie comme excuses pour vendre, mais sa réticence à rester ici était en réalité uniquement due à lui.

— Il se passera d'antibiotiques, Liam, annonça Cole en se relevant et en laissant l'agneau s'échapper. Il se sent déjà bien mieux maintenant que le pus a été évacué. Vous voyez comme il gambade ? Il se remettra très vite à manger.

Pendant qu'il rangeait ses affaires, elle jeta un regard à Liam et secoua la tête. Elle ne se ferait jamais à la façon dont les animaux réagissaient aux soins tranquilles de Cole, qui savait les comprendre et nouer un lien avec eux. Elle avait rencontré de nombreux vétérinaires formidables, dans sa carrière, mais les dons de Cole étaient les plus impressionnants et, leurs problèmes personnels mis à part, il était sexy en diable.

Elle était tellement plongée dans ses pensées qu'elle n'entendit pas le portable de Cole vibrer. Peu après, il lui posa la main sur l'épaule.

— Jodie, quelqu'un a besoin de notre aide. Allons-y.

8

Cole jeta un coup d'œil au profil de Jodie éclairé par le soleil et prit la route qui passait par la vieille chapelle en pierre. Elle regardait les champs. Ses cheveux échappés de sa queue-de-cheval tombaient en petites boucles autour de son visage, et ses joues roses étaient avivées par le froid. Il l'avait toujours préférée sans maquillage.

Cela lui faisait un drôle d'effet, de l'avoir avec lui pour des visites, mais, Dieu merci, la tension était retombée depuis qu'ils s'étaient affrontés. Quelqu'un avait vu une chienne abandonnée, blessée, errant le long d'une grande route, et l'avait appelé.

Il était presque 7 heures et demie. Le ciel était d'un bleu pur pour la première fois depuis des jours.

— La voilà ! s'écria soudain Jodie, le faisant freiner brusquement.

Ziggy, qui était tombé du siège arrière, aboya.

— Je la vois, dit-il.

Jodie sauta à bas de la voiture. Le chien errant boitait, la langue pendante, et semblait désorienté.

— Reste ici, mon grand, dit Cole à Ziggy. Et tais-toi. Il ne faut pas effrayer notre patiente.

— Une bâtarde de husky, je suppose, dit Jodie comme ils s'approchaient de l'animal qui s'était mis à gronder. Regarde ses yeux.

— Presque aussi bleus que les tiens.

— Elle est vraiment apeurée, la pauvre. Il faut qu'on s'approche davantage.

Le soleil dardait désormais ses rayons aveuglants sur la neige et révélait les blessures de la chienne qui gémissait et tremblait. Sa patte arrière gauche était ensanglantée.

— On dirait qu'elle a été heurtée par une voiture, dit Jodie.

Elle voulut s'approcher plus près encore, mais l'animal se mit aussitôt à gronder férocement, en montrant les dents. Elle recula vivement tandis que Cole, accroupi près du chien, posait les mains par terre. Il resta immobile, affirmant sa domination, montrant qu'il ne bougeait pas.

— Nous n'allons pas te faire de mal, dit-il d'une voix caressante.

Le face-à-face dura de longues minutes. Cole sentait le regard de Jodie posé sur lui en permanence. Finalement, la chienne se coucha sur le ventre et poussa un gros soupir avant de se remettre à geindre.

— Elle nous laisse l'approcher, dit Cole. Portons-la dans la voiture.

Il prit doucement la chienne dans ses bras, pendant que Jodie courait devant pour ouvrir le coffre de la Land Rover. Alors qu'il la déposait à l'arrière de la voiture, il sut que Jodie avait remarqué la même chose que lui.

— Je crois qu'elle a du lait.

— Oui, elle est toute gonflée, dit-elle. Elle a des petits quelque part par là.

Elle enfila des gants, sortit le stéthoscope et ausculta la mère en la caressant délicatement.

— Tout va bien, apparemment. Mais de retour à West Bow – je veux dire à Everleigh – il faudra faire une radio.

— Enferme-la dans le coffre pendant que je vais chercher les chiots, dit Cole, à qui son lapsus n'avait pas échappé.

Elle avait Édimbourg dans la tête. Cela ne changerait probablement pas de sitôt, mais c'était à lui de lui rendre le séjour plus agréable. Il ne voulait pas que le ressentiment, entre eux, lui gâche le temps qu'elle passait à Everleigh. Même chose pour Emmie. La petite fille adorait déjà la propriété, il pouvait le voir dans ses yeux, du même bleu que ceux de sa mère.

Il se mit à écarter des branches chargées de neige, et entendait Jodie qui parlait à la chienne. Elle était plus calme, maintenant. Elle l'était toujours quand elle était avec des animaux, comme lui. Il était content qu'ils travaillent ensemble. Leur amour des bêtes passait avant leurs frictions personnelles, et il en était heureux.

— Petits, petits, où êtes-vous ? On vous cherche !

Il s'approcha d'un fossé où coulait un mince filet d'eau. À son vif soulagement, il entendit le glapissement d'un chiot qui le conduisit jusqu'à une étroite canalisation en béton. S'aplatissant dans la boue et la neige fondue, il éclaira l'intérieur avec son téléphone.

— Trois chiots, dit-il à Jodie qui le rejoignait.

Elle posa sans y penser une main sur son dos tandis qu'ils regardaient ensemble dans le minuscule trou.

— Il faut les sortir de là, ils tètent encore. Mais on ne peut pas enfiler la main là-dedans.

— Il faut les attirer avec de la nourriture, dit-elle, ses yeux plissés s'éclairant presque aussitôt. J'ai vu des biscuits dans la voiture !

Elle se remit debout et courut vers la Land Rover. Quand elle revint avec le paquet ouvert, il fit une grimace gênée.

— Ça ouvre l'appétit, de prendre la route de si bon matin.

Il émietta des morceaux de biscuits à l'entrée du tuyau, regrettant de ne pas avoir de croquettes pour chien. Debout, ils attendirent.

— Un homme comme toi a besoin de vraie nourriture, dit-elle.

— Comme ton curry ? répondit-il en plissant le nez.

Elle voulut le frapper, pour plaisanter, et il l'esquiva en riant. Ils savaient tous les deux qu'elle était mauvaise cuisinière.

Cette fois-là, au lieu de deux petites cuillères, elle avait mis deux généreuses cuillères à soupe de curry dans son plat.

— Je reconnais que tu as mangé ce masala très courageusement, dit-elle.

— Avec trois litres d'eau pour faire passer.

Elle leva les yeux au ciel. Elle avait voulu lui faire plaisir. Elle avait chassé les employés de la cuisine et dansé pour lui devant les fourneaux, en bottes et short en jean coupé, l'embrassant sur les lèvres en envoyant des ingrédients valser à droite et à gauche. Il avait encore, rangée dans une boîte, une photo de ce soir-là.

Cela lui rappela une autre photo. Casper avait encadré un cliché d'eux deux avec Mustang et, pour lui faire une surprise, l'avait accroché au mur de la cabane, mais Cole l'avait aussitôt décroché. Quand il voyait Jodie en photo, elle lui manquait abominablement. Il était tombé sur tout un tas de clichés d'eux, un jour, mais il ne se rappelait même plus où il les avait mis.

Il enfouit les mains dans ses poches, pour résister à l'envie importune de l'enlacer. Il savait qu'elle hissait ses défenses, quand elle était avec lui, même lorsqu'elle donnait l'impression du contraire. Elle était tout à fait en droit de se montrer méfiante mais, s'il voulait lui parler, il devait profiter du fait qu'elle ne crachait pas du feu, pour une fois.

— Alors, il semble que tu sois encore assez proche d'Ethan, glissa-t-il pour faire un essai.

Il brûlait de lui demander pourquoi leur mariage n'avait pas marché.

Elle soupira.

— C'est le père de ma fille. Et nous sommes de très bons amis.

Il sortit les mains de ses poches juste comme elle lissait le bord de sa veste, et leurs doigts se touchèrent.

Il eut un flash-back. Chesil Beach. Ils étaient encore amis, mais il lui avait pris la main pour la première fois, et elle ne s'était pas dégagée. Il devait avoir douze ou treize ans, à l'époque. Il était déjà amoureux d'elle mais elle ne s'en doutait pas. Lui ne songeait qu'à la tenir loin de la violence de son père, comme tous ceux qu'il aimait.

Un cri perçant.

— Ils sortent !

Elle s'accroupit. Il lui fit signe d'attendre derrière lui pendant qu'il s'approchait de la canalisation et recueillait un à un les minuscules chiots.

— Ils sont si petits ! dit-elle. Et ils semblent en bonne santé.

Elle s'approcha, leurs bottes se touchèrent tandis qu'elle prenait les bébés chiens dans ses bras. Un instant, leurs yeux se rencontrèrent par-dessus les petites boules de poils et ils échangèrent un sourire. Un sourire qui donna envie à Cole de l'embrasser, en souvenir du bon vieux temps. Elle le giflerait probablement, pensa-t-il, vaguement amusé.

Elle porta le trio qui piaillait jusqu'à la voiture. Il la rejoignit et lui tendit une couverture qui traînait toujours sur le siège arrière.

— Garde-les devant avec toi, dit-il. Leur mère sait qu'ils ne risquent rien avec nous.

— Tu leur as sauvé la vie, dit Jodie d'une voix altérée, en prenant les chiots enveloppés du plaid contre sa poitrine.

— Mes biscuits leur ont sauvé la vie, tu veux dire.

— Je suis sérieuse, Cole. Ils seraient morts si nous étions partis sans eux. Tu as calmé la mère, assez pour qu'on puisse l'examiner.

— C'est pour ça que je suis là.

Elle pencha la tête de côté.

— Parce que les chiens ont plus besoin de toi que les éléphants ?

— Je suppose.

Elle avait les mains prises, il lui mit donc sa ceinture de sécurité, s'arrêtant de nouveau à un pouce de ses lèvres. Il vit ses yeux bleus effleurer sa bouche une fraction de seconde ; avait-elle pensé à la même chose que lui – la passion qu'ils mettaient dans leurs baisers, autrefois ? Les étincelles qui crépitaient entre eux et la tension sexuelle qui les liait avaient donné lieu à des épisodes torrides, après qu'il eut trouvé le courage de l'embrasser.

Le temps parut s'arrêter un instant.

— On a toujours formé une superbe équipe de sauvetage, toi et moi, dit-il.

Elle détourna les yeux.

— C'était autrefois, Cole. Les choses sont différentes, maintenant.

Son ton l'avertit de ne plus évoquer le passé, de ne plus leur rappeler comment il avait tout gâché.

Trois jours plus tard, Jodie observait de la barrière Blaze qui trottait dans le manège, soulevant la terre de ses sabots et en aspergeant les jonquilles toutes fraîches qui poussaient à côté. Le cheval montrait ses dents jaunes, protestant en vain chaque fois que Cole faisait claquer son fouet pour le faire changer de direction.

En l'espace de quelques jours, ses brûlures s'étaient considérablement améliorées, comme son attitude vis-à-vis de Cole, mais il y avait encore beaucoup à faire. Quand quelqu'un d'autre s'approchait de trop près, l'étalon ne réagissait pas aussi bien.

Jodie était plongée dans ses pensées quand sa collègue Aileen l'appela.

— Jodie ? Comment ça se passe, à Everleigh ?

— On ne s'ennuie pas, répondit-elle, incapable de détacher les yeux de Cole. On attend toujours que ce rendez-vous soit fixé. J'espère qu'il aura lieu avant la fin de la semaine. Tout va bien, de ton côté ?

— L'excitation habituelle. On pense tous à toi.

À ce moment-là, Cole fit claquer le fouet derrière Blaze, très fort. Ziggy aboya et le cheval lâcha un hennissement anxieux.

— Mais ce n'est peut-être pas aussi excitant ici que chez toi, fit Aileen. Que se passe-t-il ?

— Cole est en train de dresser un cheval que nous avons… qu'il a sauvé.

Elle vit le coup d'œil qu'il lui lançait par-dessus la barrière. Il portait son stetson, sans doute pour l'amuser, elle. Casper lui en avait un jour acheté un lors d'une foire aux chevaux, dans le Missouri, et il ne l'avait plus quitté – même dans la chambre. Elle se souvint du soir où il le lui avait fait porter dans la douche, à la lumière des bougies, parce qu'il disait que sa silhouette de cow-girl était très sexy dans la vapeur et l'éclairage tamisé. Le chapeau avait mis une semaine à sécher.

Elle s'empourpra à ce souvenir et à ce qu'elle avait failli dire. Elle n'avait peut-être pas sauvé Blaze, mais elle n'était pas pour rien dans sa guérison. Avec Cole, elle lui avait fait des piqûres et donné des médicaments, en lui parlant d'une voix apaisante.

Il avait eu raison de rappeler qu'ils avaient toujours été au diapason, pour le projet de refuge, et Everleigh en général. C'était un endroit unique, spécial. Tout le monde le savait. Et il y avait tant de place !

Mais chaque fois qu'elle regardait Cole ou qu'il se permettait de flirter légèrement avec elle, elle éprouvait un besoin irrésistible de s'échapper, de peur qu'il ne la brûle de nouveau. Il était le seul à avoir ce pouvoir. Le seul fait d'être près de lui et de tous ses mystères lui donnait l'impression de marcher au bord d'un volcan en activité.

— Ah oui, Cole, dit Aileen d'un ton intéressé. Le grand vétérinaire qui murmure à l'oreille des animaux ?

— Il n'aime pas qu'on le décrive ainsi, il est thérapeute comportementaliste, mais oui, c'est lui.

— Alors, ça te fait quoi, d'être de retour là-bas ? Et Emmie ? Comment va-t-elle ? Ses copines commencent à lui manquer ?

Jodie s'arrêta à deux mètres du chenil.

— Pas vraiment, répondit-elle lentement. Elle s'est fait un nouvel ami, ici. Elle monte à cheval presque tous les jours. Jusqu'à présent, elle n'a pas fait une seule crise, en fait.

— Apparemment, vous aviez toutes les deux besoin de l'air de la campagne. Oh ! il faut que j'y aille. À bientôt !

Aileen raccrocha. Jodie tourna son visage vers le ciel qui devenait gris. Pourquoi s'était-elle laissée devenir aussi stressée à Édimbourg, dernièrement ? Elle ne prenait même pas le temps de monter avec Emmie comme elle le faisait auparavant.

Elle n'avait pas pris de vraies vacances depuis des années. Non pas que ce séjour à Everleigh fût des vacances, mais, la tension avec Cole mise à part, elle avait très envie de prendre l'air, sans même le réaliser. C'était peut-être la même chose pour Emmie.

— Maman ?

Emmie avait remarqué sa présence. Elle entra dans le chenil et attrapa un chiot qui essayait de s'échapper. Toby, chaussé de ses lunettes, se mit debout avec une grande feuille de papier.

— Est-ce qu'on peut mettre cette pancarte ? demanda-t-il.

Jodie examina ladite affiche.

— Oh ! c'est..., commença-t-elle, mais elle ne put finir.

Ils avaient tracé les mots en grandes lettres bleues et vertes, avec des marqueurs, et ajouté des étoiles dorées. C'était un travail impressionnant. Mais son cœur battait si vite en découvrant ce qu'ils avaient écrit qu'elle dut s'asseoir.

9

— « Refuge canin d'Emmie et de Toby », ah oui, fit Cole en abaissant le bord de son stetson pour se protéger de la pluie.

Le beau temps n'avait pas duré. L'air gardait un accent printanier, mais une belle averse menaçait de nouveau.

Debout à côté de lui, Jodie croisa les bras. Ils observaient tous les deux la pancarte que les enfants avaient accrochée avec de la ficelle aux barreaux du chenil, avant qu'Evie les appelle pour le déjeuner.

— Ça ne te rappelle pas quelque chose ? demanda-t-elle.

— C'est presque mot pour mot ce que nous avions écrit sur notre pancarte, non ?

— Exactement. Ils ont même utilisé les mêmes couleurs ! Tu ne trouves pas ça étrange ?

— Si.

Tout était très étrange par ici, dernièrement. Il ne savait jamais très bien dans quelle humeur il allait trouver Jodie. Une minute elle le laissait approcher, et la suivante elle se montrait fermée et distante.

Ordonnant à Ziggy de rester à l'extérieur, il pénétra dans le chenil et vérifia comment allait la chienne mâtinée d'husky. Les chiots tétaient, serrés contre elle.

— Ils vont bien, comme la maman, dit-il.

— Les enfants sont obsédés par eux. Comme nous étions obsédés par les chiens que nous gardions ici. Tu te souviens de Deefer-Dog ?

Il rit doucement, souleva un chiot et lui examina les oreilles.

— Il n'y avait pas un matou, aussi ? Tu l'avais appelé Ceefer-Cat. J'ai toujours admiré ta faculté de baptiser les animaux abandonnés.

— Emmie a plus d'imagination que moi, dit-elle en souriant. Elle a appelé ces trois-là Starchild, Archibald et Lucy-Fur. Je n'arrive pas à me rappeler qui est qui.

Il rit de nouveau, ce qui la fit rire aussi.

— Elle peut inventer tous les noms qu'elle veut, dit-il tandis qu'un coup de tonnerre faisait se dresser les oreilles des chiens. Nous aurons bientôt d'autres chiots. Nous allons en avoir trop au printemps, à ce rythme. Portons ces petits à la maison, avant que l'orage éclate.

Elle garda le silence tandis qu'ils quittaient le chenil, les chiots dans les bras. Pensait-elle qu'Emmie et elle ne verraient peut-être pas la nouvelle portée, si elles partaient avant le week-end ? Elle semblait relever sa garde en sa présence, comme toujours, mais peut-être était-elle réticente à parler de ses projets avant d'en avoir discuté avec Ethan. Cela l'agaçait malgré lui, que le nom de ce dernier revienne aussi souvent. Mais après tout, Jodie avait paru tout aussi agacée par la photo de Diyana.

— C'est bien d'avoir pris Toby sous ton aile comme tu l'as fait, dit-elle alors qu'ils s'approchaient de la cuisine d'où venaient de bonnes odeurs. Est-ce parce que Casper a fait la même chose pour toi ?

— Je ne l'ai jamais vu sous cet angle, répondit-il, sincère. Le père de Toby ne semble pas vouloir s'occuper de lui.

— Tu ne passais pas beaucoup de temps avec ton père, toi non plus. Avant qu'il soit emprisonné, je veux dire. Tu étais toujours fourré à Everleigh. Du moins, quand j'étais là.

— Peut-être que je préférais être ici, c'est tout, fit-il vivement.

Mais elle le regardait de nouveau d'un air curieux.

— J'y pensais tout à l'heure, tu ne m'as jamais proposé de revenir chez toi, après cette fois.

L'intensité de son regard le mit mal à l'aise. Son visage avait dû se rembrunir, il avait repensé aux violences de son père, qui avait menacé de s'en prendre à d'autres s'il se rebiffait. À sa mère par exemple, ou à Jodie. Adulte, il ne voyait pas comment son père aurait mis ses menaces à exécution, mais enfant il était tellement sous son emprise qu'il y avait cru.

Jodie changea de sujet.

— Et maintenant tu es là. Tu n'as jamais quitté le Dorset, à part tes voyages au Sri Lanka.

— Et mes études. Je ne m'en serais jamais sorti, sans la bourse que Casper m'a permis d'obtenir. Mais c'était dur, d'être confiné dans ces salles sans âme.

— Je m'en doute. Surtout pour quelqu'un comme toi.

Ils gravirent les marches en bois qui menaient au porche de la maison.

Il ne regrettait certes pas son diplôme, qui lui avait permis de voir le monde, mais c'étaient ses *autres* facultés qui avaient fait sa fortune.

— Casper aurait fait n'importe quoi pour toi, Cole, dit pensivement Jodie. Et il savait que tu étais un investissement pour l'avenir d'Everleigh.

Il murmura quelque chose de vague, en se laissant choir sur le banc près de la porte pour ôter ses bottes. Il ne lui avait pas parlé de sa valeur sur le Net – il détestait parler d'argent, après les disputes de ses parents à ce sujet. Mais il était sûr que la notaire ferait allusion aux sommes confortables qui s'accumulaient sur son compte en banque depuis que les gens le recherchaient pour ses talents. Il en avait investi une bonne partie dans des programmes de recherches et des projets écologiques. Et il lui en resterait assez pour financer le refuge, quand le moment viendrait. Mais quoi qu'il advienne de la propriété, son avenir était plus qu'assuré. Il y avait veillé.

— Il ne s'agit pas que d'argent, Jodie, dit-il d'un ton ferme quand il se rendit compte qu'elle attendait une réponse. Je ne vendrais jamais ma part d'Everleigh, tu le sais.

Penchée pour défaire ses lacets, elle releva les yeux.

— Et tu penses toujours que je n'ai pas de raison de vendre, moi non plus ?

— Ce n'est pas ce que j'ai dit.

Il vit poindre une dispute dans son regard, mais elle le baissa, comme si elle avait mieux à faire. Il ôta son stetson trempé – ce qui lui rappela la fois où Jodie l'avait porté sous la douche. Elle ne s'en souvenait probablement pas, ou peut-être que si... Il avait vu la façon dont elle le regardait, pendant qu'il dressait Blaze.

Elle resta silencieuse un moment. Puis :

— Est-ce que je peux te poser une question personnelle ?

— Je pense que tu vas le faire, de toute façon.

— Pourquoi Diyana n'est-elle pas revenue avec toi du Sri Lanka ?

— Parce que je ne le lui ai pas demandé.

Il racla la boue sous ses bottes. Elle ne dit rien, mais il la sentit se tendre à côté de lui.

— Tu es jalouse, dit-il sur le ton du constat.

— Ne sois pas absurde. Je ne suis pas jalouse, Cole.

Sa voix était haut perchée et il haussa un sourcil amusé. Elle souffla et se laissa aller.

— D'accord, tu as gagné. J'ai peut-être éprouvé une petite pointe de jalousie, ce matin...

— Juste une petite ?

— Vu notre histoire, et la façon dont tu m'as laissée tomber, je pensais que tu serais heureux ici avec tes chevaux, mais tu es si rayonnant sur cette photo avec elle !

— Tu paraissais plutôt heureuse sur tes photos de mariage aussi, riposta-t-il. Et nous venions juste de rompre.

Elle ferma les yeux.

— Tu n'avais pas voulu de moi, Cole.

Il ne put se retenir.

— Tu es tombée enceinte, Jodie, *six mois* après que nous avons mis fin à notre relation.

— Après que *tu* y as mis fin, tu veux dire.

Sa voix était posée, égale, mais il la sentait bouillir. Quelque chose le fit la pousser dans ses retranchements.

— Tu as couché avec un autre garçon. Et tu l'as épousé.

Elle se leva et lui fit face.

— Étais-je censée t'appeler pour te demander ta permission ? De quoi parle-t-on, Cole ? Tu m'avais dit que tu ne m'aimais pas, alors pourquoi cela t'a-t-il touché ?

— Non. Je n'ai jamais dit que je ne t'aimais pas.

— Peut-être pas ouvertement, mais...

Elle s'arrêta, comme si elle envisageait seulement maintenant avoir peut-être cru entendre des choses qu'il n'avait pas dites.

— Quoi qu'il en soit, reprit-elle en secouant la tête, Ethan et moi étions complètement ivres la nuit où l'accident est arrivé...

— Un accident ? dit-il en serrant le banc de toutes ses forces. Ta grossesse était un accident ?

— Évidemment, Cole, répondit-elle d'un ton sec. J'avais dix-neuf ans.

Elle se rassit lourdement, avec un soupir.

— Ethan était un bon ami, mon colocataire. Il avait pris ta place dans l'appartement, en fait. Mes parents ont voulu que j'avorte, bien sûr, tu sais comment ils sont. Mais j'aurais été incapable de le faire.

— Alors tu l'as *épousé* ?

— Oui, mais... C'était plus compliqué que ça.

— Que veux-tu dire ?

Elle souffla de nouveau.

— Je n'ai pas envie d'en parler avec toi.

Il prit une inspiration et la relâcha dans l'orage qui couvait. Il sentit ses épaules se crisper tandis qu'elle se mettait à tambouriner des doigts sur le banc. Ainsi, elle n'avait pas aimé ce garçon ? Elle avait épousé un homme qu'elle n'aimait pas ? Pourquoi ?

Il se tourna et prit le visage de Jodie entre ses mains, posant son front contre le sien. Une onde de chaleur l'envahit et il la serra plus fort.

— Jodie. C'est *moi* qui te demande ça. Pourquoi as-tu épousé Ethan si ce n'était qu'un ami ? Si tu avais simplement commis une erreur ? Tu avais dix-neuf ans, la vie devant toi !

— Je te l'ai dit, nous avons fait en sorte que ça aille.

Ses yeux bleus s'étaient embrumés. Elle leva les mains pour les poser sur les siennes, puis les ramena sur sa veste ouverte. Ils avaient peut-être fait en sorte que ça marche. Elle avait eu son diplôme, après tout, mais s'il était allé la trouver plus tôt, elle n'aurait peut-être pas épousé Ethan. Elle l'aurait peut-être épousé *lui*...

L'odeur des croque-monsieur était sacrément bonne, mais soudain il n'avait plus faim. Jodie respirait fort contre lui, serrant et desserrant les doigts sur sa veste.

— Jodie ?

Elle parut batailler avec ses émotions et il put presque sentir ses défenses s'écrouler avant qu'elle s'écarte et reprenne ses esprits. Dans la cuisine, Emmie riait.

— Je ne vais pas faire ça avec toi, Cole, dit-elle d'un ton sifflant en se dégageant pour gagner la porte d'entrée. Comment peux-tu me demander de t'expliquer mes décisions alors que tu nous as séparés et que tu n'as rien fait ensuite pour réparer ? Cette discussion ne nous mène nulle part.

— Alors j'ai créé le nouveau compte. Dacey a dû l'approuver parce que nous sommes trop jeunes pour être officiellement sur les réseaux sociaux, mais tu es dessus, tu vois ?

Emmie tendit l'iPad à Cole par-dessus le comptoir et Jodie vit ses yeux bruns s'élargir au-dessus de son velouté de tomate.

— J'ai posté quatre photos, jusqu'à présent, dit sa fille. Une du chenil avec notre pancarte, et une de chaque chiot. C'est Lucy-Fur qui a le plus de « likes ».

— Et nous pensons que nous leur aurons trouvé une famille d'ici à la fin de la semaine prochaine, ajouta Toby.

— Vous pensez placer les trois chiots ? Sans que personne vienne les voir ?

Cole semblait impressionné. Jodie s'avisa qu'il n'avait pas touché à son croque-monsieur. Il avait visiblement l'esprit ailleurs, remâchant ce qu'elle lui avait dit à propos d'Ethan, sans doute, mais il faisait de son mieux pour paraître normal.

— Les gens peuvent toujours venir les voir, dit Toby. Le site nous aide juste à trier les meilleurs candidats, et nous leur envoyons une invitation.

— Je vois.

Cole prit une cuillerée de soupe et repoussa son bol.

Heureusement que les enfants étaient là pour alléger la tension, après ce qui s'était passé dehors. Il y avait tellement de choses, dans leur passé commun, qui pouvait encore les toucher, et les explosions devenaient récurrentes.

S'il ne l'avait pas taquinée sur sa jalousie envers Diyana, elle n'aurait peut-être pas été troublée au point d'admettre qu'Ethan et elle avaient conçu Emmie par accident. Elle regrettait déjà de l'avoir laissé échapper.

D'accord, elle ne lui avait pas révélé qu'Ethan et elle avaient été forcés de se marier, sous peine de ne pas pouvoir passer leur diplôme. Et elle ne reconnaîtrait jamais qu'elle était si faible, à l'époque, si perdue sans Cole qu'elle ne s'était pas souciée, pendant la majeure partie de cette année, de ce qui se passait autour d'elle. De toute manière, il n'avait pas le droit de lui demander des détails quand c'était lui qui avait rompu. En outre, il lui cachait encore des secrets. Elle le savait.

« Je n'ai jamais dit que je ne t'aimais pas. » Comment oublier la façon dont il avait dit ça ?

Le chiot qu'Emmie avait installé sur le comptoir propulsa son verre de jus de fruits vers l'autre côté et elle rit aux éclats. Cole l'attrapa juste avant qu'il ne tombe. Jodie voulut en faire autant et ses doigts atterrirent sur les siens.

— Attention, dirent-ils en même temps, leurs yeux se rencontrant tandis qu'un éclair illuminait la pièce.

— J'adore les orages, dit Toby.

— On sent l'énergie dans l'air, dit Emmie en regardant sa mère et Cole.

Jodie retira sa main comme si elle s'était brûlée.

Cole mit le chiot par terre avant qu'Evie ne les gronde. La gouvernante, toujours aussi active, ajoutait du charbon dans la cheminée alors que le feu crépitait déjà.

— Vous avez fait des études marketing dans vos chambres alors que la plupart des enfants regardent des dessins animés ? fit Cole aux deux copains en allant poser son bol dans l'évier.

— Je ne regarde jamais de dessins animés, dit Emmie en tortillant sa queue-de-cheval sous sa casquette de base-ball. Et ce n'est pas vraiment du marketing, Cole, c'est du bon sens.

— Oui, du bon sens, renchérit Toby.

Jodie ne put retenir un petit sourire narquois, ils remettaient sans ménagement Cole à sa place. Ce dernier, debout près de l'évier, l'observait en essuyant son bol avec un torchon. Elle s'aperçut qu'elle avait à peine touché à son repas, elle aussi.

— Tu ne veux pas cette soupe, maman ? demanda Emmie.

— J'en prendrai peut-être plus tard, répondit-elle, troublée.

Cole la fixait toujours.

— Ne t'inquiète pas, Cole, dit Emmie en allant à l'évier avec leurs deux bols. Toby et moi, on peut gérer ça pour toi. Je suis sûre que maman et toi, vous avez mieux à faire ensemble.

Elle fit couler de l'eau chaude et enfila des gants. Elle s'apprêtait à faire la vaisselle. Jodie n'en revint pas. Sa fille ne lavait jamais rien, à la maison. Elle ne vidait même pas le lave-vaisselle. C'était si stupéfiant qu'elle mit un moment à capter les derniers mots d'Emmie. Avait-elle vraiment dit : « Maman et toi, vous avez mieux à faire ensemble » ?

— Nous trouverons des familles pour la prochaine portée, aussi, continua Emmie. On pourra s'occuper des chevaux, ensuite ? Et monter Blaze bientôt ? Oh ! et on peut aller à Green Vale avec Dacey et Vinny, demain, pour le spectacle animalier ?

Cole mit le torchon à sécher et abaissa la casquette d'Emmie d'un geste affectueux.

— Que de questions ! Tu es comme ta mère.

— Moi, j'arrête les questions quand je n'obtiens pas de réponses, en général, répondit Jodie. C'est quoi, Green Vale ?

— C'est mon école, répondit Toby. C'est oncle Cole qui m'y a fait entrer.

— Une école alternative qui laisse les enfants prendre des initiatives, dit Cole. Toby s'y plaît beaucoup.

— Ils ont même une salle de yoga et un labo photo, dit Emmie. C'est super. Ils ont aussi des ânes et des cochons !

— Et on leur enseigne des choses utiles, comme la discussion ou la cuisine, dit Cole.

— J'aime mieux apprendre la cuisine avec eux qu'avec toi, oncle Cole ! fit Toby.

— Bien vu, dit Jodie avec un petit rire.

Sur ce, Dacey, l'un des vétérinaires, arriva avec un agneau et un biberon de lait.

— Qui veut le faire téter ?

— Moi ! s'écria Emmie. Et Toby fera une photo pour notre site.

On ne s'ennuyait jamais dans la grande cuisine d'Everleigh, pensa Jodie avec nostalgie. Il y avait toujours plein de gens, plein d'opinions différentes, plein de choses à faire. Par ailleurs, elle était touchée que Cole s'occupe si bien de Toby.

Il fallait qu'ils se parlent davantage, qu'ils purgent l'atmosphère. Il était ridicule d'entretenir ces vieux ressentiments et toute cette tension. Ils devaient mettre cela derrière eux et aller de l'avant, surtout pour Emmie.

Soudain, la porte s'ouvrit et Russell, le garçon d'écurie, entra en titubant, serrant sa jambe entre ses mains et grimaçant de douleur. Il y avait du sang sur son jean.

— Co... Cole ! dit-il en balbutiant. On a un problème. Blaze s'est enfui. Il a eu peur des éclairs. Je n'ai pas pu l'arrêter.

10

— Pourquoi ne prends-tu pas la Land Rover ? Il y a une pluie battante ! dit Jodie, le regard implorant, tandis que Cole sellait Aphrodite, une jument pur-sang.

— Il faut que Ziggy puisse suivre la trace de Blaze, répondit-il en serrant une sangle. Il n'a pas dû aller loin, avec cette pluie, mais il peut être n'importe où.

— Je viens avec toi, dit-elle, une bombe déjà sur la tête. Quel cheval puis-je prendre ?

— Non, tu ne viens pas, Jodie. C'est trop dangereux. Je veux que tu restes en vie.

— Ne sois pas ridicule.

Elle était inquiète pour sa sécurité, il le savait, mais il se souciait plus encore de la sienne.

Pourquoi n'était-il pas allé voir Blaze quand l'orage avait éclaté ? Il s'était laissé distraire par Jodie et la chaleureuse animation de la cuisine. Ce qui était arrivé à Russell était sa faute.

À la porte des écuries il se prépara à monter mais Jodie lui barrait le passage.

— Dis-moi quel cheval prendre, ou je prends Mustang.

— Mustang ne pourrait pas suivre.

— Alors donne-m'en un autre. Et arrête de me protéger, je suis aussi capable que toi. Et si tu avais besoin de mon aide quand tu retrouveras Blaze ?

— Bon.

Il savait qu'elle ne céderait pas.

— Monte Aphrodite, je prendrai Pirate.

Il l'aida à se mettre en selle, les deux mains sur sa taille, et il l'entendit étouffer une exclamation quand il poussa sur ses jolies fesses.

Un instant plus tard, ils se mirent en route. Ziggy courait devant, la truffe au sol. Près du Ship Inn, au carrefour marqué par la cabine téléphonique, le chien aboya.

— Il a trouvé quelque chose ! cria Jodie.

— Viens près de moi, dit-il.

Il avait confiance en la jument, mais il voulait pouvoir attraper la bride de Jodie si quelque chose allait de travers.

Ils se mirent au galop. Le chien les entraîna sur des routes secondaires, leur fit traverser un champ à vaches. La bombe de Jodie n'empêchait pas ses cheveux d'être mouillés.

Cole repensa à leur conversation, tandis que son cheval foulait un chemin de gravier et que le vent lui fouettait le visage. Il était encore étonné d'avoir pu avoir des échanges normaux avec les enfants, après ce qu'il avait appris. Jodie ne s'était probablement mariée que pour sauver la face après être tombée enceinte. Sinon, pourquoi aurait-elle épousé un ami ?

Il imagina Casper à côté de lui. Il aimait bavarder avec lui, quand ils montaient ensemble. Leurs conversations lui faisaient du bien - sauf celle où son vieil ami lui avait appris que Jodie était enceinte et allait se marier. Ce soir-là, il avait décidé d'écrire la fameuse lettre où il disait tout à Jodie. Il n'y avait plus pensé depuis longtemps. Cela aurait-il changé quelque chose pour eux, s'il l'avait envoyée ?

Et s'il la lui donnait maintenant ?

Non, il ne le pouvait pas. Si elle découvrait aussi tard qu'il avait rompu pour la protéger de son père, tel le héros d'un roman, elle ne lui pardonnerait jamais. Elle ne regrettait pas d'avoir eu Emmie, sa magnifique fille, mais il l'avait néanmoins poussée dans les bras d'un autre homme, qui l'avait mise enceinte *par erreur*. Tout ça parce que lui, Cole, n'avait pas eu le cran de s'opposer frontalement à son père.

— Tu vois quelque chose ? demanda Jodie, hors d'haleine et trempée, en se portant à côté de lui.

— Non, mais je fais confiance à ce chien.

Sur le chemin, Ziggy se mit à aboyer plus fort. Il leur fit prendre un sentier plus étroit qui longeait de vieilles granges.

— La rivière est là en bas, dans les bois, cria Cole. Suis-moi, ça peut être dangereux avec ce vent.

Il y avait de fortes chances que Blaze se sente menacé s'ils le traquaient dans les bois, mais il devait prendre ce risque.

— Va doucement, fit Jodie, juste derrière lui. Tu ne sais pas de quoi il est capable.

— Je ne laisserai rien t'arriver, répondit-il.

Il la protégerait à n'importe quel prix. Il le ressentait comme un devoir. Aujourd'hui encore, il ferait passer sa sécurité et son bien-être avant les siens, dans n'importe quelle situation.

L'averse semblait passer, la pluie diminuait. Jodie se rappelait la rivière torrentielle qui se trouvait sur sa gauche. Casper les mettait en garde contre les courants, quand ils étaient enfants, en particulier s'il avait beaucoup plu. Là, avec la fonte des neiges, la rivière était grosse.

Les paroles de Casper lui revinrent alors que Cole était tapi dans la mousse et les feuilles à deux mètres de Blaze apeuré. « La partie la plus dangereuse d'un cheval, ce sont ses sabots, Jodie. »

Soudain, Blaze se cabra sous un grand chêne, faisant fuir les oiseaux. Puis, avec un hennissement déchirant, il chargea Cole. Il soulevait les feuilles de ses sabots.

— Jodie, ne bouge pas d'un pouce, dit Cole.

Lui-même resta complètement immobile. Le cheval dévia à la dernière seconde et se dirigea vers la rivière.

— Tu n'iras nulle part par là, mon grand, dit calmement Cole.

Il s'avança très lentement vers Blaze, écartant des branches basses. L'étalon trottait frénétiquement en tous sens sur la berge. Son encolure était couverte de sueur.

— Cole, s'il te plaît, fais attention, supplia Jodie.

Elle transpirait aussi, les mains serrées sur la bride de leurs chevaux. Cole n'avait même pas de bombe pour se protéger la tête. Elle faillit lui lancer la sienne, mais il lui fit signe de ne pas bouger.

Blaze le regardait d'un air méfiant. Il grattait le sol, les oreilles rabattues en arrière, soufflant par les naseaux. Il secouait la tête tandis que Cole se rapprochait peu à peu de la berge.

Il sembla à Jodie qu'elle n'avait pas respiré depuis dix minutes quand, enfin, Blaze redressa les oreilles. Impressionnée, elle le vit baisser la tête en un geste de soumission.

— Brave gars, tu sais que tu peux nous faire confiance.

Cole arriva assez près pour pouvoir attraper la bride et la passer par-dessus la tête de l'étalon. Jodie soupira de soulagement lorsqu'elle vit les rênes dans ses mains ; il avait repris le contrôle.

Elle se tourna pour monter Aphrodite, mais tout à coup il y eut du bruit derrière elle et elle pivota. Cole cria quelque chose à propos d'un lapin. Blaze se cabra de frayeur. Ce qui suivit parut se passer au ralenti. Avant qu'elle ait pu comprendre ce qui arrivait, Cole avait disparu dans l'eau bouillonnante.

— Cole ! hurla-t-elle, horrifiée.

Elle arracha sa veste, prête à sauter dans la rivière pour le rattraper, mais elle ne savait pas où il était. Ziggy aboyait comme un fou. Elle le vit se ramasser pour prendre son élan.

— Ziggy, non !

D'un bond géant, le chien plongea et se mit à nager furieusement. Jodie ne voyait toujours pas Cole. S'était-il assommé ? Cette pensée l'emplit de terreur.

Soudain, elle fut bousculée et faillit tomber à l'eau, aussi. Puis elle comprit ce que faisait Blaze. L'étalon effectuait une étrange danse, en s'écartant à reculons de la rive. Il tirait sur ses rênes, lesquelles étaient encore… dans les mains de Cole.

— Jodie, ne bouge pas ! Tout va bien.

Elle entendit sa voix avant de le voir. Dieu merci, il était conscient.

Il se rapprochait d'elle maintenant, ballotté par le courant. Il heurta presque Ziggy, mais réussit à prendre le chien sous un bras pour le protéger.

Blaze le ramenait sur la terre ferme… Jodie n'en croyait pas ses yeux. La bouche du cheval écumait sous l'effort. Il était en train de sauver la vie de Cole.

11

— Du paracétamol, de l'aspirine… Il me faut quelque chose.

Les nerfs de Jodie étaient tendus à craquer.

— Cole, où mets-tu tes médicaments ?

Il ne pouvait pas l'entendre, il était sous la douche.

Elle ouvrit les tiroirs un à un. Ils étaient pleins de bazar, mais pas de ce qu'elle cherchait. Cole avait répété qu'il allait bien, mais elle savait qu'il allait bientôt souffrir, s'il ne souffrait pas déjà.

Ils avaient lentement ramené les chevaux, Blaze à leur côté. Cole saignait sous sa veste, elle l'avait vu quand elle la lui avait enlevée dès qu'ils étaient arrivés à la cabane, mais il avait minimisé sa blessure.

— Va prendre une douche et te changer, avait-il dit.

Elle l'avait fait, et elle était de retour. Comment aurait-elle pu le laisser ? Russell était à l'hôpital, et Cole se faisait des reproches, elle le savait. Jamais il n'accuserait un cheval.

Elle eut soudain le souffle coupé.

Tu aurais pu le perdre. Il aurait pu se noyer.

Cette idée lui fouaillait la poitrine comme une lame de couteau. Les larmes menaçaient.

— Où est-ce que tu peux bien ranger ces maudits médicaments ? répéta-t-elle en déplaçant en vain des objets sur les étagères de la cuisine.

Ce serait bien de lui, de les garder dans un endroit bizarre, comme sous le canapé. Elle aperçut quelque chose sous le banc jonché de vestes près de la porte.

S'agenouillant, elle en tira une boîte de premier secours, rouge à croix blanche, où elle trouva du paracétamol. Cela devrait faire l'affaire.

En voulant remettre la boîte en place, elle buta contre un obstacle. Tendant la main, elle sentit quelque chose de lisse, comme du verre. Elle sortit de sous le banc une photo encadrée couverte de poussière, et passa la main dessus.

Cole et elle, sur Mustang.

Elle s'assit par terre, et remarqua alors une autre boîte. Celle-ci était pleine de photos d'eux, l'été.

Il a gardé tout ça ?

Ils avaient douze, treize, quatorze ans... Il y avait ce jour où il lui avait pris la main pour la première fois, à Basil Beach. C'était l'époque où elle avait commencé à éprouver des picotements à l'idée qu'il la touche. Sentir ses doigts sur les siens, c'était le paradis. Cet été-là, elle avait cru qu'il l'embrasserait. Mais le premier baiser n'était arrivé qu'à quinze ans, sous le pont de la rivière dans laquelle ils se baignaient. Elle était un peu embarrassée par ses nouvelles formes. Le torse devenu plus musclé de Cole l'impressionnait, avec ses poils noirs. Il avait posé les mains sur sa taille, sous l'eau, et l'avait embrassée. Il avait été le premier pour tout.

Elle serra les photos sur son cœur, tandis que l'image de Cole tombant dans la rivière creusait de nouveau un trou dans sa poitrine. Ils avaient eu leurs désaccords et avaient été séparés ces douze dernières années, mais si quoi que ce soit lui arrivait elle savait qu'elle n'y survivrait pas, même après tout ce temps.

Ses larmes coulaient sans interruption, désormais. Combien de temps resta-t-elle là, assise par terre, les pieds nus sur le plancher, effondrée. Ziggy vint poser la tête sur ses genoux et elle accueillit le réconfort avec plaisir.

Un bruit venu de la salle de bains lui fit remettre les boîtes en place en vitesse, mais une lettre glissa. Une enveloppe crème, sans destinataire, scellée avec ce qu'elle reconnut être le vieux cachet à cire de Casper.

Entendant Cole remuer, elle la remit avec les photos et reposa le cadre dessus. Puis elle essuya ses mains poussiéreuses sur son pantalon.

Lorsqu'il sortit de la salle de bains, se frottant les cheveux avec une serviette, seulement vêtu d'un jean propre, elle était en train d'attiser le feu pour essayer de sécher ses yeux, ses cheveux et son pull humide.

— Comment te sens-tu ? demanda-t-il.

Il se laissa tomber sur le canapé en cuir et tressaillit à la douleur de son épaule.

— Mieux que toi, je pense, répondit-elle, bataillant encore pour contrôler sa voix et ses membres qui tremblaient.

Il était là, il allait bien, il fallait qu'elle se ressaisisse.

Le feu faisait briller la boucle de sa ceinture. Elle laissa son regard courir sur son torse. Puis elle se faufila entre ses genoux, sur le tapis, et sortit le paracétamol de son emballage.

Cela faisait longtemps qu'elle n'avait pas vu Cole torse nu. Il était encore plus beau maintenant qu'à l'époque, mais il saignait toujours.

— Tu es vraiment blessé, Cole.

— Je te l'ai dit, je vais bien.

— C'est ce que tu dis toujours, même quand ce n'est pas vrai.

Il lui releva le menton d'un doigt et plongea les yeux dans les siens.

— Hé, je suis désolé de t'avoir fait peur.

— Si tu étais mort, comme ton père ?

Il se rembrunit.

— J'espère que plus de gens me regretteraient.

Elle prit sa main forte et douce et posa les cachets dans sa paume.

— Avale ça, dit-elle en regardant sa blessure.

Le haut de son bras droit avait été meurtri par un rocher, sans doute.

— Tu as de chance, tu n'as pas besoin de points.

Mais sa peau avait une vilaine couleur violette autour des coupures. Il avala les comprimés avec un verre d'eau.

— Cole, ce cheval t'a sauvé la vie, aujourd'hui.

Les yeux bruns de Cole se posèrent sur ses lèvres. Puis il se pencha au-dessus d'elle pour poser son verre sur la table basse et elle sentit jusqu'au fond d'elle-même son odeur familière, une odeur musquée de savon.

— Peu de gens le croiraient.

Son estomac fit une galipette quand il lui prit la main et pressa un baiser appuyé sur les jointures de ses doigts.

— J'ai vu ce qu'il a fait. J'ai vu Ziggy plonger après toi, aussi, parvint-elle à dire, le cœur battant la chamade.

Il saisit son visage dans sa main et caressa sa joue de son pouce. Elle se pencha vers lui, fermant les yeux. Ses nerfs vibraient à son contact.

— Il faut que je te dise quelque chose, dit-il.

Elle retint son souffle, pleine d'appréhension.

— Casper avait gardé une photo de toi sur son bureau. Il l'avait mise là à son retour de ton mariage à Édimbourg.

Il passa doucement un doigt sur sa lèvre inférieure. Elle en eut des papillons dans le ventre.

— Te voir dans cette robe blanche, mariée à quelqu'un d'autre, sachant que tu portais son bébé… Tu veux savoir ce que j'ai fait ?

— Quoi ?

— Je suis allé avec Mustang jusqu'aux falaises de West Bay. J'ai hurlé devant la mer jusqu'à en avoir la gorge en feu, et tu sais que je ne hurle jamais. Un type avec un chien est venu en courant et m'a demandé si j'allais bien.

— La jalousie a failli te faire tomber d'une falaise ? demanda-t-elle en une pauvre tentative de plaisanterie.

Elle passa ses cheveux derrière son oreille.

— Pourtant, tu n'as pas essayé une seule fois de venir me chercher.

Le tapis en peau de mouton était brûlant sous ses genoux. Il baissa la tête, l'incitant à rapprocher ses lèvres. Elle posa les doigts sur la ceinture de son jean, caressa l'os de sa hanche, puis l'attira par terre sans un mot, le faisant choir du canapé. Il poussa un grognement en glissant sur le tapis, les doigts dans ses cheveux, gardant sa tête assez proche pour l'embrasser.

— Pourquoi n'as-tu pas essayé de venir me chercher, Cole ?

— Je pensais que tu étais tombée amoureuse de quelqu'un d'autre.

Ils restèrent là, en suspens, aspirant silencieusement l'un à l'autre. Puis elle en eut assez et écrasa ses lèvres sur les siennes. Elle le voulait... Non, elle avait besoin de lui. De lui tout entier. Le corps de Cole céda. Ses bras l'enfermèrent comme dans une cage, de plus en plus possessifs.

— Tu n'as pas idée de l'enfer que j'ai vécu, murmura-t-il contre ses lèvres, tout en faisant glisser la bretelle de son soutien-gorge de son épaule. Tu m'as tellement manqué !

Il voulait probablement parler de leurs étreintes, toujours stupéfiantes, mais elle n'allait pas gâcher ce moment par des questions.

Quelques secondes après, il taquinait ses seins nus de ses lèvres, de ses baisers, à la lueur du feu, et elle avait le souffle court, la bouche enfouie dans ses cheveux noirs. Il la fit s'allonger sur la fourrure, se tenant au-dessus d'elle, la dévorant des yeux. Elle était plus âgée que la dernière fois où ils avaient été dans cette position, et elle n'était toujours pas habituée à un regard d'homme sur son corps. Elle n'était pas habituée, en tout cas, à la façon dont Cole la regardait.

Ses yeux bruns étaient emplis d'admiration et de désir tandis qu'elle passait les doigts sur ses abdominaux. Il s'agenouilla entre ses jambes. Les muscles de son torse, développés par les travaux en plein air, luisaient à la lumière du feu. Leurs disputes et problèmes non résolus paraissaient se dissoudre. Elle les chassa de son esprit, ou plutôt son corps s'entêta à ignorer sa tête et ses questions. Le plaisir d'être touchée par Cole était trop intense pour y renoncer.

Elle ne ressentait qu'une vive chaleur. Une chaleur qui venait du feu, qui venait de Cole, qui venait des étincelles crépitant entre eux. Il s'allongea sur elle, un bras appuyé sur la peau de mouton, et passa un doigt sur ses seins, puis le fit descendre lentement vers son ventre, semant d'autres baisers suaves à sa suite. Sa barbe courte chatouillait délicieusement sa peau.

Elle adorait quand il la caressait ainsi, autrefois. Parfois, cela lui plaisait même plus que l'acte d'amour en lui-même. Sa façon douce et taquine de la toucher, aussi légère qu'une aile de papillon, la parcourait d'incroyables frissons d'anticipation.

Allongée sur le dos, elle frémit sous ses caresses et arqua son corps pour qu'il lui ôte son pantalon. Elle laissa échapper un gémissement lorsque ses doigts trouvèrent, comme autrefois, le chemin jusqu'à ces parties d'elle que lui seul savait faire trembler de plaisir.

— Je peux m'arrêter, si tu veux.

Quelque part dans une lointaine galaxie, une autre version d'elle cria « Oui, arrête-toi ! », mais sous ses mains elle resta muette, savourant l'alchimie qui n'appartenait qu'à eux.

Il mêla ses doigts aux siens sur le tapis, au-dessus de sa tête. Entre deux baisers il serrait sa main plus fort comme s'il voulait vérifier qu'elle était bien là avec lui, s'abandonnant à lui après tout ce temps. Elle était là cœur et âme, et se tortilla pour ôter sa petite culotte sans détacher ses lèvres des siennes.

— Jodie...

Il s'arrêta, comme s'il doutait encore. Mais elle s'en moquait. Elle était déjà unie à lui, consumée par lui. Son corps nu semblait se remémorer le sien comme une chanson qu'elle aurait eue sur le bout de langue, et dont elle aurait oublié les paroles jusqu'à cet instant précis. De toute façon, ils n'avaient pas besoin de mots. Faire l'amour avait toujours été leur principal moyen de communication.

— Comment va votre fille ? demanda Jodie à la notaire.

Mme Tanner leva les yeux des papiers posés sur l'ancien bureau de Casper, entre eux.

— Bien mieux, merci. Ce n'était rien de grave. Et je suis vraiment navrée d'avoir dû décaler ce rendez-vous.

— Pas de problème, dit Cole. Cela nous a laissé le temps de... refaire connaissance.

Il accrocha le regard de Jodie, qui en fut terriblement troublée. Elle sentait encore la légère brûlure de ses baisers sur ses lèvres et était toujours habitée par l'euphorie de leurs étreintes répétées.

Il n'en fallut pas plus pour la renvoyer à la façon dont elle s'était fondue en lui, mais, à la froide lumière du jour, elle commençait déjà à regretter sa libido débridée. Elle avait noté son hésitation ; il n'avait pas pu dire « le temps de recoucher ensemble » devant la notaire, bien sûr, mais l'avait-il pensé ?

Elle s'était donnée à lui de son plein gré, et elle n'en était pas particulièrement fière. Quelle qu'ait été la force d'attraction qui avait ramené son corps à celui de Cole comme un aimant, elle l'avait déstabilisée toute la matinée. Où diable était passé son cerveau ?

Lorsqu'ils étaient retombés sur terre, ils avaient découvert les appels en absence de Mme Tanner et ses messages à propos du rendez-vous. Jodie avait presque oublié qu'ils devaient encore s'entretenir avec elle.

— Vous avez de la chance. Casper avait tout prévu, dit l'Irlandaise au visage rond et aux cheveux roux, assise dans le fauteuil en cuir.

— Depuis combien de temps ?

— Depuis près de cinq ans.

— Cinq ans ?

Jodie était stupéfaite. Cole se passa une main dans les cheveux. Il devait encore avoir mal à son bras. Il ne l'avait guère épargné, au cours de la nuit, en roulant avec elle sur le sol de la salle de séjour... Mais il ne montrait rien.

Son cœur battait la chamade. Ils avaient fait l'amour d'une manière incroyable.

— Si vous songez à vendre après le délai fixé ici, madame Everleigh, reprit la notaire en désignant un passage du document, sachez que les arrangements légaux sont d'ores et déjà prévus. Vous pourrez vous partager les actifs sans qu'il soit besoin d'un procès.

Jodie n'avait même pas pensé au partage entre ce qui serait à elle et ce qui reviendrait à Cole. Il lui semblait que cela lui ferait plus encore l'effet d'une séparation que leur rupture amoureuse.

— Envisagez-vous de vendre, monsieur Crawford ? demanda Mme Tanner.

Cole se redressa sur sa chaise.

— Ici, c'est chez moi, dit-il abruptement. Je ne vais nulle part ailleurs, et je n'apprécierais pas particulièrement que quelqu'un d'autre devienne mon associé. Jodie sait mieux que personne ce que Casper souhaitait.

Elle le regarda et il soutint son regard, scrutant ses yeux comme s'il la mettait au défi de dire le contraire.

La honte, la culpabilité et l'irritation l'envahirent brusquement. Elle s'était mise dans une position fausse, la nuit précédente. Elle ne devait rien à Cole. C'était lui qui l'avait éloignée d'Everleigh pendant si longtemps, en mettant fin à leur relation.

Et pourtant tu as couché avec lui !

Elle s'efforça de chasser le souvenir de leurs corps bougeant au même rythme, avec la sensation qu'il n'y avait plus ni espace ni temps, ni passé ni avenir. Cela avait été incroyable. Comme si rien d'autre ne comptait. Mais elle avait simplement été affectée par la vue de toutes ces photos, qui lui avaient rappelé combien elle l'avait aimé autrefois.

Cole l'observait toujours et Mme Tanner s'éclaircit la gorge, comme si elle percevait la tension du moment.

— Eh bien, d'après vos déclarations fiscales, je vois que vous

vous en sortez très bien financièrement, monsieur Crawford. Quant à vous, madame Everleigh, vous réussissez également bien en Écosse. Vous serez en droit de réévaluer la situation quand les conditions du testament auront été remplies, c'est-à-dire dans un an.

— Je le sais, merci, dit Jodie. Comme vous l'imaginez, cela fait beaucoup d'informations à assimiler. Je dois à mon ex-mari, Ethan, de discuter de tout ceci avec lui. Nous ne voudrions ni l'un ni l'autre que la vie de notre fille, ou son éducation, soit perturbée. Je dois aussi considérer ma clinique et son personnel, alors je suppose que la vente de ma part reste très probable à la fin de cette année.

— Je comprends tout à fait. Mais vous verrez peut-être les choses autrement dans un an.

Jodie se mordilla la joue. La mâchoire de Cole, à côté d'elle, était agitée de spasmes. La réalité devait porter un coup à son ego. Mais s'il avait pensé qu'une nuit de sexe – même si cela avait été la meilleure de leur vie, pour autant qu'elle s'en souvienne – la ferait revenir sur sa décision, il s'était trompé.

Emmie était sa priorité, désormais. Et tout ce qu'elle avait connu depuis douze ans se trouvait à Édimbourg.

— Qui peut dire que quelqu'un d'autre ne sera pas plus qualifié que moi pour reprendre Everleigh ? demanda-t-elle, dans l'espoir de se convaincre elle-même. Quelqu'un qui aurait plus de temps et moins... d'engagements.

— Vous avez apparemment besoin de ce délai pour régler les choses entre vous, dit Mme Tanner en les regardant tour à tour.

— Ou pour trouver un partenaire convenable pour Cole, dit Jodie.

Il semblait sur le point d'exploser mais garda le silence.

Quand la notaire s'en alla après leur avoir souhaité bonne chance, Jodie se rendit compte qu'elle était remontée à bloc. Pour l'heure, ils étaient des associés avec une fortune considérable à gérer et des responsabilités non moins importantes. Ce rendez-vous le lui avait rappelé.

Elle se prépara à prendre Cole à part pour lui dire que la nuit précédente avait été une erreur, qu'ils devaient garder des relations platoniques et se souvenir que la bonne gestion d'Everleigh était leur priorité.

Il ne lui en laissa pas l'occasion.

— J'ai un rendez-vous, dit-il par-dessus son épaule en partant vers les écuries sans un regard en arrière.

Sidérée, elle le regarda s'en aller.

12

Toby aida Emmie à mettre ses sacs à l'arrière de la voiture et semblait vraiment triste. Elle serrait un chiot dans ses bras pour la dernière fois et paraissait déchirée.

— Je ne peux pas croire que tu t'en ailles avant l'arrivée de la nouvelle portée, dit le jeune garçon. Et il y a cette fille qui va venir voir Lucy-Fur.

— Il faut que je retourne à l'école, et auprès de Saxon.

— Mais tu reviendras bientôt, hein ?

Emmie haussa les épaules. Jodie fit un faible signe de tête dans leur direction, et abaissa ses lunettes de soleil. Elle ne se sentait pas bien. Elle avait bu trop de café sans rien manger, et elle était vidée de toute énergie. Et puis elle avait vu ces enfants se lier, et maintenant elle les séparait, comme son père l'avait fait pour Cole et elle.

Elle sortit son téléphone, distraite. *Où était Cole ?*

Il n'était toujours pas revenu de son rendez-vous et elle ignorait complètement où il était allé. D'après un employé, il avait sellé Pirate et était parti, alors qu'il n'aurait pas dû monter à cheval avec sa blessure à l'épaule.

— Vous savez bien qu'il n'est pas bavard, lui dit Evie en posant un sac de sandwichs sur le siège avant. Et il garde ses émotions pour lui. Il a toujours été comme ça. Meilleur avec les bêtes qu'avec les gens. Mais je sais qu'il vous estime énormément.

Le vent faisait voler comme des flammes la crinière rousse de Pirate. Cole essayait de s'éloigner au galop du sentiment de détestation de lui-même qui l'avait consumé lors du rendez-vous avec la notaire. Chaque fois que Jodie mentionnait Ethan, cela lui rappelait que, divorcée ou pas, leur petite cellule familiale restait sa vie. Pas Everleigh. Pas lui.

Il ne la méritait pas autrement que comme une partenaire en affaires. Il n'avait aucun droit de s'attendre à ce qu'autre chose se développe entre eux. Mais il n'aurait pas non plus cru passer toute la nuit à faire l'amour avec elle sur le sol de sa salle de séjour, comme pour rattraper le temps perdu. Il se remémora ses gémissements de plaisir tandis qu'elle se donnait à lui corps et âme. Il lui avait été impossible de résister, malgré sa certitude que cela entraînerait des conséquences. Certes, c'était elle qui l'avait voulu, elle qui avait commencé, mais il aurait dû être plus fort.

— Plus vite, Pirate ! cria-t-il.

La sentir à lui, la toucher après tout ce temps… Il ne pouvait cesser de revivre ces moments. Personne ne lui avait jamais correspondu à ce point. Mais elle ne pensait qu'à Emmie, qu'à Édimbourg.

Jodie avait de toute évidence l'intention de vendre au bout d'un an, quoi qu'elle ressente ou ne ressente pas pour lui. Il l'avait blessée trop profondément par le passé. Pour lui, la nuit qui venait de s'écouler avait ressemblé à des retrouvailles, mais peut-être l'avait-elle vue comme un point final.

Pour Emmie, il devait clarifier une chose : elles pouvaient revenir ici n'importe quand, sans malaise sous-jacent.

— Maman ! cria Emmie depuis le siège arrière, tirant Jodie de ses sombres pensées.

— Qu'est-ce qu'il y a ?

— C'est pas Cole, là ?

Jodie ralentit. Elles étaient devant le Ship Inn. Son cheval apparut dans le rétroviseur, faisant voler le gravier sous ses sabots tandis que son cœur à elle s'emballait. Cole galopait vers elles sous le ciel clair, si vite qu'il effrayait les vaches.

Elle retint son souffle, se gara, et ouvrit précipitamment sa portière à l'instant où Cole sautait à terre.

— Je suis désolé d'avoir été retenu, dit-il en passant une main dans ses cheveux décoiffés par le vent.

— Tu voulais m'éviter ? lança-t-elle tout à trac, en croisant les bras.

Cette scène lui rappelait le jour de l'enterrement, ils s'étaient tenus face à face à cet endroit même. Nombre de choses s'étaient passées depuis. *Que pourrait-il se passer en un an ?*

Il grogna et rabattit son chapeau.

— Je ne suis pas doué pour les adieux.

— Je sais ça, Cole.

Sa présence lui faisait battre le cœur à toute allure, mais elle espérait que son visage ne le montrait pas. Elle voulait lui dire que la nuit précédente avait été une erreur, parce que ça en avait été une. Ils devaient travailler ensemble, à partir de maintenant. Elle ne pouvait pas faire vivre d'autres crises à Emmie et elle refusait de subir plus de stress émotionnel des mains de cet homme.

Ses mains. Elle les regarda, se rappelant le contact de ses doigts sur elle. Puis elle étudia sa bouche, qui avait exploré son corps toute la nuit, et sentit ses genoux trembler à nouveau. Le souvenir de cette nuit planait entre eux.

— Tu nous as poursuivies jusqu'ici pour me dire quelque chose ? demanda-t-elle enfin.

Il l'attira dans l'ombre de Pirate, la dominant de sa haute taille. Elle déglutit.

— Je voulais te dire que je suis désolé pour la nuit dernière, dit-il en baissant la voix.

Il s'assura d'un coup d'œil qu'Emmie, dans la voiture, ne pouvait pas les entendre.

— C'est allé trop loin, Jodie. Je sais que tu as beaucoup de choses en tête. Nous nous sommes laissé emporter.

Elle ne s'attendait pas à cela. Elle en eut un coup au cœur.

— Si tu dois passer plus de temps ici, dit-il, nous devrions rester de simples partenaires professionnels. Tu ne crois pas ?

Elle se mordit la lèvre, mais il ne faisait que dire ce qu'elle avait prévu de dire elle-même. Elle prit une grande inspiration.

— Je suis cent pour cent d'accord avec toi.

Il parut déconcerté.

— Vraiment ?

Elle avala de nouveau sa salive, resta impassible.

— Nous avons cédé… à nos besoins biologiques. Tu n'es pas à blâmer, moi non plus. Nous sommes deux personnes très différentes maintenant, Cole, avec des vies très différentes. À partir d'aujourd'hui nous devons être des collègues, et gérer Everleigh au cours de l'année qui vient. C'est tout.

Il hocha la tête et ajusta son chapeau d'un geste gêné.

— Et nous ignorons ce qui se passera après.

— Nous te trouverons un nouveau partenaire. Je t'aiderai.

Il resta silencieux un moment, hochant la tête lentement, d'un air pensif.

— Je suppose que je te reverrai bientôt, alors, dit-il enfin.

Elle garda les bras croisés, résistant à l'envie de tendre la main vers lui, ou de lui crier dessus.

— Je suppose, oui.

Il alla jusqu'à la voiture et tapa sur la vitre d'Emmie. Elle la baissa.

— Emmie, occupe-toi de ta mère, elle a besoin de toi, dit-il.

— Je suis parfaitement capable de m'occuper de moi, merci, rétorqua Jodie en passant devant lui pour se remettre au volant. Nous devrions y aller, la route est longue.

Trois semaines plus tard

Jodie venait d'ausculter un petit chien qui avait avalé un objet bizarre, mais c'était Aileen qui se chargerait de l'opération. Elle devait porter chez Ethan l'iPad qu'Emmie avait oublié chez elle. Apparemment, sa fille avait un rendez-vous en vidéo avec Toby.

C'était chouette, la façon dont les deux enfants avaient pris plaisir à être ensemble à Everleigh. Emmie en parlait sans arrêt. D'un autre côté, le fait que Cole n'ait pas décroché son téléphone pour l'appeler, elle, l'agaçait. C'était probablement à elle de l'avertir du moment où elle reviendrait, conformément à leur accord, mais son silence de plomb ne rendait pas la perspective très séduisante.

Quand elle revint à la clinique, l'opération était encore en cours et son prochain rendez-vous était fixé vingt minutes plus tard. Elle se servit un café dans la petite cuisine et résista à la tentation d'appeler Cole.

Elle était de retour à West Bow, où était sa place. Elle menait sa vie normale, avec sa routine habituelle. Elle avait eu besoin de cette normalité pour prendre sa décision finale sans être influencée par Cole. Elle allait vendre sa part d'Everleigh, comme elle l'avait dit à la notaire.

En était-elle bien sûre ?

Elle fronça les sourcils. Emmie parlait de la propriété comme d'un endroit merveilleux, avec tous les chevaux, les chiots, les agneaux et les soirées « marshmallows » autour du feu de camp, sans oublier Toby. Jodie secoua la tête. Peut-être leur fallait-il encore deux ou trois semaines pour se remettre de ce séjour. Elle pour oublier la façon dont son cœur lui était monté à la tête, avec Cole, et Emmie pour se rappeler qu'elle était une enfant de la ville qui ne voulait pas aller dans le Dorset, au départ.

La normalité a du bon, se répéta-t-elle en jetant un coup d'œil au ciel maussade, dehors, et aux pavés de la rue étroite et encombrée. C'était bien loin des cieux changeants du Dorset et des chemins boueux sur lesquels ils avaient chevauché. Son cœur se serra légèrement.

Bien loin du sentiment d'être « chez elle » dans les bras de Cole, qu'elle ne voulait pas éprouver mais éprouvait quand même.

— Voilà, c'est fait, dit Aileen en entrant dans la cuisine et en jetant ses gants à la poubelle. Mais les humains de Ringo ont un autre problème, maintenant.

— Lequel ? Qu'est-ce que ce chien a mangé ?

— Une petite culotte en dentelle rouge.

— Tu plaisantes ?

— Non. Je l'ai montrée à la cliente, qui a dit qu'elle n'était pas à elle. Puis elle est partie en trombe, en hurlant dans son téléphone.

Jodie grimaça.

— La pauvre femme.

— Tu sais ce qu'on dit à propos de l'amour, fit Aileen en soupirant.

— Non, quoi ?

Aileen fronça les sourcils.

— Tu devrais le savoir ! Tu es ailleurs, depuis que tu es rentrée d'Everleigh. Quelque chose à voir avec ton charmeur de chevaux ?

Jodie tressaillit.

— Ça se voit tant que ça ?

— Oui.

— Désolée.

Aileen posa une main sur son bras.

— Tu n'as pas à t'excuser. Beaucoup de choses te sont arrivées, dernièrement.

Jodie poussa un long soupir.

— Je me sens coupable, je suppose. Et assez sotte. Je ne te l'ai pas dit… mais j'ai renoué avec Cole.

Aileen eut un grand sourire.

— On y vient ! Tu veux dire renouer *complètement* ?

— Oui, et même plusieurs fois, grogna Jodie en se prenant la tête dans les mains. En une seule nuit.

— Waouh !

— Comme tu dis. Mais nous en avons ensuite conclu que c'était une erreur.

— Pourquoi ? Vous êtes tous les deux libres.

— Emmie m'a posé des questions, dans la voiture. Sur Cole et moi. Elle ne sait pas que j'étais avec Cole avant de rencontrer son père.

— Et alors ? Tu as été fidèle à Ethan pendant que vous étiez mariés.

— Physiquement, oui, mais pas mentalement.

— Jodie, tu es humaine, c'est tout. Ne bats pas ta coulpe, tu es une mère formidable. Mais quelle sorte d'histoire as-tu eue avec ce Cole ? Il semble avoir une forte emprise sur toi.

— Une grande histoire, répondit Jodie. Mais ensuite il m'a brisée. Je m'étais juré de ne plus l'approcher, et puis...

— Tes hormones en folie ont pris le dessus.

— Je ne sais même pas pourquoi j'ai fait ça. J'ignore ce qui m'arrive quand je suis avec lui. Je suis allée là-bas pour Everleigh, mais il *est* Everleigh.

Elle revit soudain toutes les photos d'eux que Cole avait gardées, pour une raison quelconque. Peut-être était-il encore amoureux d'elle quand il avait rompu ? Mais alors, pourquoi avoir mis fin à leur histoire ?

C'était trop perturbant, mais elle se revoyait encore sur la berge de la rivière, quand il était tombé à l'eau. Elle aurait pu le perdre et cette idée la tuait encore.

Aileen la poussa vers la porte.

— Vas-y.

— Où ?

— Retourne le voir. Tu mérites d'être heureuse, Jodie, et je ne t'ai jamais vue comme ça. Pars. Tout est sous contrôle, ici.

À cet instant précis, un chien se mit à aboyer et un chat à

feuler. Aileen sursauta et jura, et Jodie éclata de rire pour la première fois depuis des jours.

— Tu sais quoi ? La routine est enquiquinante ! lui lança son amie en disparaissant dans le couloir.

13

— Ça ne t'ennuie pas, d'aller chez papa ?

Emmie leva les yeux de son bol de soupe.

— Pourquoi ? Tu pars pour combien de temps ?

— Je ne sais pas encore, répondit honnêtement Jodie. J'ai pris un congé d'une semaine à la clinique, alors...

— C'est à cause de Cole et toi, hein ? demanda Emmie. Il y a quelque chose entre vous. Je ne suis pas aveugle, maman. Pourquoi tu ne veux pas m'en parler ?

Le cœur de Jodie s'accéléra. Elle s'était attendue à cela. Elle prit le beurre dans le frigo et s'assit à côté de sa fille.

— L'heure de vérité, dit Emmie en posant sa cuillère.

Jodie prit un petit pain et se mit à le beurrer distraitement.

— Oncle Casper, dans son testament, nous a laissé Everleigh, à Cole et à moi. Une moitié chacun. C'était la raison du rendez-vous pour lequel nous sommes restées.

Emmie la regarda en battant des cils.

— La moitié de la propriété est à toi ?

— Oui.

— Est-ce que ça ne vaut pas... des millions ? Je peux dire aux gens qu'on est riches, maintenant ?

Jodie leva les yeux au ciel.

— Je ne t'ai pas élevée comme ça. Mais ça vaut beaucoup d'argent, oui.

Elle posa une main sur celle d'Emmie.

— Écoute... Le testament stipule que je dois retourner là-bas aussi souvent que possible pendant un an, avant de pouvoir vendre. Je dois régler les choses avec Cole, l'aider à trouver quelqu'un qui reprendra ma part...

— Mais pourquoi tu vendrais ? s'exclama Emmie, regardant sa mère comme si elle était devenue folle. Maman, sérieusement, je croyais que tu adorais cet endroit ! Et moi, je le trouve merveilleux, avec les animaux et tout ça. Je peux y retourner avec toi ?

— Pas cette fois, tu as école. Mais il y a autre chose, Emmie.

— C'est le moment où tu vas me dire qu'il y a quelque chose entre Cole et toi ? fit sa fille avec un grand sourire. Je le savais !

Jodie se sentit rougir.

— Cole et moi avons été ensemble pendant quelques années, quand nous étions plus jeunes. Nous sommes tombés amoureux vers quatorze-quinze ans, ensuite c'est devenu plus sérieux.

— D'accord, dit Emmie, le menton dans ses paumes.

— Mais il a rompu alors que nous avions dix-neuf ans, avant que je parte pour Édimbourg, et c'est là que j'ai rencontré ton papa. Peu de temps après.

Emmie haussa les sourcils.

— Tu essaies de me dire que Cole Crawford est mon vrai père ?

Jodie rit.

— Ne sois pas ridicule. Tout ce que tu as besoin de savoir, c'est que je t'aime, et que ton papa t'aime aussi. Et que j'ai aimé Cole pendant longtemps, avant ça.

— Tu veux dire que tu l'aimes encore ! Je ne sais pas ce qui est allé de travers entre vous, à l'époque, mais j'ai vu la façon dont vous vous regardez. Et Toby m'a dit que tu avais passé la nuit avec lui, avant qu'on parte.

Stupéfaite, Jodie remua sur sa chaise, cherchant des traces d'accusation dans les yeux de sa fille. En vain.

Emmie grandissait si vite ! La situation était terriblement embarrassante.

— Je ne sais pas quoi dire.

Emmie sourit en se balançant sur sa chaise.

— Pas de problème, maman, on a eu des cours d'éducation sexuelle, à l'école.

Jodie secoua la tête, réprimant un sourire.

— Tu es la meilleure chose qui me soit jamais arrivée, tu sais ça ? Mais Cole et moi ne sommes pas ensemble, maintenant. Et je voulais juste te parler de l'héritage, parce que ça veut dire que tu devras parfois passer un peu plus de temps chez ton papa et Saskia.

Emmie fronça les sourcils.

— Tu n'es pas avec Cole ? Alors que vous avez... Ce que les adultes sont compliqués ! Bon. Quand est-ce que tu repars ?

— Demain.

Jodie ouvrit les bras.

— Je peux avoir un câlin ?

— Tu peux me promettre de garder ta part d'Everleigh, pour que je puisse dire à mes copines que ma mère a une propriété dans le Dorset, avec des chevaux ?

— Pas encore, répondit Jodie. J'ai des choses à régler avec Cole, d'abord.

À sa surprise et à sa joie, sa fille l'étreignit quand même.

Jodie regardait des miles et des miles de verdure défiler par la vitre du train. Elle avait pensé avancer sa comptabilité durant le trajet, mais elle avait l'esprit trop agité.

« Et si Casper vous avait laissé la propriété à tous les deux parce qu'il savait qu'il n'était pas trop tard pour arranger les choses entre Cole et toi ? » avait suggéré Aileen, avant son départ. Si c'était le cas, songea-t-elle, il n'aurait pas ce qu'il avait souhaité.

Cole était un puits sans fin de secrets qui l'exaspérait.

Il n'était pas envisageable qu'elle conserve sa part d'Everleigh et travaille avec lui au-delà du délai imparti, sauf s'il se mettait à communiquer avec elle d'une façon ouverte et honnête, comme il le faisait avec ses chevaux. Mais ils n'avaient pas été particulièrement aimables l'un avec l'autre lorsqu'ils s'étaient dit au revoir.

Le crépuscule tombait sur les paddocks quand le taxi de Jodie avança sur l'allée de gravier. Il y avait de la lumière dans la cabane de Cole et deux voitures dehors. La Land Rover et une berline qu'elle ne reconnut pas.

— Madame Everleigh ?

La voix de Toby la surprit alors qu'elle payait la course. Le jeune garçon arrivait du chenil, un chiot sous le bras.

— Où est Emmie ? demanda-t-il, les yeux pleins d'espoir derrière ses lunettes.

— Désolée, Toby, il n'y a que moi, cette fois.

Sa bouche s'affaissa, montrant sa déception.

— Elle me l'avait dit, mais j'espérais qu'elle voulait me faire une surprise. Je suppose que vous cherchez Cole. Il a un client, mais je peux vous emmener.

— Non, ne le dérangeons pas, dit Jodie tandis que le taxi repartait.

— Ça ne lui fera rien, je le sais. Je dois donner à manger à Ziggy, de toute façon.

Toby était opiniâtre. Il porta même son sac jusqu'au porche de la cabane. Elle le suivit à l'intérieur et les odeurs habituelles de Cole, de café et de produits d'entretien, emplirent ses narines.

— Cole ! appela Toby.

Jodie entendit la voix de Cole derrière la porte de son cabinet de consultation.

— Une seconde, s'il vous plaît. Je reviens tout de suite.

La porte s'ouvrit en coup de vent et Cole, surpris, s'arrêta en la voyant.

— Jodie.

Elle fit un signe de la main, embarrassée.

— Je t'ai laissé un message pour te dire à quel train j'arrivais. Mais tu es occupé. Je peux attendre.

Il avait rasé sa barbe. Il faisait plus jeune dans sa belle chemise bleue. Il avait l'air bien. Fatigué, mais bien.

Elle-même n'était guère présentable, après une journée en train, mais quelle importance ? Il l'avait vue dans des états bien pires. Et ce n'était pas comme si elle était revenue pour flirter avec lui.

— Tu es toujours décidée à vendre, dit-il en s'avançant vers elle.

Elle fronça les sourcils.

— Je ne vois pas pourquoi quoi que ce soit aurait changé, répondit-elle en ajustant son sac à main sur son épaule. Evie m'a préparé une chambre à la maison, pour le temps où je resterai. Je peux donner un coup de main aux autres, si tu ne veux pas de moi avec toi.

Il se passa une main sur le menton, puis dans les cheveux, comme s'il se demandait que faire d'elle maintenant qu'elle était là. Il n'avait pas répondu à son message, mais elle vit qu'il avait laissé son téléphone sur l'accoudoir du canapé.

Toby, qui avait donné ses croquettes à Ziggy, sortit avec le chien. Ils étaient seuls, à présent.

Son souffle se coinça dans sa gorge tandis que Cole s'approchait encore, ses yeux bruns scrutant les siens. Soudain, il posa une grande paume chaude sur sa joue et passa le pouce sur sa lèvre.

— Je ne te veux certainement pas avec moi après ce qui s'est passé entre nous, dit-il d'une voix sourde.

Il eut un sourire malicieux, puis abaissa ses lèvres sur les siennes et lui donna un baiser possessif.

Elle ne put résister à son charme. Elle se laissa aller contre lui, savourant le contact de ses mains sur elle. La passion la submergea, comme toujours. Elle passa les bras sur ses épaules musclées et noua les jambes autour de sa taille, s'abandonnant à leur baiser.

Elle perdait la tête !

— Cole !

Elle se dégagea promptement et arrangea sa jupe d'une main fébrile. Puis elle recula, les mains sur son torse pour le tenir à distance.

— Je croyais que nous avions dit...

— C'est vrai, fit-il, l'air amusé. Les vieilles habitudes ont la vie dure. Cela ne se reproduira pas.

Elle eut envie de le gifler, mais elle l'avait embrassé aussi, avidement, comme elle en avait rêvé dans le train.

— Je l'espère. Je suis sérieuse, tu sais que ce n'est pas pour ça que je suis là. Ne recommence pas.

— Comme tu voudras.

Il s'éloigna comme si rien ne s'était passé, la laissant glacée.

— Retrouve-moi à la maison, dit-il. J'amènerai Mlle Edgerton.

Elle battit des cils et porta une main à ses cheveux en désordre.

— Qui ?

Sans répondre, il repassa dans le cabinet. Elle se souvint alors qu'un client l'y attendait.

14

Peu après, ils se retrouvèrent à la maison... dans la salle d'opération. Mlle Edgerton était la maîtresse d'une femelle bouledogue qui était sur le point de mettre bas – mais avait besoin pour cela d'une césarienne. Comme toutes les chiennes de sa race, Blue avait le bassin trop étroit pour donner naissance naturellement.

Cole était content que Jodie soit arrivée à ce moment-là. Il aurait pu se débrouiller seul, mais sa présence et ses avis lui seraient précieux. Et elle était très sexy, avec les marques de son voyage en train. Mais il ne devait pas avoir ce genre de pensée. Toute intimité entre eux était désormais interdite. Et ils étaient là pour travailler.

La petite chienne était effrayée et cherchait à mordre. Il recula d'un pas, une main sur la table d'opération, l'autre caressant les oreilles de Blue. Peu à peu, celle-ci se calma et posa la tête sur sa paume ouverte.

— Je ne l'ai jamais vue faire confiance à un étranger comme ça, dit la maîtresse. C'est donc vrai, ce qu'on dit de vous.

Elle regarda Cole d'un air légèrement soupçonneux.

— Et que dit-on de moi ? demanda-t-il en faisant signe à Jodie d'administrer l'anesthésique.

— Que vous êtes un psychiatre pour animaux.

Il esquissa un demi-sourire. Les gens, en général, ne se satisfaisaient pas du terme « vétérinaire » pour ce qu'ils le voyaient faire. Ils lui donnaient toutes sortes de noms plus ou moins exacts.

— Je ne fais qu'écouter les bêtes avec attention. C'est à la portée de tout le monde.

La femme eut l'air déconcerté. Jodie dissimula un sourire derrière sa main. Il se demanda si elle avait parlé à quelqu'un du comportement de Blaze à la rivière. Et de celui de Ziggy ! Mais les deux animaux l'avaient moins surpris qu'elle, lorsqu'elle s'était donnée à lui avec tant de fougue. Pas étonnant qu'il n'ait cessé de penser à la faire revenir ici. Il fallait qu'il l'amène à baisser la garde plus souvent. Mais pour cela, il devait lui parler du passé. Et les choses qu'il avait à lui dire la tourneraient peut-être encore plus contre lui.

— Parfois, il vaut mieux les stériliser pour leur éviter ceci, disait Jodie tandis qu'ils mettaient la petite chienne sur le côté.

— C'est mon petit ami qui a amené le mâle, dit Mlle Edgerton. D'après lui, on peut se faire pas mal d'argent avec les chiots. Il a perdu son travail.

Jodie croisa les bras, outrée.

— Faire subir ça à une chienne pour de l'argent !

— Je sais, ce n'est pas bien. Je ne savais pas que ce serait si dur pour elle. Nous l'aimons beaucoup.

Elle sortit une photo de son sac, sur laquelle elle enlaçait un homme d'environ trente-cinq ans, en survêtement bleu vif. Blue était entre eux, la langue pendante.

— N'en parlons plus, dit vivement Cole. Nous en sommes là, maintenant, et nous allons l'aider. Il vaudrait mieux que vous attendiez dehors, mademoiselle Edgerton.

Les gens qui aimaient les animaux ne faisaient pas toujours les meilleurs maîtres.

— Je vais te dire quelque chose d'autre à propos de Blue, dit Cole un peu plus tard, alors que Jodie finissait de la recoudre.

D'après moi, l'attitude de ce bouledogue reflète ce qui se passe à la maison.

Jodie plissa les paupières au-dessus de son masque.

— Tu penses qu'elle est agressive parce que quelqu'un dans son entourage est agressif ?

— Malheureusement, oui. J'ai souvent vu ça. Je l'ai vu chez mes propres animaux de compagnie, quand j'étais petit.

— Comment ça ?

Elle paraissait troublée et il se maudit d'avoir laissé échapper cette information. Mais il devait terminer, maintenant.

— Eh bien, tu as vu mon père ivre, une fois, dit-il prudemment. Ce n'était pas la première fois. Les animaux sentent un comportement anormal. Même les poules réagissaient lorsqu'il allait dans le poulailler en ayant trop bu. J'ai très vite appris à les calmer.

En disant cela, il prit conscience que son père l'avait poussé à découvrir ses talents particuliers avec les animaux. Étrangement, il lui en était redevable.

Jodie posa une main sur son bras et le pressa.

— Je me doutais bien qu'il se passait quelque chose à Thistles, dit-elle, de la compassion dans les yeux. Tu ne m'avais jamais dit que ton père était alcoolique. C'est pour cela que tu ne m'as jamais invitée chez toi, après cette première fois ?

Il soutint son regard tandis que la honte l'envahissait de nouveau. Les choses avaient été bien pires que ce qu'elle pensait, mais il n'avait jamais eu l'occasion de le lui dire. C'était dans la lettre.

— Excuse-moi, j'avais oublié qu'il ne faut pas parler de toi, fit-elle d'un ton léger, en voyant qu'il se taisait. Mais je te fais confiance pour faire ce qu'il faut pour Blue. Tu veux que nous parlions ensemble à sa propriétaire ?

Il hocha la tête, appréciant sa réaction à sa juste valeur. Elle gardait confiance en lui, malgré la tension qui se réveillait entre eux.

Mais elle méritait des réponses. Peut-être devrait-il

simplement lui donner cette lettre. Quoi qu'il en soit, il faudrait qu'ils parlent. Il était sûr qu'elle ne lui disait pas tout à propos d'Ethan, non plus.

Quand Blue fut en salle de réveil, Cole annonça à sa maîtresse qu'ils préféreraient garder la chienne et ses chiots à Everleigh, dans un premier temps. Les petits y seraient enregistrés avant d'être proposés à l'adoption.

— On pourra quand même les vendre ? demanda-t-elle en les regardant avec espoir.

— Nous ne pouvons pas vous empêcher de les monnayer, mademoiselle Edgerton, dit Jody avec tact. Mais ils seront bien soignés ici en attendant de trouver un foyer, et Blue aussi, pendant qu'elle les nourrira.

— Mon jeune assistant Toby leur trouvera une famille en un rien de temps, grâce au site Internet qu'il a mis au point avec la fille de Jodie, dit Cole.

La femme parut apaisée. Mais Jodie resta silencieuse, après son départ, tandis qu'ils rangeaient la salle d'opération.

— Tu savais qu'Emmie et Toby étaient en contact presque tous les jours, depuis notre départ ? demanda-t-elle soudain.

— Je m'en doutais. Mais ce n'est pas une histoire d'amour. Ils sont bien trop jeunes pour ça.

Il vint se placer à côté d'elle.

— Nous le saurions, si c'était ça.

— Je suppose, répondit-elle d'un ton hésitant, en lui lançant un coup d'œil.

Il se retint de la toucher, même s'il en mourait d'envie. Il savait qu'elle n'avait pas oublié la scène de la cabane, un peu plus tôt. Le désir se lisait encore sur son visage. Mais il ne ferait pas un geste ; il l'avait promis.

Il posa les mains sur le banc, de chaque côté d'elle.

— Tu m'as manqué, avoua-t-il. Ces trois dernières semaines, les douze dernières années. Tu n'étais pas heureuse de te marier, n'est-ce pas ? Tu semblais l'être sur les photos, mais tu n'aimais pas Ethan.

Elle le regarda dans les yeux.

— Cole... Pourquoi te soucies-tu autant d'Ethan ?

— Ce qui me tracasse, c'est qu'à l'époque nous aurions pu faire les choses autrement, toi et moi.

Brusquement, elle parut offensée.

— Nous ? Je ne regrette pas d'avoir eu Emmie !

Il se mordit la joue.

— Ce n'est pas ce que je voulais dire.

— Je suis lasse d'essayer de lire entre les lignes avec toi, Cole.

Elle jeta sa blouse dans le panier à linge sale.

— La journée a été longue. Pouvons-nous reprendre cette discussion demain ? Il faudra que nous parlions quand nous serons dans un meilleur état d'esprit. De la personne que tu aimerais approcher pour reprendre ma part quand je vendrai, par exemple.

Il haussa un sourcil, mais ne bougea pas. Il ne voulait pas répondre à cette provocation. Il ne voulait rien faire qui la pousse à partir. Pendant qu'elle était là, il devait lui rappeler pourquoi Everleigh pouvait redevenir sa maison et celle d'Emmie, aussi.

— Je te verrai demain matin, alors, dit-il. De bonne heure. Je ferai le café.

Une idée se formait déjà dans sa tête.

15

Les blessures de Blaze étaient presque complètement guéries. L'étalon avait retrouvé sa prestance.

— On dirait un autre animal, dit Jodie, en remerciant silencieusement le cheval de ce qu'il avait fait pour sauver Cole.

— Il se remet peu à peu.

Cole passa une main sur le front et les naseaux de Blaze.

— Russell peut l'approcher, maintenant.

— Pas autant que toi, je suppose. Comment va-t-il ?

— Bien. Il est solide, sans ça je ne l'aurais pas embauché. Blaze ne sera pas la seule bête caractérielle que nous aurons ici, si le refuge se fait.

Cole n'avait pas mentionné le refuge depuis un moment, mais l'idée qu'il se réalise rendit Jodie toute contente, comme un rêve qui serait exaucé. Puis elle songea à tout ce qu'elle devrait changer dans sa vie, si elle voulait s'en occuper. Elle devrait venir vivre ici, pour commencer.

Vendre lui semblait toujours une bonne option, pour maintes raisons, mais Emmie ne cessait de lui envoyer des messages, demandant si elle avait décidé de garder sa part. Ethan aussi, lui avait reposé la question. Elle avait répondu qu'elle n'avait pas changé d'avis, mais chaque fois qu'elle le disait, maintenant, cela semblait sonner faux. Surtout par de belles matinées comme celle-ci.

Le soleil venait de se lever, ils avaient avec eux du café et des biscuits, et elle ne savait pas pourquoi Cole voulait l'emmener à Portland Bill. Il avait quelque chose à lui montrer, avait-il dit. Ils en avaient pour deux heures à cheval, environ.

Ils partirent, elle sur Aphrodite et lui sur Jasper. Il galopait devant comme si toute la côte était à lui. Il était clair qu'il appartenait de tout son être à cet endroit.

Les champs parsemés de fleurs ressemblaient à d'épaisses et douces couvertures vertes. Ils mirent pied à terre près du phare blanc et rouge, là où les vagues battaient les rochers cinglés par le vent. Elle renversa la tête en arrière et respira à pleins poumons tandis que Cole conduisait les chevaux dans un paddock privé qui n'existait pas auparavant. Autour, un morceau de terrain était délimité par des barrières. Elle vit aussi un petit hangar à bateaux.

— Tu es prête ?

Il vint se placer derrière elle et passa les bras autour de sa taille. Une seconde, elle fut ramenée en arrière, à l'époque où il faisait cela tous les jours. Sa robustesse, dans son dos, lui coupa le souffle. Puis la curiosité l'envahit lorsqu'il sortit une clé de sa poche et l'agita devant elle.

C'était la clé d'un brillant petit hors-bord qui devait coûter cher. Ils y montèrent et Cole les dirigea d'une main experte à travers les vagues. Elle l'admirait en silence, le vent jouait dans ses cheveux. Elle apprécia encore plus le moment quand il l'attira contre son épaule pour l'abriter des éléments. Elle l'admettait à contrecœur, mais il la faisait se sentir protégée, en sécurité.

Au bout d'un moment, il ralentit le bateau et ils se balancèrent doucement sur les flots. Elle s'assit face à lui et regarda ses muscles jouer au soleil tandis qu'il leur servait du café dans des gobelets. Il portait un pull marin crème aux manches remontées et un jean propre. Il avait même ciré ses bottes ! Elle admira le hors-bord qui brillait comme un sou neuf. Son propriétaire devait en prendre grand soin.

— Depuis quand as-tu accès à ce paddock et à ce bateau ? demanda-t-elle.

Il s'adossa à son siège, étendant ses longues jambes entre les siennes.

— J'ai acheté ce hors-bord il y a cinq ans.

Elle haussa les sourcils, stupéfaite.

— Il est à toi ?

— Oui, comme le terrain où j'ai édifié le paddock et le hangar. Le plan est de bâtir une maison d'hôtes, plus tard. Je prêterai le bateau et des cannes à pêche aux gens, et nous ferons des balades à cheval le long de la côte... Ce n'est qu'un projet, mais j'ai le temps. Je ne vais nulle part.

— Arrête d'essayer de me donner envie d'en faire autant, marmonna-t-elle. Tout ce que tu veux, c'est que je garde ma part d'Everleigh pour éviter qu'un étranger vienne changer les choses.

Il remonta ses lunettes de soleil dans ses cheveux. Puis il se pencha en avant pour lui prendre les mains.

— Allons, Jodie, tu sais bien que ce n'est pas la seule raison. De qui nous moquons-nous, ici ? J'ai essayé de bien me conduire avec Emmie et toi, pour rendre les choses moins embarrassantes. Si tu tiens à te cantonner aux affaires nous le ferons, mais je ne crois pas que tu le veuilles vraiment.

Soudain il se mit à genoux devant elle, faisant tanguer le hors-bord.

— Nous avons l'occasion de faire ensemble quelque chose d'Everleigh, comme nous avons toujours dit que nous le ferions.

Le cœur de Jodie manqua un battement.

— Je ne peux pas mêler Emmie à ça, dit-elle. Je sais que tu te débats encore avec une partie du passé, Cole. Tu n'es pas obligé de me dire ce que c'est, mais si tu ne le fais pas, cela restera toujours entre nous. Est-ce que ça a à voir avec ton père ?

Un instant, il parut désarçonné. Il se rassit, abaissa ses lunettes et se tourna vers le phare, se refermant comme il le faisait toujours. Elle noua ses bras autour d'elle, attendant.

Elle avait presque oublié ce que c'était, de sentir ce feu la brûler corps et âme. Même les secrets de Cole l'attachaient à lui. Mais elle devait faire passer Emmie avant son envie de retomber amoureuse de lui, malgré les problèmes qui les avaient séparés.

— Tu ne veux toujours pas me parler ?

Elle pouvait voir à son expression qu'elle avait touché une corde sensible, ou mis le doigt sur quelque chose qu'elle n'était pas censée savoir. Soudain, elle se sentit peinée pour lui et ajouta, plus doucement :

— Écoute. Je n'aurais pas eu Emmie si tu n'avais pas rompu avec moi, alors comment puis-je le regretter ? Mais tu dois me dire ce qui s'est passé.

— Quand mon père est sorti de prison, il a refusé de payer mes études à Édimbourg, Jodie. Et je ne voulais pas que tu perdes ta vie à m'attendre, si jamais je n'y arrivais pas.

Elle porta une main à sa bouche.

— Pourquoi ne me l'as-tu pas dit ?

— Je ne voulais pas non plus l'aide de quelqu'un d'autre, tu sais comment j'étais. Je pensais que je pourrais arranger les choses, tout de même, mais tu es tombée enceinte et Casper m'a dit de ne pas aller te voir.

Le hors-bord se mit à remuer davantage sous le vent. Elle avait les cheveux dans la figure, mais elle les repoussa, fixant Cole.

— Attends… *Casper* t'a dit ça ?

Les jointures de ses doigts étaient blanches. Elle avait la gorge aussi sèche que du parchemin. Elle se sentait malade, et pas à cause de la houle.

— Pourquoi n'es-tu pas venu plus tôt ?

Il paraissait tendu à craquer.

— J'aimerais pouvoir t'expliquer. C'était une période difficile, Jodie. Je pensais que tu t'en sortirais mieux sans moi.

Eh bien, ça n'a pas été le cas. Ethan et moi avons passé un accord, Cole. Son père était sur le point de se faire réélire député, et il n'avait pas besoin d'un enfant naturel au milieu de sa campagne. Les parents d'Ethan et les miens nous ont offert de nous soutenir financièrement pour finir nos études, mais seulement si nous nous mariions. Alors nous avons légalisé les choses, mais nous avons toujours su que nous divorcerions une fois notre diplôme obtenu.

Cole serrait les poings.

— Alors tu t'es mariée pour le bénéfice politique d'un riche type de la haute !

— Personne ne m'a forcée à rien, Cole. Je t'aimais tellement que je me moquais de ce qui m'arrivait.

Il se remit à genoux pour venir jusqu'à elle, elle fit la même chose en même temps et le bateau tangua si fort qu'elle poussa un cri. Un cri qui se perdit dans la bouche de Cole tandis qu'ils s'embrassaient. Et soudain...

Par-dessus l'épaule de Cole, des mouettes criaient, survolant en cercle quelque chose qui se trouvait sous l'eau. Jodie se redressa d'un bond.

— Cole, regarde !

Des nageoires de dauphin fendaient l'eau en un tourbillon qui étincelait au soleil. Elle s'accrocha, captivée, au bord du bateau.

— C'est ce que tu voulais me montrer ?

Il regardait l'eau qui écumait derrière ses lunettes de soleil.

— Ils sont en général dix ou onze à cette heure de la journée, dit-il. Ils connaissent le bateau, maintenant. Je viens ici pour lire. Normalement, ils arrivent tout de suite.

Ils se rendirent compte alors que le nez et la nageoire dorsale d'un jeune dauphin étaient pris dans un filet de pêche qui avait dû dériver.

— Cole, il faut faire quelque chose ! s'écria Jodie, en écho à ses pensées.

Elle se mit à tirer avec lui sur le filet, cherchant en vain à remonter le petit dauphin.

— Attrape cette boîte sous le siège du pilote, dit-il. Le filet est accroché à quelque chose. J'ai besoin du couteau.

Une femelle adulte sortit le nez de l'eau, se rapprochant

de Cole et couinant à qui mieux mieux. Son langage corporel indiquait qu'elle était affolée ; il devait s'agir de la mère.

Alors il se leva, ôta son pull et sa chemise.

— Qu'est-ce que tu fais ? demanda Jodie en lui passant la boîte de premiers secours. Il fait froid...

— Il faut dégager le petit du filet et nous ne pouvons pas le faire d'ici.

— Alors c'est moi qui y vais, dit-elle, déboutonnant déjà son jean.

Il posa une main sur son poignet, elle avait la chair de poule.

— Jodie, tu ne vas pas dans l'eau.

Elle se dégagea, pleine de défi. Autour d'eux, les cris des mouettes étaient assourdissants.

— Tu dois rester dans le bateau pour me remonter, dit-elle. En outre je suis plus petite, je sécherai plus vite, mais il faudra que tu me tiennes chaud.

— Ça, je veux bien, concéda-t-il.

Elle était déjà en sous-vêtements, une parure noire. Elle prit le couteau qu'il tenait à la main et grimpa sur le siège. Cole fut trop distrait par ce qu'il voyait pour l'empêcher de sauter.

— Jodie, tu vas te prendre dans le filet !

— Tout va bien, dit-elle en retenant son souffle, saisie par l'eau glacée. Elle n'est pas si froide.

Les dauphins l'entouraient. Une seconde il craignit qu'ils ne lui fassent quelque chose, par peur, mais il se dit qu'ils le connaissaient et avaient confiance en lui. Il venait ici depuis plus d'un an. Et il ne laisserait pas Jodie faire ça toute seule.

Il jeta l'ancre, s'assura que la petite échelle était en place et se déshabilla. Quelques secondes plus tard, il était à côté d'elle, complètement nu.

Ils attrapèrent rapidement le filet, mais le petit dauphin se débattait toujours au-dessous d'eux. Alors ils plongèrent sous l'eau tour à tour, avec le couteau, pour trancher les mailles qui le retenaient.

Quand ils vinrent à bout du filet, les lèvres de Jodie étaient bleues, mais elle regardait, enchantée, le jeune animal qui s'était libéré et nageait autour d'eux. Cole lança le couteau dans le bateau. C'était l'adrénaline qui les faisait tenir, il le savait, il fallait qu'ils sortent de l'eau au plus vite.

Alors que Jodie, les articulations blanches, la peau piquetée par le froid, grimpait à l'échelle, il se dit qu'il ne l'avait jamais vue aussi belle. Il attrapa un tas de couvertures et de serviettes qui se trouvait à ses pieds et l'enveloppa dedans. Après quoi il remonta le filet dans le bateau, pour qu'il ne puisse plus nuire.

Tandis qu'il remettait le hors-bord en marche, un couinement attira son regard. La mère dauphin les suivait. Elle passa devant, se hissa devant la proue et les aspergea copieusement. Jodie éclata de rire.

— Elle nous dit merci, dit-il. Elle te connaît, maintenant. Elle sait que tu as sauvé son petit.

— Nous l'avons sauvé tous les deux.

Elle se blottit, tremblante, contre lui, et il l'enlaça d'un bras. La voiture qu'il avait commandée par téléphone les attendait. Il reviendrait chercher les chevaux quand Jody serait au sec et au chaud.

— Les dauphins n'oublieront jamais ce qui s'est passé, dit-il en la serrant un peu plus fort et en lui posant un baiser sur la tête.

— Moi non plus.

Il faillit lui dire qu'il l'aimait, mais il ne le fit pas. Il avait déjà rompu sa promesse de ne plus la toucher – et elle lui avait rendu ses gestes.

Ils filèrent vers la côte. Mais l'adrénaline ne retomba pas dans le sang de Cole avant plusieurs heures, parce qu'il savait maintenant pourquoi Jodie avait épousé Ethan.

Tout ce qu'elle avait fait, cela avait été de l'aimer, mais au lieu de la protéger, comme il avait voulu le faire, il l'avait envoyée droit dans les bras d'Ethan. Elle était devenue une sorte de pion politique, manipulée par deux couples de parents qui auraient dû se comporter autrement.

16

Le garde-côte avait informé la presse et les radios du sauvetage du petit dauphin, qui fit bientôt le buzz dans les médias. Jodie répondait aux interviews pendant que Cole travaillait, mais elle ne dit à personne pourquoi elle avait sauté dans l'eau la première : elle avait paniqué à l'idée que Cole ne remonte pas.

Durant leur retour vers la côte, elle avait presque dit à Cole qu'elle l'aimait. Les mots avaient occupé son esprit, mais ils n'avaient pas franchi ses lèvres. Elle avait déjà assez compliqué les choses.

Il s'était confié à elle, certes, mais elle ne pouvait s'empêcher de penser qu'il lui cachait encore quelque chose d'important. Et elle se demandait que faire pour Emmie. Everleigh était-il vraiment le bon endroit pour sa fille, si elle renonçait à vendre ?

Un matin, elle se rendit à Green Vale, l'école de Toby, qui devait y faire un exposé sur les animaux d'Everleigh. Elle fut accueillie en héroïne. Et l'atmosphère de l'établissement lui plut beaucoup. Peut-être Emmie y serait-elle heureuse ?

— À propos, avez-vous vu cette photo ? lui demanda la directrice, Hetty, en lui tendant son portable.

La gorge de Jodie s'assécha immédiatement. Le cliché montrait le hors-bord de Cole, heureusement d'assez loin. On distinguait juste vaguement les silhouettes d'un homme et d'une femme.

— C'est bien le bateau de Cole Crawford ? demanda Hetty, curieuse. Vous êtes en couple ?

— Non, nous travaillons ensemble à Everleigh. Je suis vétérinaire.

— Un autre vétérinaire ! La parfaite équipe. C'est un homme mystérieux, très réservé. Tout le monde ici se demande quelle femme pourrait emporter son cœur.

Jodie se sentit rougir. Et le bateau était trop loin pour qu'on puisse voir qu'ils étaient nus, mais l'idée qu'on les ait photographiés à leur insu – et publié la photo – la mettait mal à l'aise.

Elle s'efforça de se concentrer sur l'exposé de Toby, qui parla du site qu'il avait créé avec Emmie pour trouver des familles à des chiots abandonnés, site qui rencontrait un grand succès.

Everleigh marchait bien. Au cours de l'année à venir, Cole et elle s'occuperaient ensemble de projets d'agrandissement. Mais même si elle avait donné son accord à ces projets, elle ne pouvait encore s'engager à rester pour les mener à bien. Il fallait d'abord qu'elle en parle à Ethan et Emmie. Quant à Cole et elle… Qu'étaient-ils au juste, à part des partenaires de travail ? Néanmoins, ils jouaient à un jeu dangereux, elle le savait. Il ne lui mettait aucune pression, mais plus il la ménageait, plus elle avait envie de lui tomber dans les bras.

— Voilà comment Cole Crawford apprend à un cheval à ne plus ruer, dit soudain Toby, sa voix l'arrachant à ses pensées.

Une vidéo de Cole s'affichait sur l'écran, il apparaissait plus grand qu'en réalité. Les parents d'élèves étaient visiblement admiratifs. Elle se sentit très fière et ne put s'empêcher de sourire. Les enfants étaient captivés. Dans cette école, tout le monde aimait manifestement les animaux, comme Emmie.

Lorsque la présentation fut terminée, elle alla rejoindre Toby.

— Cole serait fier de toi, dit-elle.

— Je *suis* très fier, dit la voix de Cole, derrière elle.

Elle pirouetta.

— Tu es là depuis le début ?

Les gens autour d'eux le reconnaissaient et s'attroupaient comme autour d'une célébrité.

— Je suis arrivé un peu en retard. Un problème avec un agneau. Désolé.

Il leva le pouce pour féliciter Toby, puis passa un bras autour des épaules de Jodie, la faisant se figer sous le choc.

— J'ai adoré ton expression pendant que tu regardais la vidéo de moi, lui murmura-t-il à l'oreille.

Il ne l'avait jamais touchée en public, pas même dans la cuisine d'Everleigh. S'il se comportait ainsi devant tout le monde pour la retenir de vendre... elle lui en voudrait terriblement. Elle se sentirait même offensée.

Mais, à son vif étonnement, elle apprécia sa présence solide à côté d'elle, tandis qu'ils conversaient avec les gens présents. Elle aimait la façon dont il s'ouvrait peu à peu à elle. Il y avait des choses qu'elle seule savait sur Cole Crawford. Et vice versa.

Pourquoi s'inquiéter qu'on les ait vus ensemble, au large de Portland Bill, ou n'importe où ailleurs ? Cela ne regardait qu'elle, après tout... Mais elle ne pouvait s'empêcher de s'interroger sur l'auteur de cette photo.

17

Jodie s'éveilla en sursaut à 3 h 10 du matin. Elle était dans le lit de Cole, et l'espace d'une seconde elle s'autorisa à se sentir bien – plutôt que coupable d'avoir de nouveau couché avec lui après un agréable dîner au coin du feu. Puis elle se rendit compte qu'il n'était plus là.

C'était la saison de l'agnelage, avec des appels à n'importe quelle heure, aussi ne s'inquiéta-t-elle pas. Mais tout de suite après, elle vit un faisceau lumineux dehors, à travers la fenêtre. C'était sûrement ce qui l'avait réveillée, s'il était passé sur son visage.

Le cœur battant, elle constata que la lumière s'éloignait vers le chenil. Attrapant son téléphone, elle se leva d'un bond, enfila son jean, la chemise de Cole et ses bottes. Lorsqu'elle sortit, les chiens étaient étonnamment tranquilles. Quand quelqu'un approchait, il y en avait toujours qui aboyaient, d'habitude.

— Russell ? appela-t-elle.

Pas de réponse. Elle dirigea la lampe de son portable dans l'obscurité.

— Toby ?

Elle ravala sa nervosité. Le jeune garçon devait dormir. La Land Rover n'était pas là. Elle appela Cole et lui laissa un message.

— Cole, il n'y a probablement rien de grave, mais j'ai cru voir un rayon lumineux près du chenil. Je suis sortie voir, mais il n'y a personne. C'est un peu bizarre.

Embarrassée, elle raccrocha. Elle ne voulait pas le déranger pour rien. Et elle ne voyait plus rien d'anormal. Elle alla néanmoins jusqu'aux écuries, pour vérifier que tout allait bien. Les chevaux étaient tranquilles. Certains dormaient, d'autres mangeaient. Elle s'arrêta près de Blaze.

— Comment vas-tu, mon beau ?

Soudain, un bruit fit se dresser les oreilles de l'étalon. Elle ressortit en courant. On aurait dit que quelque chose de lourd était tombé par terre, et maintenant les chiens se déchaînaient. De retour au chenil, elle s'arrêta dans l'ombre.

— Qui est là ?

Une silhouette noire se faufila derrière la dernière cage de la rangée, là où ils gardaient Blue et ses petits.

— Je vais appeler la police ! cria-t-elle, le cœur tambourinant.

Soudain, la silhouette fut juste devant elle. Des mains lourdes l'empoignèrent par les épaules et la plaquèrent violemment contre les barreaux d'une cage. Son téléphone se brisa sur le sol en béton. Elle eut l'impression que dix battes de base-ball l'avaient rouée de coups. Elle avait si mal qu'elle en perdit l'usage de la voix.

Essayant de reprendre son souffle, elle voulut donner des coups de pied à l'homme, mais il était fort pour sa petite stature. Il avait environ trente-cinq ans, portait un sweat-shirt à capuche noir et un pantalon de survêtement bleu vif. Elle avait déjà vu ce pantalon...

De ses poings moites, il lui attrapa les poignets. Le cerveau de Jodie tournait à plein régime. Elle avait l'impression de l'avoir déjà vu quelque part, mais où ?

— Que voulez-vous ? cria-t-elle. Lâchez-moi !

— Pas avant que tu promettes de te tenir tranquille, dit il entre ses dents, l'haleine puant l'alcool. Dans quelques secondes je serai parti et tu m'oublieras. Compris ?

Tout à coup, les phares d'une voiture apparurent dans l'allée. L'assaillant hésita et le sac qu'il portait à l'épaule glissa à terre.

Une portière claqua et un chiot couina dans le sac. Puis la petite tête d'un bébé bouledogue émergea.

— Ne dis pas un mot, commanda l'homme.

— Ne me menacez pas. Vous vouliez voler les chiots !

Se débattant, elle réussit presque à lui donner un coup de pied dans l'entrejambe. Mais alors qu'elle le voyait déjà jauger la douleur... il disparut brusquement, tiré en arrière.

— Laisse-la ! tonna Cole.

Il y eut un déplacement d'air tandis qu'il plaquait l'homme contre les barreaux.

— Que lui as-tu fait ? gronda-t-il.

Jodie tenta de se ressaisir. Ziggy bondissait autour d'eux.

— Cole, il ne m'a rien fait ! Je vais bien.

Elle vit sa mâchoire se durcir. La fureur lui ravageait les traits. Une sirène se fit entendre, au loin.

— Tu essayais de prendre ces chiens ?

— Je ne faisais que reprendre ce qui est à moi !

Alors Jodie, brusquement, retrouva la mémoire.

— Cole, c'est l'homme sur la photo de Mlle Edgerton...

— J'ai dit à ma copine qu'elle n'aurait jamais dû vous les laisser ! répondit le voleur, menaçant.

Traitant ses protestations par le mépris, Cole le poussa dans une cage vide et referma la grille sur lui.

— Reste tranquille, tu es filmé, dit-il en lui montrant une caméra de sécurité.

Puis il se tourna vers Jodie et la prit à bout de bras pour l'observer.

— Tu es blessée.

— Peut-être un peu meurtrie, mais ça va. Tu es venu quand tu as eu mon message ?

Les narines de Cole frémissaient. La rage le rendait méconnaissable.

— Cole ?

Une voiture de police s'arrêta près de la Land Rover, prenant l'homme enfermé dans le faisceau de ses phares. Russell arriva en courant, suivi par une policière.

Cole sembla se retirer en lui-même. Il parcourut le chenil, calmant les chiens. Jodie remarqua alors des croquettes répandues au sol, près des cages. Le voleur avait fait taire les chiens en leur donnant à manger.

Il s'avéra que l'homme, John Kowara, suivait Cole depuis un moment, étudiant son emploi du temps, planifiant quand il pourrait venir chercher les chiots pour les revendre au marché noir, à un prix exorbitant.

— C'est peut-être lui qui nous surveillait depuis le phare pour nous prendre en photo, dit Jodie à la policière, en se frictionnant les bras.

— Nous vérifierons son portable au poste, répondit la femme. Entre-temps, vous devriez songer à porter plainte pour agression.

— Oui, tu devrais le faire, dit Cole, les dents serrées, tandis que des policiers mettaient Kowara dans leur voiture.

Plus tard, au lit, Jodie écouta la respiration régulière de Cole endormi. C'était comme une berceuse qui lui avait longtemps manqué, mais elle ne pouvait pas dormir, hantée par le visage furibond de Cole, devenu fou en la voyant menacée par cet individu. De sa vie, elle n'avait jamais vu quelqu'un aussi hors de lui.

Jodie et Dacey se tournèrent vers Cole qui entrait dans la cuisine de la maison. Il venait de visionner par deux fois la vidéo de sécurité. Son sang s'était figé quand il avait vu Kowara s'élancer sur Jodie.

— Tu as vu les bandes ? demanda-t-elle, le regard soucieux. On le voit s'emparer des chiots ?

— Tout a été filmé. C'est joint au rapport de la police.

— Bien... En tout cas, s'ils ont besoin de moi, je peux leur parler quand je serai en route.

Cole sentit sa poitrine se contracter. Jodie devait être à l'aéroport dans quelques heures. Elle était là depuis un peu plus d'une semaine, et il ignorait quand elle reviendrait à Everleigh. Il ne voulait pas la stresser en lui posant la question, en particulier après ce qui s'était passé la veille.

Elle avait probablement envie de rentrer. Ici, elle avait été en danger. *Il* l'avait mise en danger. Il était parti en visite avec Ziggy sans fermer à clé la porte de la cabane. Quelque chose de bien pire aurait pu lui arriver, quand Kowara s'était introduit chez lui pour prendre les clés du chenil.

Elle vint le rejoindre.

— Cole, ça va ?

Il regarda sa main fine posée sur son bras. Ses entrailles se nouèrent.

— Il sera plus facile de l'accuser si l'on prouve qu'il nous observait avant de s'introduire dans la propriété, dit-il.

— Je pense que je ne déposerai pas plainte, dit-elle en croisant les bras.

Elle n'était pas sérieuse !

— Il t'a agressée, Jodie. Tu *dois* porter plainte.

— Il est déjà poursuivi pour vol. Grâce à ton intervention, il ne m'a pas fait de mal. Il essayait juste de me faire peur pour que je le laisse prendre les chiots.

Il la fixa, se passant une main sur le menton. Puis il mit ses poings serrés dans ses poches. Pendant tout le temps où il avait regardé la vidéo, il s'était représenté son père à la place de Kowara. Tous les souvenirs lui étaient revenus.

— Tu ne sais pas ce qu'il aurait pu te faire. Il était ivre.

Elle prit un verre d'eau à l'évier et soupira.

— Je ne veux pas y penser, Cole. Je dois aller retrouver ma fille et je suis très occupée. Si nous déposons cette plainte, nous serons obligés de continuer à penser à tout ça. Or tout va bien, maintenant. Ça ne se reproduira pas.

Il serra les mâchoires. Quand il l'avait vue le dos collé aux barreaux, il avait vu rouge. C'était son enfance qui recommençait.

— Je ne peux pas te laisser partir sans rien faire, Jodie. Je serai avec toi.

Elle avait été attaquée sur *leur* propriété. Elle qui était déjà déterminée à vendre sa part, elle allait l'être encore plus, maintenant.

Il ne pouvait pas croire qu'elle veuille simplement oublier. Peut-être avait-elle peur des conséquences d'un dépôt de plainte, comme lui autrefois.

— Je te l'ai dit, tout va bien. S'il te plaît, tirons un trait là-dessus.

— Moi je ne peux pas.

Vinny entra avec un agneau et un biberon.

— Nous avons là deux gamins avec un pigeon, dit-il à Cole en indiquant le cabinet de consultation.

— J'y vais, dit vivement Jodie, comme si elle voulait lui échapper.

Il la suivit jusqu'à la porte.

— C'est ton dernier jour et je ne veux pas te quitter des yeux, dit-il à voix basse.

Il avait déjà l'impression qu'elle lui filait entre les doigts. Elle se retourna, les paupières plissées.

— Cole, ce qui s'est passé hier soir n'est pas ta faute. Nous sommes tous les deux fautifs, s'il a pu entrer dans la propriété. Nous étions distraits, occupés à des choses que nous nous étions promis de ne plus refaire...

— Ce n'est pas une excuse pour ce qu'il t'a fait.

— Tu n'as pas à t'inquiéter pour moi.

« Mais je m'inquiète », pensa-t-il en lui ouvrant la porte et en résistant à l'envie de la toucher. « Je m'inquiète toujours pour toi. J'ai toujours fait tout ce que j'ai pu, et néanmoins je n'ai pas réussi à te protéger. »

Elle minimisait ses blessures et le choc qu'elle avait subi pour le ménager, mais il savait qu'elle était meurtrie, physiquement et moralement. Dans le lit, le matin même, il avait vu les vilains hématomes qui marquaient sa colonne vertébrale. Elle quittait Everleigh pour Édimbourg en étant blessée, ce qu'il avait toujours essayé d'éviter.

18

Ensemble, Cole et Jodie soignèrent le pigeon – un pigeon voyageur – qui avait une aile cassée. Durant tout ce temps, elle sentit Cole l'observer, tel un faucon, comme s'il ne voulait pas la lâcher des yeux.

Elle regarda par la fenêtre. Blaze trottait dans le paddock. Le soleil brillait et le printemps s'installait pour de bon. Le jour où Emmie et elle étaient arrivées sous la neige semblait loin. Et déjà l'idée de laisser Cole pour un laps de temps indéterminé lui oppressait le cœur.

Elle ne le lui dirait pas, mais l'image de Kowara penché sur elle alors qu'il lui clouait le dos aux barreaux devenait de plus en plus difficile à écarter. Elle n'avait pas envie de dormir seule dans son lit à Édimbourg, ce soir-là, mais elle n'avait pas le choix.

Cole pénétra dans l'enclos et rabattit le loquet derrière lui. Jodie caressait la crinière de Blaze, et il n'en croyait pas ses yeux. Elle se tourna vers lui et haussa les épaules en voyant sa surprise.

— Il m'a déjà laissée le toucher la nuit dernière, juste avant que j'entende Kowara...

Elle s'interrompit vivement, comme pour ne pas évoquer de nouveau l'incident.

— Peut-être se laissera-t-il monter plus tôt que tu ne le pensais, dit-elle, soucieuse de changer de sujet.

— Seulement par quelqu'un en qui il aura confiance.

Il prit les mains de Jodie et l'attira à lui. Elle était déjà habillée en citadine. Ses bottes brillaient.

— Je sais que la nuit dernière t'a affectée plus que tu ne veux l'admettre, dit-il.

— Je te l'ai dit, je vais bien.

— Ce que tu es entêtée !

— Et toi, alors ?

Ils attendaient son taxi. Ses sacs étaient dehors et Cole ne savait absolument pas quand il la reverrait. Ce qu'il savait, c'était qu'elle se rendrait compte qu'il ne l'avait pas protégée, quand elle rentrerait chez elle.

— Je veux que tu déposes plainte, dit-il d'un ton définitif.

— Tu recommences ?

— Il mérite d'être puni, Jodie. S'il agresse quelqu'un d'autre ?

Elle libéra ses mains.

— Qu'est-ce que tu as, Cole ? Est-ce que tu veux sauvegarder la réputation d'Everleigh, parce que tu penses que je veux toujours vendre ma part ?

— Je me fiche de ça, je pense à toi !

Exaspéré, il sortit l'enveloppe de la poche de son jean.

— Il y a quelque chose que je ne t'ai pas dit.

Derrière eux, Blaze grogna et frappa le sol de ses sabots. L'étalon sentait son énervement, il le savait. Il fit sortir Jodie de l'enclos et lui mit la lettre dans la main. Son cœur tambourinait dans sa poitrine.

— J'ai déjà vu cette lettre, avec les photos, dit-elle en tournant l'enveloppe et en examinant le cachet de cire rouge.

— Lis-la. Peut-être qu'après tu verras pourquoi tu dois déposer plainte.

Le cœur de Jodie pesait comme du plomb dans sa poitrine. Elle put à peine finir la lettre, à cause de ses larmes. C'était vrai, Cole voulait venir la chercher et Casper l'en avait empêché, mais ce n'était pas ce qui la faisait pleurer.

— Oh ! mon Dieu ! dit-elle en levant les yeux vers lui.

Le soleil ruisselait sur les cheveux noirs de Cole et des brins d'herbe et de foin étaient accrochés à sa veste, mais elle avait l'impression de regarder un étranger. Ses doigts tremblaient sur la feuille de papier.

— Toutes ces années j'ai cru que nous nous disions tout. Mais, tout ce temps-là, tu gardais des secrets, tu me mentais sur la cause de tes blessures. Tu subissais tout ça tout seul, Cole ? Tu ne me faisais pas confiance pour essayer de t'aider ?

Il fit un pas vers elle, mais elle leva une main pour l'arrêter.

— Jodie, je pensais que je te protégeais.

— C'était toi qui avais besoin de protection, Cole ! Il nous a détruits, et tu l'as laissé faire !

Sa colère était telle qu'elle faillit trébucher sur ses sacs. Le taxi arrivait pour l'emmener à l'aéroport, et il n'arrivait pas assez vite à son gré.

Savoir combien les choses auraient pu être différentes s'il s'était confié à elle, soudain c'était trop.

— Tu aurais dû me laisser décider si j'avais besoin que tu me protèges.

— Je savais que tu serais allée le trouver, que tu aurais essayé de me défendre !

— Ça oui ! J'aurais fait quelque chose, parce que je t'aimais tant.

Cole avait l'air d'un cheval traqué.

— Je comprends que tu ne voulais pas me voir blessée, mais c'est *toi* qui m'as blessée, Cole, plus que ton père ou Kowara n' auraient pu le faire. As-tu une idée de combien de temps il m'a fallu, pour me remettre de nous ? Tu m'as laissée croire que tu ne m'aimais pas ! Tu préférais me perdre, nous perdre, perdre tes études, toute ta vie, plutôt que de te confier à moi !

J'aurais pu t'aider à déposer une plainte pour renvoyer ton père en prison, où était sa place.

Le taxi s'arrêtait. C'était exactement comme douze ans plus tôt, quand elle était partie après une terrible dispute. Ce qui aurait pu être évité s'il lui avait dit la vérité, à l'époque.

— J'ai besoin de digérer tout ça, dit-elle, la voix cassée.

Une partie d'elle savait qu'elle se montrait injuste, mais elle n'y pouvait rien : savoir ce qu'il avait subi des mains de son père la rendait malade, mais elle était également dévastée qu'il lui ait caché si longtemps des secrets aussi corrosifs. Des secrets qui avaient détruit leur relation.

Les joues de Cole s'étaient creusées. Il était pâle, en colère.

— Je sais que c'est beaucoup à assimiler, mais tu vois sans doute, maintenant, pourquoi tu dois déposer plainte, Jodie.

— Oui, je le vois. Parce que tu ne l'as pas fait, quand c'était nécessaire. Ton père est mort avant d'avoir affronté la justice pour ce qu'il t'avait fait, ce qu'il *nous* avait fait ! Oui, je peux déposer plainte ; mais ce que je ferai maintenant ne changera rien à ce fait-là, Cole.

— Peut-être pas, mais tu peux le faire pour Emmie.

Elle tiqua.

— Emmie ? Emmie ne reviendra plus jamais ici, et moi non plus.

Elle pressa une main sur sa bouche pour retenir ses sanglots, tandis que Cole se rembrunissait. Maintenant encore, il ne comprenait rien à la manière dont elle voyait les choses. Lui aurait-il dit tout cela si elle n'avait pas été agressée par Kowara ? L'amour ne pouvait s'épanouir sans confiance.

— Tu es impossible, Cole.

Elle jeta ses sacs sur le siège arrière du taxi.

— À l'aéroport, dit-elle au chauffeur.

Et cette fois elle ne se retourna pas.

19

Une semaine plus tard

— Un penny pour tes pensées, dit Ethan, assis dans son nouveau salon en face de Jodie.

Ils attendaient le retour de Saskia et d'Emmie, qui étaient allées faire des courses. Ensuite, Jodie avait réservé dans un restaurant pour sa fille et elle, mais elle ne se sentait pas d'humeur à y aller.

— Je ne sais pas si mes pensées valent un penny, dit-elle piteusement.

— Tu es encore mortifiée de t'être emportée contre Cole ?

Elle grogna.

— J'ai été bien trop dure avec lui, vu ce qu'il a traversé.

Elle avait beaucoup lu sur les violences familiales, ces derniers jours, et découvert l'emprise que les maltraitants exerçaient sur leurs victimes. Cole avait gardé tout cela pour lui alors qu'il se montrait tellement compatissant avec les autres. Il avait dû croire n'avoir pas d'autre choix que de la laisser partir, à l'époque, et elle lui avait crié, égoïstement, qu'il avait ruiné leurs plans.

— Tu as porté plainte contre ce type, finalement ? demanda Ethan.

— Je sais que je devrais le faire, répondit-elle en soupirant.

Puis elle fouilla dans son sac ; son téléphone sonnait. Ce n'était pas Cole, bien sûr. Ce n'était jamais lui.

— Cette histoire te ronge, Jodie. À moins que ce ne soit Cole ? Tu lui as dit que tu ne remettrais jamais les pieds à Everleigh, mais tu en as envie. Manifestement, tu tiens encore à lui.

Elle étudia ses ongles, Ethan la connaissait trop bien. Elle lui avait tout dit. Ils n'avaient jamais de secrets l'un pour l'autre, *eux*. Parfois, elle souhaitait presque qu'ils soient amoureux, et pas seulement parents et amis.

— Tu sais, dit Ethan, Emmie parle en permanence d'Everleigh. Quelquefois, j'ai l'impression qu'elle préférerait être là-bas plutôt qu'ici. Malgré ma télé géante.

— Je ne voudrais pas te l'enlever, Ethan, répondit Jodie. Nous l'avons élevée ensemble. Nous nous sommes promis de toujours habiter l'un près de l'autre, de la suivre ensemble à l'école, dans ses études...

Il fit claquer sa langue.

— Tu ne l'emmènerais pas sur Mars, Jodie. Et de petites vacances dans le Dorset, pour y faire du cheval, ne me déplairaient pas de temps à autre.

Il lui prit la main et lui pressa les doigts. Elle aurait dû savoir qu'il accepterait sa décision, quelle qu'elle soit. C'était quelqu'un de bien. De gentil.

C'était Cole, autant que le lien étroit entre Ethan et Emmie, qui la retenait. Elle avait élevé des barrières pour protéger son cœur, mais plus les jours passaient, plus elle regrettait sa réaction enflammée à la lettre de Cole.

La façon dont elle l'avait quitté la submergea de nouveau de culpabilité. Elle devait porter plainte, pour lui et pour tous ceux qui, comme lui, avaient été victimes de violences. Il ne lui avait menti si longtemps que parce qu'il avait eu peur de ce qu'elle penserait.

— Quand dois-tu revoir Cole ? demanda Ethan, dont le téléphone sonna.

Il répondit, et son expression sinistre inquiéta Jodie.

— Il est malade ? À quel point ?

— Qui ? murmura-t-elle.

Mais déjà Ethan attrapait leurs vestes et se dirigeait vers la porte.

Cole n'avait pas prévu d'aller au trois centième anniversaire du Ship Inn, au départ, puis il s'était dit que ce serait l'occasion de répondre aux questions que les gens du village se posaient.

L'histoire du dauphin avait beaucoup fait parler, mais il découvrit que c'étaient surtout Jodie et lui qui intéressaient ses voisins.

On l'interrogea aussi sur l'intrusion dans la propriété. Revoir les mains de cet individu sur Jodie lui faisait encore serrer les poings. Mais elle avait raison : en fin de compte, en voulant la protéger par ses mensonges, c'était lui qui avait détruit leur relation, pas son père.

Il était presque minuit lorsqu'il rentra chez lui. Il enleva sa veste, se pencha pour gratter la tête de Ziggy – et vit la photo d'eux qui dépassait de sous le banc. Il la prit et l'examina. Ils semblaient si jeunes, là-dessus. Et Mustang ressemblait tant à Blaze… Il n'avait plus de raison de ne pas accrocher ce cadre au mur, maintenant – sauf si Jodie devait vraiment ne pas revenir.

Elle lui manquait. Il était ravagé que ses secrets aient compromis l'avenir. Et faire l'amour avec elle… Bon sang, ça lui manquait aussi. Ils se parlaient toujours sans avoir besoin de paroles, quand ils s'aimaient. Sapristi, ce whisky que Liam Grainger lui avait fait boire lui donnait le mouron. Il prit son téléphone, qu'il avait laissé sur le canapé.

Trois messages d'Emmie ?

Il secoua la tête pour s'éclaircir les idées et les écouta.

— Cole, Cole, c'est moi, Emmie. Pardon de t'appeler, mais je ne pense pas que maman aurait voulu le faire elle-même. C'est Saxon, mon cheval. Il est malade. On est à la ferme avec lui, et on ne sait pas s'il va s'en sortir. Tu peux m'aider, s'il te plaît ? Pour moi, tu es le seul qui pourrait le sauver.

Dans les autres messages, Emmie expliquait que Saxon refusait de manger et ne tenait pas bien sur ses jambes. Il avait aussi de la diarrhée et urinait trop. Il était fatigué en permanence. Cela ressemblait à un empoisonnement, mais ni Ethan, ni sa mère, ni le vétérinaire de l'endroit ne parvenaient à en trouver la cause.

Il espéra qu'il pourrait la trouver, lui, mais il faudrait qu'il se rende rapidement sur place. Le pronostic d'une intoxication n'était pas bon, chez les chevaux.

Il alla à son bureau en désordre, trouva son ordinateur portable et chercha un vol.

— Bon sang, jura-t-il.

Il devait aller à Édimbourg le plus vite possible mais il n'y avait pas de vol avant 2 heures de l'après-midi.

Ziggy sur les talons, il sortit un sac du placard et aperçut son reflet dans la glace près de la commode.

Secouant la tête, il se passa une main sur le menton et se vit en train de boucler la boucle. Il avait douze ans de retard, mais il était temps qu'il prenne ce train pour Édimbourg.

20

— Cole !

Jodie porta ses mains à sa bouche en le voyant dans la cour de la ferme.

— Qu'est-ce que tu fais là ?

— J'espère que je n'arrive pas trop tard.

Il laissa tomber son sac à ses pieds et franchit le dernier mètre qui les séparait. Il portait sa veste à carreaux et son jean préféré. Le voir ici paraissait irréel, mais soudain Jodie comprit : Emmie avait dû l'appeler.

— Elle ne t'a pas dit que je venais, hein ?

Il semblait porter le poids du monde sur ses larges épaules. Puis il l'enlaça et poussa un soupir dans ses cheveux mordorés. Elle sentit quelque chose s'alléger en elle, aussi, lorsqu'il prit son visage entre ses mains.

— Tes yeux m'ont manqué, dit-il d'une voix bourrue.

— Les tiens m'ont manqué aussi. Oh ! Cole, je suis tellement désolée. J'ai très mal réagi à ta lettre.

— Je le méritais. Je sais que j'aurais dû tout te dire bien plus tôt. C'était égoïste, mais j'avais peur de te perdre de nouveau.

— J'étais égoïste aussi, en ne pensant qu'à ce que j'éprouvais. Tu as fait ce que tu devais pour me protéger et protéger ta mère, et j'ai fait ce que je devais en épousant Ethan. Nous avons toujours désiré Emmie, Cole, et je ne regrette pas d'avoir pris cette décision. Quant à toi et moi… Pouvons-nous tout reprendre au début, s'il te plaît ?

Il l'aimait toujours profondément, elle le voyait dans son regard qui l'attirait comme un aimant. Puis il la serra contre lui et l'embrassa. Pendant un instant, en s'abandonnant à lui, elle oublia presque pourquoi il était venu.

— Emmie ! cria-t-elle en interrompant leur baiser.

Cole chargea son sac sur son épaule et la prit par la main.

— Allons-y, dit-il.

Dans les écuries, Jodie regarda avec les yeux humides sa fille qui, en larmes, étreignait Cole.

— Merci, Cole. Merci d'être venu. Est-ce que tu peux l'aider ?

— Nous allons voir ça.

Le hongre n'avait pas l'air en forme, et Jodie craignait secrètement le pire. Ils étaient restés avec lui toute la nuit, voyant son état se détériorer.

— Le vétérinaire vient de partir avec Ethan pour prendre son petit déjeuner et se reposer un peu, dit-elle à Cole, en le regardant s'accroupir au côté de Saxon.

Elle espérait et priait qu'il soit capable d'atteindre le cheval *autrement,* comme elle l'avait vu faire des centaines de fois avec d'autres chevaux. Si quoi que ce soit arrivait à Saxon, sa petite fille en serait dévastée.

Dehors, au soleil, Cole accepta les deux cafés que lui offrait une femme aimable, en blouse, et en porta un à Jodie. Elle se tenait près des écuries, tapant quelque chose sur son portable. Saxon était de nouveau sur ses jambes. Il avait réussi à le remettre d'aplomb et Emmie était folle de joie.

— Ethan te remercie d'être venu, dit Jodie en remettant son téléphone dans sa poche et en passant une main dans ses cheveux décoiffés – comme il les aimait. Tu as sans doute sauvé la vie de Saxon.

— Je suis content d'avoir pu aider, répondit Cole.

Apparemment, le pauvre petit cheval avait mangé dans la cour quelque chose destiné aux poules. Il avait visiblement mal au ventre. Cole l'avait calmé et lui avait fait une piqûre. Mais il restait faible.

— Je ne pense pas qu'Emmie pourra le monter de sitôt, je suis désolé, dit-il à Jodie.

— Il va falloir lui faire des électrocardiogrammes. Le traitement va revenir cher, et il mettra sûrement du temps à guérir complètement.

Cole alla jeter leurs gobelets de café et lui releva le menton d'un doigt.

— Je peux le ramener avec moi à Everleigh pour le surveiller jusqu'à ce qu'il soit hors de danger. Tu pourras venir dès que tu seras prête.

— Tu es sûr ? demanda-t-elle en s'essuyant les yeux.

Le soleil écossais était haut dans le ciel, à présent, et derrière elle les montagnes ressemblaient à un décor de cinéma.

— Vous pouvez même venir toutes les deux. Ce sont bientôt les vacances de Pâques. Emmie sera avec Saxon. Et en attendant qu'il aille mieux, elle pourra monter Blaze.

Les yeux de Jodie s'illuminèrent.

— Il est prêt ?

— Oui. Et si tu es inquiète pour la sécurité, sache que j'ai fait renforcer...

— Je ne suis pas inquiète. Et je voulais te dire, je vais déposer plainte.

Elle l'attrapa par le devant de sa veste et l'attira à elle.

— Tu avais raison, les gens comme lui doivent être enfermés.

Elle avait le dos contre le mur des écuries. Elle le regardait avec une détermination farouche et soudain il ne voulut qu'elle, pour toujours.

— Tu sais à quel point je t'aime ? murmura-t-il.

Souriant, il posa un baiser sur son front. Elle rit doucement.

— Je t'aime aussi, terriblement. Nous allons nous occuper l'un de l'autre, Cole, et d'Everleigh. C'est ce que Casper voulait.

— Je pense que tu as probablement raison.

— Et au fait, j'ai parlé à Ethan d'emmener Emmie vivre avec moi dans le Dorset.

— Ah oui ?

— L'idée lui plaît. Mais seulement s'il peut venir faire du cheval de temps en temps.

Elle sourit largement en voyant l'expression de Cole.

— Je crois qu'il plaisantait.

— Si cela peut te rendre heureuse, dit-il avant de l'embrasser de nouveau.

Elle leva les mains vers son beau visage et pensa qu'elle ne l'avait jamais aimé autant qu'en cet instant.

Après tout, il avait fini par venir à Édimbourg. Et pas seulement pour elle, mais pour Emmie, aussi.

— *Tu* me rends heureuse, Cole Crawford.

Dix-huit mois plus tard

Le phare se dressait derrière Cole et Jodie. Il conduisait le hors-bord et elle s'accrochait au bastingage, pleine d'impatience.

— Tu crois qu'ils sont là, aujourd'hui ?

— S'ils sont là, ils nous le montreront, répondit Cole.

Elle observa son profil tandis qu'il arrêtait le moteur pour prendre son appareil-photo. Il était très beau, avec sa chemise bleue et sa casquette de base-ball assortie.

Ils n'étaient pas là que pour les dauphins, par cette chaude et belle journée de fin septembre. Toby avait pris, depuis la terre ferme, de superbes clichés des nouvelles chambres d'hôtes appelées « Portland Bill Everleigh Suites », mais Cole tenait à faire ses propres photos prises de la mer, pour la promotion de l'établissement.

Ils avaient plus d'employés que jamais, mais quand il s'agissait d'Everleigh il aimait faire le plus de choses possible par lui-même, comme Casper avant lui. Comme s'il n'avait pas déjà assez de travail, pensa Jodie avec admiration.

Elle sentit le petit bateau rouge tanguer sous eux tandis que Cole positionnait son appareil sur ses genoux. Elle serra son gilet autour d'elle et le soleil fit briller son alliance.

Elle adorait la façon dont les différentes saisons leur offraient des activités variées, dans le Dorset. Des cultures bios et des agneaux nouveau-nés au printemps, jusqu'aux soirées autour du feu de camp, à faire griller des marshmallows avec leurs hôtes, en hiver. Son travail comme vétérinaire s'était incroyablement développé ici, maintenant qu'Aileen avait pris la direction de West Bow. Everleigh n'avait jamais été aussi animé, ni aussi excitant. Et elle avait le sentiment que ce serait encore mieux... quand leur bébé naîtrait.

— Emmie t'a-t-elle dit que Toby et elle vont faire leur prochain exposé ensemble, à l'école ? demanda-t-elle à Cole, en posant une main sur son ventre rebondi. Ils vont expliquer comment ils fabriquent tous leurs aliments pour chiens avec des ingrédients bios. C'est une vraie petite entreprise, tu ne trouves pas ? « Menu complet Everleigh K9 ».

— Ils ont appris des meilleurs, répondit Cole en feignant l'autosatisfaction. En tout cas, Ziggy apprécie de faire le testeur.

En entendant son nom, le chien leva la tête du fond du bateau et Jodie se pencha pour caresser son pelage doux et chaud. Il se montrait surprotecteur avec elle, depuis qu'elle était enceinte.

— Ils paieront eux-mêmes leurs études, à ce rythme, dit-elle.

— Du moment qu'ils ne mettent pas ma tête sur leurs étiquettes, je suis d'accord, dit-il.

Quand il la vit resserrer son gilet autour d'elle pour se protéger de la brise, il prit une couverture sous le siège.

— Tu as froid ?

Elle secoua la tête tandis qu'il drapait la couverture sur ses épaules et posait la main sur son ventre. Il était encore plus protecteur que Ziggy à son égard, et de temps à autre elle le surprenait à la regarder d'un air émerveillé, comme s'il n'arrivait pas à croire qu'elle portait son propre fils. Il allait être le meilleur des pères, elle savait que cela lui viendrait naturellement.

Elle était à cinq mois de grossesse, et les mamans de l'école programmaient déjà la fête de naissance. Cole posa un baiser léger sur son T-shirt tendu et, heureuse, elle passa les doigts dans ses cheveux noirs.

Il se remit à regarder dans son appareil-photo.

Les nouvelles Suites Everleigh donnaient envie d'y séjourner, pensa-t-elle fièrement. Chaque bâtiment était peint d'une couleur différente et mettait joliment une touche de rouge, de jaune ou de bleu sur la côte. Tout était réservé pour le reste de l'année – la plupart des hôtes étaient des parents avec un enfant handicapé ou autiste qui suivait une thérapie animale avec Cole. C'était elle qui en avait eu l'idée lorsqu'elle était tombée enceinte.

Evie s'était chargée de la décoration, et les verres à vin comme les dessus-de-lit arboraient des reproductions des chevaux d'Everleigh. Le « Boudoir Blaze » était le fleuron de l'installation. Blaze était la star de la propriété, après tout, et ne se laissait monter que par Emmie.

Jodie était perdue dans un rêve où elle apprenait à son fils à monter à cheval, quand elle vit du coin de l'œil un mouvement qui attira son attention. Cole leva lui aussi les yeux. Elle reconnut tout de suite la nageoire.

La mère du jeune dauphin qu'ils avaient sauvé était là.

— Elle s'approche, dit Cole en posant une main sur le genou de sa femme.

Jodie était fascinée. Et le « petit » était devenu adulte, il mesurait au moins deux mètres de long. Émerveillée, elle les regarda nager vers le hors-bord, puis sauter juste devant la proue, ce qui lui fit étouffer un cri.

— Ils ne se sont pas approchés aussi près depuis longtemps, dit-elle, même s'ils voyaient les dauphins à chacune de leurs sorties en bateau.

Elle se pencha par-dessus bord, retenue par le bras protecteur de Cole. Le jeune dauphin nageait à côté du hors-bord, la tête hors de l'eau, la regardant avec ce qui ressemblait à un sourire.

— Je suis sûr qu'il sait, dit Cole, resserrant son étreinte sur Jodie.

— Qu'il sait quoi ?

— Que tu es enceinte. Les dauphins le sentent, ils sont excités par le bruit des battements de cœur dans le ventre des futures mères.

Elle se tourna vers lui, surprise, tandis que le dauphin poussait un couinement et agitait la tête. On aurait dit qu'il riait.

— C'est vrai ?

— Parfaitement.

Cole reprit l'appareil-photo et cadra Jodie avec le dauphin derrière elle.

— Pose tes mains sur ton ventre, demanda-t-il.

Elle rit, un peu gênée.

— Qu'est-ce que tu fais ?

À cet instant, la mère dauphin sauta hors de l'eau, avec le phare en arrière-plan.

— Je pense qu'il nous faut de nouvelles photos à mettre au mur, répondit Cole. Et ce moment est absolument parfait.